무안만용 가르바니온

무한루프 가프라니옹

홍지운 장편소설

아작

차례

1화

그 남자의 소개팅

"말이 안 되잖아요. 21세기 대한민국에 외계에서 악의 제국이 찾아와 침략 전쟁을 벌인다고요? 그것도 빌딩 크기의 괴수로 게다가 한 마리만 달랑 서울 한복판에 던져놓는 걸로요? 소설로도 삼류죠."

농담이 아니었다. 소설도 아니었다. 20××년 지구는 그리고 대한민국은 이제껏 인류가 경험하지 못한 미증유의 위기에 직면했다. 지난주 금요일 머나먼 외우주에서 찾아온 사아카니스 제국의 이지라니우스 대제(大帝)가 지구를 침략하겠다고 선전포고를 내린 것이다. 일종의 상징적 의미로 이지라니우스 대제는 기계와 융합된 커다란 괴물, 기괴수(機怪獸)를 종로 한복판에 풀어놓았다.

"그러니까 이게 다 사기라는 거죠."

남자는 자의식과잉 상태였다. 여자는 그저 웃었다. 어쩔 수 없는 노릇이었다. 지구 침략이고 뭐고 남자는 서른 되어 소개팅이 처음이었다. 그리고 여자는 아름다웠다. 거기다 더해 저녁 식사에 술을 겸하러 들어온 호프집의 메뉴는 먹음직스럽고 생맥주의 상태도 좋았다. 이 남자의 인생에 이렇게 기뻤던 순간은 아마 없었으리라. 무슨 영화에 어떤 책에 한껏 자신의 지식을 뽐내고 나니 허세에 탄력이 붙었다. 무언가 남다른 한 방을 보여줄 타이밍이었다.

남자의 선택은 바로 호프집 TV에 나오고 있는 특집 방송의 정치시사 문제에 대해 자신의 참신하고 통찰력 있는 분석을 과시한다는 것이었다. 정말이지 안타까울 정도로 빈곤한 발상이었지만 여자는 흥미롭다는 듯, 흥미롭다가 아니라 흥미롭다는 듯 고개를 끄덕이며 남자의 말을 경청했다. 남자의 기분이 업되었다. 이 남자는 바보였다. 그리고 여자 앞에서 이 남자는 평소의 다섯 배 더 바보 같아졌다. TV에 나오는 자료화면은 이것이 뉴스인지 삼류 괴수 영화인지 구분이 가지 않았다. 전기난로와 융합된 기괴수 난로다인은 강력한 열선을 뿜어내며 도심 곳곳을 파괴했고 그에 맞선 재래식 병기는 무력했다. 건물만 한 크기까지 커진 원통형 난로에 팔다리가 달린 것만으로도 종로를 폐허로 만들기는 충분했다. 부동산 시장의 비명은 아직까지도 곳곳에서 쏟아졌다. 서울의 땅값을 휴짓조각으로 만들기 위해 강림했다는 듯 이지라니우스 대제는 그의 우주항모 바톨을 30킬로미터 상공까지

내려놓은 뒤 도시 전체에 그림자를 드리워 일식을 인공적으로 재현했다.

여자는 아직 식지도 않은 비극을 사기라고 꾸짖는 남자를 의아하다는 듯 바라보았다. 남자가 말하는 이야기의 근거가 믿기 어려워서는 아니었다. 그 밑도 끝도 없는 자신감의 원천이 궁금하였기 때문이다. 여자는 무례하게 받아들여질까 봐 표정을 감추기 위해 맥주잔을 들어 올렸다. 남자는 자신의 이야기가 갈증을 일으켰다고 즐거이 착각했다.

"기괴수가 벌인 파괴 공작이 무슨 의미가 있겠어요? 전쟁은 결국 점령을 위한 거거든요. 지배를 해야지. 다짜고짜 도심을 부수면 자기만 손해죠. 뭐, 기괴수로 무력시위를 벌이고 항복 선언을 받아낼 생각이었을지도 모르죠. 그래도 지금 사아카니스 제국, 이거 이름도 웃겨, 어쨌든 얘네 전력은 우주 전함 하나 분량이 전부잖아요. 이래선 점령은 불가능해요."

"왜요? 외계인이 보낸 기괴수 하나도 저렇게 센데 전함은 더 강하지 않겠어요?"

"점령 후 점령지를 관리하고 감시할 인력은 전쟁에서 이길 인력보다 더 중요해요. 지구와 사아카니스 제국 정도의 압도적인 전력 차이라면 더더욱요. 외계 문명과 첫 만남인 것도 그렇고 전쟁보다는 전후(戰後) 처리가 더 골치 아플 형국이란 말이죠. 21세기 초의 이라크전을 떠올려보면 이게 딱 일목요연하거든."

여자는 그런가? 하고는 다시 술잔을 기울였다. 재미없다는 티를 살짝 내고 말았지만 남자는 아랑곳하지 않았다. 여자로서는 다행인지 불행인지 모를 일이었다. 술집 TV에 나오는 특집 방송의 화면은 이제 사아카니스 제국에서 지구를 구한 거대 로봇 가르바니온으로 바뀌었다. 가르바니온은 중세 기사의 갑옷을 커다랗게 키우고 하얀색 베이스에 빨노파의 삼원색으로 화사하게 칠해놓은 디자인의 지구제 신병기였다. 남자의 화제 역시 기괴수의 무쓸모함에서 가르바니온의 존재 가치로 옮겨 갔다. 여자는 살짝 고개를 숙여 손목의 시계를 확인했다.

"가르바니온 저거. 진짜 말도 안 되는 건 저거죠. 거대 인형 병기라는 게 개발에 들어갈 자금이나 전투에 필요한 효용성을 생각하면 말도 안 되는 거거든요. 빌딩 크기의 로봇이 몇 톤의 중량으로 움직이는데 관절도 만들어야 하지, 자세 제어 프로그램도 탑재해야 하지, 조종사도 훈련시켜야 하지…."

"그래요? 사아카니스 제국의 기괴수도 커다랗지 않아요?"

"걔네야 뭐, 걔네 별이 어떤 환경인지 모르니까 그럴 수 있다 치죠. 걔네까지 신경 쓰면 끝도 없잖아. 데몬스트레이션용으로 일부러 큼지막하게 만들 수도 있는 거고요."

여자는 고개를 돌려 TV를 보았다. 과연 특집 방송에 나오는 기괴수 난로다인과 가르바니온 사이의 전투는 무언가 압도하는 맛이 있었다. 남자는 대화가 끊긴 사이 치킨 한 조각을 입에 넣었다. 맛있었다. 그사이 화면 속 가르바니온은 필살기 무적만용검 깍둑썰기로 난로다인을 무찔렀다. 남자는 맥주로 입안 기름기를 헹구고 이야기를 이어나갔다.

"단순하게 보자고요. 난로다인에게 기존 병기가 통하지 않았던 이유는 기괴수가 내장한 오라 필드 때문이거든요. 그럼에도 가르바니온이 기괴수를 썰어버릴 수 있었던 이유는 가르바니온 역시 주무장인 무적만용검에서 오라 필드가 방출되니까, 라고 하더라고요. 그런데 그럴 거면 그냥 무적만용검에다 로켓 같은 거 달아서 미사일처럼 날려버리는 게 더 간단하지 않나?"

"말 되네요."

"그렇다니까요. 게다가 가르바니온 그거, 삼단합체라면서요? 얘가 그나마 양심은 있는지 기괴수 앞에서 합체하는 또라이 짓은 하지 않던데. 그래도 그렇죠. 혹시 주변에 합체하는 물건 본 적 있어요? 자동차나 비행기나. 없죠? 처음부터 하나로 만든 게 튼튼하겠어요, 하늘 날아다니면서 합체하는 게 튼튼하겠어요? 그런데도 가르바니온은 합체를 해."

남자는 이제 가슴까지 쳐 가며 분통을 터뜨렸다. 지금 자기가 예쁜 여자와 대화를 나누고 있다는 사실조차 까먹은 모양이었다. 여자는 남자의 이런 둔감함에 감탄했다. 매우 안 좋은 의미로 감탄했다. 신입 직원에게 뺨 맞은 재벌 2세의 '날 이렇게 대한 건 네가 처음이야' 기분이었지만 사랑보다는 짜증이 움텄다. 여자는 제대로 된 대화는 포기하고 안주로 배를 채우는 것에 주력하기로 결심했다.

"실례지만 직업이 어떻게 되시나요?"

의외로 남자가 화제를 여자 쪽으로 돌렸다. 여자는 한참 뒤에야 대답을 했다. 미처 자기가 대화에 참가하게 될 줄 몰랐기에 입안에 닭고기를 한가득 넣은 탓이었다. 남자는 여유롭게 여자의 답변을 기다렸다.

"관광사 다녀요. 해외는 아니고 한국에 온 관광객 안내가 주업무예요."

"그러시구나. 요즘 경기 괜찮죠?"

"네. 아무래도 슈퍼 로봇을 구경하러 각지에서 손님들이 찾아오니까."

"봐요. 이상하잖아. 지금 외계인이 침공해서 나라가 망하게 생겼는데 살기는 더 잘살게 되었다니까?"

남자는 바로 여자의 말을 끊고 자기주장을 이어나갔다. 역시나 그 중점은 외계인이었다. 여자는 닭고기의 맛을 음미하지 못해서 속상했다. 이제야 본론이라는 듯 남자가 일장연설을 늘어놓자 여자는 스마트폰을 꺼내 문자를 확인했다. 도착한 문자가 없어도 확인했다.

"음모론이 나올 수밖에 없다니까요. 지금 한국에서 장사가 안되는 분야는 아마 부동산 정도밖에 없을 거예요. 매주 사아카니스 제국이 꼬박꼬박 침공해서 출근 도장 찍겠다니까 어쩔 수 없지. 근데 반면 건설은 완전히 살판났거든요. 4대강이 뭐야, 지금 도심에 건물들이 우르르 무너졌는데 이제 그거 다 다시 짓잖아. 하다못해 관광업도 외국인 그 미친놈들이 한국 와서 로봇 한번 보고 죽겠다고 그 난리를 치는데 경기가 잘 풀리고 있거든요. 미치광이가 침략하고 미치광이가 관광 오니 이게 정상은 아니죠."

"이지라니우스 대제가 금요일에만 기괴수를 보내겠다고 공약을 했으니까요. 토요일에서 목요일까지만 있으면서 가르바니온만 보고 가는 코스가 가장 인기가 좋아요. 실제로 아직까지 죽은 사람도 없고요. 이지라니우스 대제가 자기는 정복을 하러 왔지 학살을 하러 온 게 아니라고 이야기를 했다 잖아요."

여자는 고객을 옹호했다. 이제 소개팅이고 뭐고 이 술자리에 남은 것은 직업 정신 하나뿐이었다. 물론 여자라고 고객이 무슨 정신으로 이런 일을 저지르는지는 이해하지 못했다. 하지만 고객이 바보 취급당하는 것이 유쾌하지는 않았다. 남자는 남자대로 반론을 준비할 겸 숨도 돌릴 겸 맥주잔을 말끔히 비웠다.

여자 말이 틀린 것은 아니었다. 이지라니우스 대제는 평일 도심 한복판, 그것도 교통량 끔찍한 종로에다 난로다인이라는 커다란 기괴수를 풀었지만 아무도 죽지는 않았다. 어디 부러지거나 정신을 잃거나 한 사람들은 꽤 나왔지만 말이다. 기적적인 일이었다. 그리고 남자는 기적을 믿지 않았다.

"그게 바로 이 촌극의 하이라이트죠. 아무도 죽지 않는 침략 전쟁이라뇨. 로봇 두 대가 날뛰고 건물이 우르르 무너지는데 죽은 사람 하나 없다뇨. 거기다가 가르바니온을 만든 무안력 연구소에서 보상금 제도를 실시하겠다고 한 거 아세요?

무안력 발생기로 얻은 수익을 사회에 환원할 겸 피해보상금으로 쓰겠다나. 이쯤 되면 웃기지도 않는다니까. 이걸 설명하려면 딱 하나의 답밖에 없어요. 총체적 사기. 다 사기꾼이고 다 한 패거리들이야. 음모라고요, 음모. 국제적도 아니라 우주적 음모."

남자는 드디어 자신이 구상해낸 음모론에 대해서 이야기하기 시작했다. 맨 앞 세 번째 문단에서 꺼낸 사기 이야기를 이제야 설명하기 시작했으니 이 모든 걸 참고 견딘 여자에게는 몇백 번의 격려의 박수도 아깝지 않을 것이다. 여자는 소개팅을 주선해 남자를 만나보라 지시한 상사의 목을 졸라 부러뜨리고 싶은 기분이었다.

"사실 어색한 점이라면, 진짜 가게 문 닫고 다시 열 때까지 말할 수 있을 거예요. 왜 하필 한국으로 쳐들어왔느냐, 왜 일주일에 한 번만 기괴수를 출동시키겠다고 하느냐, 어떻게 이 타이밍에 맞춰서 무안력 연구소에서 지구 방위 로봇의 존재를 밝혔느냐, 이 연구소에 흘러들어 간 자금의 출처는 어디고 세금이나 폭발물 관리에 대한 정부의 감사는 잘 이루어지고 있느냐, 한도 끝도 없어. 하지만 진짜 중요한 건 언제나 '어떻게'가 아니라 '왜'죠."

"왜라뇨?"

"중요한 건요, 어떻게 이 거짓말이 유지되느냐가 아니라 왜 거짓말을 하느냐예요. 이렇게까지 뻔뻔하게 20세기 후반 만화에나 나올 법한 침략자들의 허점을 전 세계적으로 묵인

하고 있는 이유요. 결국 음모가 있다고 생각할 수밖에 없죠."

남자는 숨을 죽여 가며 목소리마저 낮췄다. 자신의 이론이 정말로 중요하고 심각한 비밀이라는 투였다. 여자는 지금 머릿속에서 거치른 들판에서 말에 올라타 남자와 상사의 머리를 창에 꿰놓고 달려나가는 상상을 하면서도 대화의 맥락을 놓치지 않으려 노력해야 했다.

"왜냐면 돈이 되기 때문이겠죠. 일종의 게임인 거예요. 놀이동산이라고 해도 좋겠다. 사아카니스 제국의 침략은 지구를 무대로 하는 어트랙션이에요. 무안만용 가르바니온은 그 어트랙션의 주인공 로봇인 셈이죠. 외계에서 놀러 온 손님은 이지라니우스 대제를 연기하면서 지구 침략의 게임을 즐기러 온 거고요."

"그런데 왜 그 게임을 전 세계에서 협조해주나요?"

"타지에서 손님이 오면 지역 경제에 도움이 되니까요. 거기다 가르바니온이나 무안력 개발에 대한 정보를 주면서 기술 이전을 약속하지 않았을까요? 대신 실감 나는 침략을 위해서 손님이 코스를 다 돌 때까지 대외적으로는 쉬쉬하는 걸 거예요."

"설마요. 고작 그런 이유로 외계인의 침략을 용인한다고요? 인류의 주권은요?"

"그런데 그 침략으로 생긴 사망자가 한 명도 없어요. 무너진 건물이나 개인 사유물에 대한 배상을 약속한 법인이 설립되었고요. 실질적 피해는 0이라고 봐도 좋아요. 거기다 이 전쟁이 끝나면 지구에는 거대 로봇을 만들 수 있는 기술력과 그 로봇을 움직일 수 있는 동력원에 대한 지식이 생겨나는 데다 외우주 진출을 위한 투자가 진행될 거예요. 사아카니스 제국의 침략 덕에 인류 문명은 지금 엄청난 발전을 보장받고 있다니까요? 지금은 주권이고 나발이고 아무 주식이나 일단 돈 묻어놓을 타이밍이죠."

여자는 고개를 끄덕였다. 그럴싸는 했다. TV 특집 방송 역시 가르바니온의 경제적 효과에 대해 소개하고 있었다. 420조쯤 된다고 했다. 너무 적게 잡았다. 가르바니온의 동력원인 무안력이 상용화된다면 에너지 혁명과 함께 기존 국가 간 정세가 완전히 뒤집힐 것은 당연했다. 인류는 대변혁을 코앞에 두고 있었다. 그럼에도 이에 대해서 노골적으로 침묵하는 이 상황에는 의문을 가질 법했다.

남자는 여자가 조용히 술을 마시고 있는 모습을 자신의 이야기에 감명을 받아 골똘히 생각에 잠겼기 때문이라 믿어 의심치 않았다. (절대적으로는) 짧지만 (지금까지 남자가 일방적으로 말문을 이어나갔음을 생각하면) 긴 침묵이 끝나고 여자는 입을 열었다.

"재미난 추측이네요. 어쩌다 그런 생각을 하게 되셨어요? 혹시 정부 측의 누군가가 알려준 건 아니고요? 아니면 인터넷에 그런 소문이 돌고 있나?"

"에이. 다 제 머릿속에서 떠올렸어요. 인사드렸을 때 말씀드렸듯이 저 옛날에 글 좀 썼거든요. 스토리의 개연성을 중시해서 보면 인물들의 행동에 억지가 보일 때가 있어요. 그리고 그 억지는 대부분 인물을 창조한 작가의 욕심에서 나오죠. 왜 저렇게 말도 안 되는 짓을 할까, 생각하면 작가가 말하고 싶은 것이 보이는 거예요. 그런데 사아카니스 제국의 이 선의와 배려로 가득 찬 침략을 보면 의심할 수밖에 없죠."

여자는 살짝 웃었다. 선의와 배려로 가득 찬 침략, 이라는 문장이 여자의 마음에 들었기 때문이다. 여자가 남자를 대하는 태도도 크게 다르지 않다는 생각이 들었다. 남자가 자신의 연설에 득의양양하는 사이 TV의 가르바니온 특집 방송도 끝이 났다. 여자는 더 이상 남자의 이야기를 들을 필요는 없겠다 결론을 내렸다.

"이게 다 음모라는 추측이 다 맞다 가정해보면요. 이상한 게 하나 있어요. 이 비밀을 다 감출 수가 있나요? 외계인과 정부가 손을 잡고 있는데 어디선가 정보가 샐 수밖에 없잖아요. 말씀하신 대로 스스로 추측해서 음모를 알아차린 사람도 더 늘어날 테고요."

"어차피 놀이니까 완벽히 감출 필요도 없잖아요. 이 게임이 한 반년이나 갈까요? 뒤로 갈수록 전 세계 누구나 내심 이게 사기라는 걸 알게 될 거예요. 정 문제가 생길 것 같으면 어느 정도 선에서 입을 다물게 처리를 하겠지만요."

처리라는 단어가 나오자 여자의 표정이 굳었다. 듣기 좋은 단어는 아니었다.

"처리요? 그런 처리가 있다면 이렇게 음모를 폭로해서 본인이 위험해질 거라는 생각은 하지 않으셨어요?"

"와. 걱정해주시는 거예요? 고마운데요. 그래도 무서워하
실 필요 없어요. 죽이기야 할까요. 사람을 죽일 작정이면 애
초에 기괴수가 날뛸 때 사망자가 나오지 않게 할 필요도 없으
니까요. 끽해야 SF 영화에 나오는 외계인들처럼 우리에게 최
면을 걸어서 기억을 잃게 하거나 바꾸는 정도 아니겠어요?"

"최면은 아니에요. 성간법에서 정신 조작 관련 기술은 인
권적으로 문제가 있다면서 사용을 엄격히 제한하고 있거든
요. 특히나 미개발 문명의 지역주민들에게는 법이 더 빡빡해
서요. 저희 회사가 그런 데는 철저해요."

여자는 남자의 오해를 풀기 위해 가능한 한 자세히 설명하
려 애썼다. 남자는 자신이 들은 이야기가 이해가 가지 않았
다. 여자는 이제까지 말하지 못하고 참느라 답답한 것을 풀
셈이었다. 남자의 애간장을 태울 겸 앞에 놓인 맥주잔을 끝까
지 비웠다. 설명이 이어졌다.

"개인의 자율권을 빼앗는 건 큰 범죄로 취급되거든요. 아
예 지역주민을 죽여버린 경우라면 나중에 되살리고 보상금으
로 합의를 보면 돈은 좀 들더라도 성간법으로 형사소송을 당
할 일은 없는데. 최면은 정당한 사유가 없는 경우엔 바로 법
정행이니까 잘 안 쓰죠."

"저… 무슨 말씀이세요?"

여자가 말하고 남자는 물었다. 주도권이 바뀌었다. 여자의
얼굴이 이제까지와는 다르게 보였다. 표정 하나 변한 것이 없

음에도 말이다. 남자는 아무리 맥주를 마셔도 덥던 분위기가 달리 느껴졌다. 여자는 아랑곳하지 않고 설명을 이어나갔다.

"저 관광사에서 일한다고 했잖아요. 근데 그게 지구권 회사가 아니에요. 카프시스 은하 소속인데요. 돈 많은 괴짜들이 변경 은하의 미개척 행성으로 놀러 가서 지역주민 문화에 어울리는 투어가 있는데 전 거기 담당이에요. 애초에 저 지구인도 아니고요."

여자는 지갑에서 명함을 꺼내 남자에게 건넸다. 한글로 '안드로메다 투어 김투어'라고 적힌 부분 외에는 전부 남자로서는 알 수 없는 문자의 나열이었다. 조금 전까지 남자는 여자가 농담을 했으리라 믿고 싶었지만 그럴 수 없었다. 명함을 만지자 공중에 여자가 웃고 있는 영상이 투영되었다. 분명 지구 외 문명의 기술력이었다.

"제가… 어디까지 맞혔습니까?"

"디테일은 부족한데 큰 틀은 대충 맞아요. 원래는 얼마쯤 알고 계신지, 혹시 어디서 정보가 누수가 되고 있는 건지 제가 접근해서 알아보려고 만나 뵌 건데. 본인 스스로 계속 말씀해주시니 제가 편하긴 했네요. 소개팅을 핑계로 뵌 건 조금 후회가 되기는 하지만요."

여자는 한숨과 함께 쓰게 웃었다. 남자는 이제껏 위화감을 느끼지 못한 자신이 한심했다. 남자가 생각해봐도 소개팅 주선을 받았다는 것. 그리고 그 소개팅에 이렇게 예쁜 여자가 나왔다는 것은 한때 글 좀 써본 남자가 생각해보아도 개연성이 부족한 스토리였다. 확실히 지구인 중에 자기와 만나줄 여자는 없었다. 하지만 외계인이라면, 그것도 데이트가 아닌 정보수집을 위해 찾아온 외계인이라면 있을 법했다. 남자는 아까까지의 달변은 어디 갔는지 폐로부터 공기를 겨우 쥐어짜 여자에게 질문했다.

"그럼 제 처리는…?"

"원인불명의 사고로 반년간 병원에 입원하셔서 의식불명. 대신 보험금 1억."

"어…."

"아니면 같은 기간 동안 월 250에 우주항모 바톨의 기숙사에서 숙식 제공. 지구에서 돌아다닐 경우에는 2급 감시를 받게 되며 정보를 누설할 경우에는 위약금을 무는 조건으로 무안만용 가르바니온의 스토리 기획팀에 취직. 저로서는 후자를 권하겠어요."

이것이 여자의 목적이었다. 다짜고짜 지구에 찾아온 것은 좋았지만, 고객의 주문이 꽤 복잡했다. 용자 로봇 애니메이션을 한가득 들고 와 이런 여행을 하고 싶다고 애원을 했으니. 안드로메다 투어 업계에서 얼굴을 들고 다니기 위해서라도 고객이 만족할 만한 지구 침략을 준비해야 했다. 하지만 애니메이션만 보고 공부한 것으로는 부족했다. 결국 1화 사아카니스 제국의 침략은 지구 측 협조원들에게도 악평 일색으로 끝나고 말았던 것이다.

여자는 부장에게 따졌다. 무안만용 가르바니온의 기본적

인 스토리와 설정의 정비를 위해 현지인의 협조를 얻기로 추가 예산을 편성받은 것이다. 그러나 어떤 현지인의 협조를 받느냐 기준을 잡기란 쉽지 않았다. 우선 반년간의 단기 업무에다 대외비가 필수라는 점이 발목을 잡았다. 제대로 된 작가들의 도움은 포기해야 했다. 결국 백수와 비정규직, 그중에서도 자잘한 설정놀음을 좋아하는 오타쿠 중에서 고르기로 결정했다. 그후 인터넷에서 음모론을 쓰고 다니는 사람 중 조건에 맞는 이를 물색했고 남자는 이 조건에 완벽히 부합했다.

남자는 순식간에 병 찐 기분이 되었다. 아무 생각 없이 꺼낸 헛소리 덕에 외계인을 직접 만나 반년간 감금에 감시를 받는 생활을 하게 되었으니까. 여자는 이미 알고 있던 이야기를 거창한 비밀이라도 유포한다는 듯, 그것도 몇 가지나 사실관계를 틀려 가며 말하는 남자에게서 해방되어 상쾌한 기분이었다. 여자는 업무를 마쳤으니 자리에서 일어났다. 남자는 마지막으로 용기를 담아 옷을 차려입고 갈 채비를 하는 여자에게 물었다.

"저… 그곳에 가면 또 당신을 뵐 수 있나요?"

여자는 웃었다.

"아니요. 하지만 성평등교육·이수 때 참고자료로 오늘 대화 장면이 나오긴 할 거예요."

2화

그 갑과 그 을의 사정

「아름다운 서해 바다의 아침. 가르바니온의 파일럿 3인은 오늘도 거친 행군을 통해 심신을 단련하며 외계의 침략에 맞서 싸울 채비를 갖춥니다.」

낡은 TV에 백사장과 파도 그리고 이 둘 사이를 가로질러 달리는 세 남성이 화면에 잡혔다. 차분한 여성의 나레이션과 함께 하얀 글씨의 제목이 떠올랐다. '특집 다큐—가르바니온의 지하 기지 무안력 연구소의 하루'. 긴급 편성 프로그램치고는 꽤나 신경 쓴 모양의 타이포그래피였다. 하지만 화면 전반을 지배하고 있는 촌스러움은 벗을 수 없었다.

'고객의 행복이 나의 행복'이라는 캐치프레이즈의 안드로메다 투어 김투어 사(社) A팀장은 한숨을 쉬었다. 세기를 잊은 듯한 구시대적 도입에 고개를 젓지 않을 수 없었다. 팀장의 한숨에 팀원들 역시 불편함을 감출 수 없었다. 무기력한 관성만이 회의실을 지배하고 있었다. 지방 미개발 행성 투어로 지구 침략을 계획한 지 벌써 1년. 이들의 인내심은 한계에 도달했고 두 번째 평가 회의가 첫 번째 평가 회의보다 나은 점이 있다면 가망 없는 희망은 배제된 상태로 시작되었다는 것, 단 하나였다.

"화면 주목해라. 평가 회의 시작한 거야. 우리 이거 잘해야 한다."

팀원들 집중하라고 한 이야기지만 효과는 정반대였다. 다들 의기소침해서 입을 열지 못했다. 그러건 말건 '특집 다큐─가르바니온의 지하 기지 무안력 연구소의 하루'는 계속해서 진행되었다. 안드로메다 투어 업체 김투어는 지구인들 눈을 피해 이 특집 다큐에 참가했다. 그리고 이 모든 것들은 (이 침략 전쟁이 전반적으로 그러하듯) 대충대충 진행됐다. 이들의 우울함은 어찌 보면 자업자득인 셈이었다.

「외우주에서 찾아온 사아카니스 제국의 침략에 맞설 인류의 유일한 대안 무안동력 대(對)기괴수 병기 가르바니온. 마치 신화시대의 거인 아틀라스처럼 지구의 운명을 어깨에 짊어진 이 로봇은 바로 전라남도 무안력 연구소에서 개발되었습니다.」

"솔직히 이름부터 망했다고 생각하는 사람은 나뿐이냐?"

팀장의 가시 돋친 말에 팀원들은 꿀 먹은 벙어리였다. 확실히 한국에서 개발된 물건에 이런 국적불명의 이름을 붙인 것은 팀원들 스스로도 불만이 많았다. 고객의 급작스러운 요구 변경에 맞추다보니 곳곳에서 어색한 설정이 생겨났고 가르바니온이라는 기체명 역시 그중 하나였다. 그들 잘못의 반은 기획력 부족에 그리고 나머지 반은 고객의 폭주를 컨트롤할 센스 부족에 있을 것이다.

회의실에는 결국 특집 다큐의 나레이터 목소리만 들렸다. 낡은 TV는 가르바니온이 합체하는 과정에 대한 자료화면과 그 과정을 설명하기 위한 CG 설계도를 차례로 비추었다. 상품개발부가 3백 시간 동안 로봇 애니메이션을 돌려 보고 또 돌려 보고 나서야 겨우 만들어낸 걸작이었다. A팀장은 이 화면이 나오는 순간만은 팀원들에게 불평할 생각이 없었다. 완성도 높은 장면에 고객은 행복했을 테고 A팀장 역시 행복했다.

「창공을 가르는 전투기 '갈'과 대지를 부수는 장갑차 '비아' 그리고 해저를 탐험하는 잠수함 '니온'의 세 기체가 합체해 빌딩보다도 큰 수호신 가르바니온이 되는 것입니다.」

"결국 갈비랑 어니언을 합친 거잖아."

＊

과거 회상을 잠깐 해보자. A팀장은 이번 고객, 그러니까 사아카니스 제국의 이지라니우스 대제를 자칭하는 세가타 별의 젊은 샐러리맨 이지라니에게 정의의 로봇 이름을 어떻게 정할까 물어봤다. 한국을 침략하는 만큼 한국 전통의 분위기가 나면 좋겠다는 A팀장의 조언에 이지라니는 더할 나위 없이 간단하다는 듯 옥좌에 앉은 그대로 검은 망토를 휘두르며 대답했다.

"짐은 한국의 전통 요리 갈비를 높이 산다. 그러니 갈비로 하자꾸나."

이지라니가 달고 있는 통역기는 사아카니스 제국의 이지라니우스 대제를 연기하기 위해 만들어진 특제품이었다. 그래서 말투가 이따위였다. 투구를 벗으면 이지라니의 말투도 원상복귀하겠지만, 이지라니는 결코 그의 갑주를 벗는 일이 없었다. 언제나 언제나 발토시에서 헬멧까지 풀세트로 맞추고 있었다.

"저… 폐하. 로봇 이름을 갈비로 하자는 말씀이신가요?"

"그렇다. 무슨 문제라도 있는가?"

"좀 짧죠?"

그때 A팀장은 이지라니가 분명 인터넷 사이트 가입할 때 아이디에 꼭 asdf라고 적었다가 중복 아이디라는 팝업창에 분통을 터뜨릴 타입일 것이다, 라고 생각했다. 틀린 추측은 아니었다.

"지구 방위 기지가 설립될 곳은 어드메인고?"

"무안입니다. 전라남도 무안."

"무안의 특산품이 있다면 그 명칭은 무어라 하는가?"

"어… 양파?"

"그러면 갈비양파로 하여라."

＊

안타까운 일이지만 A팀장에게는 양심이 있었다. 상품개발부가 온갖 고생을 다해 만든 물건에 '갈비양파'라는 이름을 붙일 수는 없었다. 부하직원들의 사기를 위해서라도 차마 이 비참한 이름을 인정해서는 안 되었다. 아무리 갑님의 명령이라도 을놈이 따라서는 안 될 영역이 있는 것이다. 결국 양파 부분을 어니언으로 바꾸기로 합의하고 지금의 명칭이 만들어졌다. 갈비어니언. 가르비아니언. 가르바니온.

그러니 다큐 방송에서 갈, 비아, 니온의 세 이름의 연원이 순우리말이라 설명하는 모습을 보며 팀원들이 웃을 수밖에 없는 것이다. A팀장은 눈을 부라렸다. 가르바니온이라는 이름은 그 연원이 웃기기는 하지만 어쨌든 수습은 해냈다. 하지만 그 뒤로 이어지는 장면은 명백히 팀원들의 실책이었다.

「이 무적의 슈퍼 로봇 가르바니온은 무안력 연구소에서 채굴한 기적의 액체 금속 무안단액을 동력원으로 움직입니다. 기체의 장갑에도 사용된 이 금속은 무안력 연구소에서 발견한 신 에너지원으로 각광받고 있습니다. 무안력 연구소의 소장 남박사는 사아카니스 제국의 침략을 물리친 후 무안단액의 특허권을 포기, 전 세계에 무상 배포하기로 약속했습니다.」

"B대리."

"네."

"내가 한국 전설 속의 금속 찾으라고 했냐, 안 했냐."

"하셨습니다."

"그런데 시발 무안단물이 뭐냐."

대리는 고개를 숙였다. 안드로메다 투어 김투어는 지구 측에 침략을 하는 조건으로 더욱 진보된 동력 기술을 전수하기로 했다. 하지만 지구에 없는 액체 금속이 필요한지라 그대로 로봇에 사용할 경우 출처 문제가 생길 수밖에 없었다. 그러니 일종의 현지화를 하기로 결정, 전설로만 전해지는 금속을 찾아내었다 발표하기로 계획을 짰다. 그리고 B대리는 '무안단물'에 대한 자료를 갖고 왔다.

"너 지금 우리 로봇에 쌍꺼풀 만들어주고 싶냐."

"아닙니다."

대리는 네이버 지식인에라도 물어보고 자료를 준비했어야 했다. 방송국에 자료를 보내니 담당 PD가 난색을 표해 그제야 '무안단액'이라고 용어를 일일이 바꾸고 기획을 재정비해야 했다. 애초에 전라남도 무안에 가르바니온의 기지를 건설한 것도 무안단물 때문이었기에 팀원들의 허탈함은 배로 컸다.

"팀장님. 근데 한국적이라는 게 허들이 높습니다."

"한국 정부에서도 지원금 타려면 한국 소재를 타야 쉽다잖아."

"그러니까 애초에 왜 한국입니까….."

"고객의 행복이 우리의 행복. 손님이 하라면 해야지."

이번의 고객, 그러니까 사아카니스 제국의 이지라니우스 대제를 자칭한 세가타 별의 젊은 샐러리맨 이지라니는 초장부터 골치 아프게 구는 고객이었다. 대부분 미개발 행성에 투어를 가는 고객들은 자신이 그 별의 창조주나 대부호가 되기를 원하지만, 이지라니는 그 뿌리부터가 덕후스러웠다. 재패니메이션을 바탕으로 하는 침략자라니. 결국 안드로메다 투어 김투어 측에서는 지구의 정치나 경제 그리고 자연환경 등을 고려했을 때 미국을 배경으로 컨버전하자고 제안을 했고 고객 역시 그러겠노라 승낙했다.

하지만 침략 다섯 달 전, 이지라니는 급작스레 한국으로 침략지 변경을 요구했다. 오타쿠다운 세세한 요구에다가 계획의 중도 변경까지. 안드로메다 투어 김투어 측이 안드로메다 투어 당하는 기분이었다. 비밀기지의 입지에서 로봇의 건조까지 처음부터 다시 시작. 날림이 되지 않을 수가 없었다. 그러나 이는 을로서 계약서에 명시된 자가 넘어야 할 필연이었다.

「무안동력은 차후 천 년을 좌지우지할 기술입니다. 이 기술은 당연히 인류 모두를 위해 공개하는 것이 옳은 일이겠습니다. 하지만 아직 무안단액을 소량밖에 채굴하지 못한 상황에서, 한 단체 혹은 한 나라가 이 기술을 독점할 경우 세계 권력 균형은 일방적인 방향으로 쏠릴 것입니다.」

「과연. 그 이유로 발표를 미루셨군요?」

「맞습니다. 실은 전 세계에 무안동력기를 배포할 수 있을 정도로 무안단액을 모으기 전까지는 가르바니온 역시 공개할 생각이 없었습니다만, 저 사아카니스 제국의 침략에 급히 로봇과 파일럿을 출동시킬 수밖에 없었습니다.」

다큐 방송에서는 이제 가르바니온을 제작했다는 설정의 박사 남박사의 인터뷰가 나왔다. 늙었다기보다는 숙성되었다는 느낌의 남자였다. 두껍지만 맵시 있게 빠진 뿔테에 단정한 정장 위에 걸친 백의, 균형 잡힌 콧수염에서 관록이 느껴졌다. 연극을 하다가 노숙자가 되고 만 남자 하나를 주워다 말끔히 성형시키고 난 결과였다.

무안력 연구소의 열 몇 남짓한 직원들은 모두 훈련받은 연극배우들로, 결국 다 거짓말인 셈이었다. 하지만 연구소는 지구 언론과 접할 기회가 많은데 안드로이드나 안드로메다 투어 김투어 직원을 갖다 놓으면 섬세한 대응은 힘들 것이고 진짜 과학계 연구자들을 모셔놓으려 해도 이 관광 투어 자체가 황망한 일인데 업계인에게 논문 조작 등 오랜 흠으로 남을 사기극을 시킬 수도 없었다. 그러니 아예 뒤탈 없을, 삼류 배우들을 모아다 어트랙션의 인형 옷을 입혀놓듯 성형을 시켜놓고 연기를 시킨 것이다.

「1호기 '갈' 파일럿! 강! 훈입니다!」

「네, 어쩌다 가르바니온의 파일럿이라는 위험한 임무에 자진하게 되셨는지 여쭤봐도 될까요?」

「정의를 향한 저의 타오르는 열정 때문입니다!」

"C차장. 좀 무리수 아니냐?"

"적당히 유치해야 잘 먹히지 말입니다."

남박사와의 인터뷰에 뒤이어 가르바니온 파일럿들의 인터뷰가 진행되었다. 처음으로 등장한 것은 1호기의 파일럿 강훈이었다. 평범하게 생긴 인물이지만 말투나 행동이 어딘가 딱딱했다. 가르나비온의 파일럿들이 모두 인간이 아니었기 때문이다. 안드로이드에 피부를 붙이고 인격 프로그램을 설정해 움직이니 어색함이 남았다. 하지만 인간을 고용할 수는 없었다. 고층 빌딩보다 더 거대한 이족보행 병기에 산 사람을 태우는 것은 살인 행위나 다름없었으니까.

기본적인 인격은 시중 프로그램을 사용하면 되지만 구체적인 성격이나 버릇, 과거에 대한 자잘한 설정들은 결국 인력으로 조정해야 했다. 강훈의 강박증 환자 같은 말투를 보니 A팀장은 C차장에게 인물 설정을 몽땅 떠넘긴 것이 여간 불안하지 않았다.

「2호기, '비아'…의 파일럿… 최…민…이다….」

"얘 말야. 고작 한 문장에 말줄임표가 너무 많지 않아?"

「날카로운 콧날에 이지적인 눈빛으로 여성분들의 인기를 한몸에 받고 계시기도 하죠. 여러 기획사에서 컨택이 들어왔다고 하는데, 사아카니스 제국을 물리친 후 연예계 진출 기획은 없으신가요?」

여성들이 그렇게까지 생각이 없지 않은데도, 아나운서는 어떻게든 인터뷰 내용을 만들기 위해 용을 썼다. 최민은 팔짱을 풀고는 이마에다 한쪽 손을 바둑돌 내려놓는 모양새로 내려놓고서는 한숨을 내쉬었다. 고작 인터뷰인데도 지휘자와 같은 화려한 손놀림이었다.

「나는… 전사다… 어릿광대는… 되지 않…아… 전장에서 죽을… 각오다…!」

"적당히 유치한 게 아닌데."

"이번에도 말줄임표는 많네요."

"게다가 폼 잡으려고 노력한 것에 비해 그렇게 멋있지도 않아요."

회의실 곳곳에서 야유가 들려왔다. 안드로이드든 아니든 인기인에 대한 적의는 분명했다. 물론 2호기 파일럿 최민의 말투가 무리수인 것도 사실이기는 했다. C차장은 그렇게 별로인가, 하는 표정으로 외면할 뿐이었다. 최민의 분량이 끝나고 곧 3호기 파일럿 윤철이 등장했다. 평범한 생김새의 강훈이나 미남에 속하는 최민과는 달리 윤철은 후덕하고 푸근한 인상이었다.

「3호기 '니온'의 파일럿 윤철입니다.」

「가르바니온에 많은 시민분들이 응원하고 계신데요. 그분들께 한마디.」

「많은 격려 감사합니다. 앞으로도 사아카니스 제국의 침략을 막아내기 위해 노력하겠습니다.」

"재미없네. 얘는 왜 이리 평범해?"

"원래 3호는 그런 거래요."

"좀 뻔하긴 하네요."

"그러니까 어느 정도 유치해야 좋은 겁니다."

이후로는 무안력 연구소의 구조를 설명하는 영상이 이어졌다. 어디까지나 건물과 무안동력에 관한 내용이었으므로 평가 회의에서 지적할 부분은 없었다. 잠깐 짬이 난 사이 팀원들은 제각각 마실 것을 타 오거나 주전부리를 먹는 시간을 가졌다. A팀장은 담배 한 대를 입에 물었다. 다들 무언가를 하지 않고서는 견딜 수가 없었다.

시간은 속절없이 지나가고 곧 가르바니온의 활약 장면이 나오기 시작했다. 저번 금요일에 있었던 전투에 관한 내용이었다. 가르바니온의 상대를 맡은 기괴수는 믹서기를 베이스로 만든 믹서기간트. 날카로운 날이 엄청난 속도로 회전하여 가르바니온의 장갑을 깎아내는 막강한 기괴수였다. 이지라니우스 대제가 1화의 난로다인이 너무 약했다고 온갖 화를 내었기에 상품개발부에서 성능을 더욱 향상시켜 만든 물건이기도 했다. 사흘 만에 기괴수를 새로 하나 만드는 것은 베테랑으로 가득한 안드로메다 투어 김투어의 개발부에서도 쉬운 노릇이 아니었다. 하지만 지금 가장 큰 문제는 믹서기간트가 아니었다.

「우리가 누구냐고 물으신다면 대답해드리는 것이 인지상정!」

「각하, 각하! 저작권! 저작권적으로 문제 있는 발언이에용!」

「그래? 그러면 하늘에는 별, 땅에는 꽃, 사람에게는 사랑!」

「그것도 문제 발언임다!」

「으이씨, 이제 남은 게 뭐니?」

어떤 성벽(性癖)이 있는지 의심되는, 몸에 딱 달라붙는 데다 옷을 입었다기보다는 벗었다는 것에 가까운 구멍 쑹쑹 뚫린 검은 가죽옷에 마치 나비와 같이 화려한 가면을 쓴 세 명. 이 어딜 봐도 수상쩍은 삼인방이 믹서기간트 위에 올라타 등장했다. 이번 에피소드부터 등장하게 된 사아카니스 삼장군이었다. 글래머러스한 몸매에 고혹적인 목소리를 가진 사아카니스 제국의 간부 요니아 파탈과 그 졸개 말라깽이 사르치오 마컴, 그리고 뚱뚱이 사르페오 마컴 형제. 이 세 명이 안드로메다 투어 김투어에서 긴급 평가 회의를 갖게 만든 인물들이었다. 이제까지와는 차원이 다른 골칫덩이였다.

「사자성어를 쓰는 건 좋았어용.」

「세 번 나누어서 외치는 것도 좋았슴다.」

「그럼 그걸로 가자.」

「사랑은 일격필살!」

「인생은 일필휘지!」

「침략은 일케일케!」

「사아카니스 제국의 삼장군, 오늘도 섹시하게 침략!」

「일케일케는 사자성어가 아니에용!」

「거기다 표준어도 아님다!」

도대체 뭘 어쩌라는 걸까. 얘네는 뭐가 좋다고 이렇게 신이 난 걸까. 왜 어미에 용이나 슴다를 붙이는 걸까. 이 눈치 없는 종자들을 어쩌면 좋을까. 화면을 보는 것만으로도 A팀장 이

33

하 안드로메다 투어 김투어 직원들 모두 진이 빠졌다. A팀장
은 아예 화면을 정지해놓고 회의를 진행했다. 저 꼬락서니를
더 봐줄 용기가 미처 나지 않았다.

"얘들아."

"네, 팀장님."

"우리 다 죽을까?"

"…."

"우리 진짜 다 죽을까? 그럴까?"

팀장은 동의만 있으면 언제라도 자신이 한 말을 실천에
옮길 기세였다. 사아카니스 제국은 어쨌든 외계의 침략자였
다. 그 목적이 이지라니우스 대제의 지구 관광이고 그 대가
가 무안동력 기술 이전이니 투어가 끝나면 지구 측은 이 사
기극의 진상을 공표할 것이다. 이 투어가 사기극이든 아니든
지구 역사의 한 획을 그을 것임은 분명했다. 그런데 저 웃기
지도 않은 꽁트는 무어란 말인가? A팀장은 자신들이 준비한
침략 전쟁의 대상 연령이 대폭 하락함에 도무지 웃을 기분이
들지 않았다.

"D대리가 우리 스토리랑 설정에 빈틈 너무 많다고 그랬지."

"대리님이 그렇게 말씀하긴 했죠."

"그래서 내가 특별 예산 당겨주고 현지인 작가 섭외하라
고 했지."

"팀장님이 지시하셨죠."

"D대리 어디 갔다고?"

"고향별로요."

"지구 다음엔 D대리네 별 침략할까?"

팀장은 머릿속으로 D대리를, 그리고 D대리와 똑같이 생긴 D대리네 고향별 주민들을 학살하는 장면을 떠올렸다. 이지라니가 왜 지구를 침략하겠다고 했는지 조금은 이해가 가는 순간이었다. 다른 팀원들 머릿속도 별반 다르지 않은 듯했다.

"걔는 회사 일은 이따위로 해놓고 왜 도망갔다냐?"

"대리님은 섭외한 작가가 자꾸 집적대는 게 짜증 난다고 사직서 냈죠."

"그 섭외한 작가는 어디 있는데? 왜 안 보여?"

"D대리가 고향별로 가기 전에 짜증 난다고 자동차로 들이받아서 반년 동안 병원 신세입니다. 아무래도 복귀는 힘들 것 같습니다."

"왜? 우주항모 바톨에 치료기 있잖아?"

"팀장님… 치료기를 쓰면 그 작가가 복귀하잖아요."

팀장은 이 참극을 되풀이할 생각이 일절 없었다.

"그러네. 걔 계속 병원에 있으라고 해라."

"네."

결국, 2화부터 가르바니온을 고전에 몰아넣으려는 전개는 실패로 끝났다. 믹서기간트는 모든 면에서 가르바니온을 압도하는 성능으로 제작됐으나 삼장군이 엉망으로 조종했기 때문이다. 가르바니온의 필살기인 깍둑썰기도 나오기 전에 믹서기간트는 두 쪽이 났다. 상품개발부는 좌절에 빠졌다.

「으윽, 이걸로 끝이라고 생각하지 마라, 남박사의 졸개들아!」

「각하! 이번에도 위험 발언이에용!」

「시간과 예산이 더 있었더라면 말임다….」

「변명은 죄악이라는 것을 알고 있겠지?」

「그러니까 위험 발언이라니까용!」

「다음 주에는 퇴장 멘트도 준비하고 와야겠슴.」

회의가 진행이 되질 않았다. 다들 너무 지쳤다. 지구 역사에 남을 촌극이었다. 애초에 이 침략 자작극 자체가 무모한 짓이기는 했다. 하지만 초장부터 이렇게까지 망가질 줄은 누구도 상상하지 못했다. 안드로메다 투어 업계에서 괜찮은 기획이라 호평받던 지방 미개발 행성 투어가 이렇게 되리라 어찌 예상했을까.

모두가 한숨만 내쉬면서 회의실의 이산화탄소 농도를 높이던 차였다. 어느 순간 A팀장 휘하 전원이 냉기에 몸을 떨었다. 냉기 뒤에는 공포가 느껴졌다. 회의실에 누가 들어왔는지 깨달았기 때문이다. 반경 5미터 안에 있는 모든 생물체에게 강제로 소름이 돋게 만드는 냉기 발산 장치가 장착된 갑옷을 입은 이는 이 우주항모 바툴에 단 하나뿐이었다. 사아카니스 제국의 이지라니우스 대제가 친히 회의실에 왕림한 것이다.

"짐이 행차했느니라."

"오셨습니까?"

"전날의 침략 작전, 잘 감상했느니라."

곳곳에 뾰족한 뿔과 쇠사슬이 달린 갑옷이 덜그럭 소리를 내며 움직였다. 이지라니우스 대제는 투구까지 합치면 2.5미터는 될 거대한 체구이기에 그 질량만큼이나 위압감이 느껴졌다. A팀장은 계약 불성실에 대하여 책망을 들으리라 각오를 다졌다. 어찌 됐든 안드로메다 투어 김투어의 이름을 걸고 계약 해지까지는 되지 않도록 어떤 변명이라도 해야 했다. 조금 전 보았던 다큐멘터리의 한마디가 들려오는 듯했다. 변명은 죄악이라는 것을 알고 있겠지? 이지라니우스 대제의 번역기 음성은 가능한 고압적이고 음산한 목소리가 되도록 개조되어 말 한마디 나누기도 싫었는데 역성까지 들으면 얼마나 무서울지 감도 오지 않았다.

"그대들의 기지에 탄복하였도다. 이후의 지구 정벌전에서도 앞서와 같이 성공적으로 해내리라 짐은 경들에게 의지함이니. 그 어떠한 상찬도 아깝지 않겠으나 일단 물질적인 보상으로 추후 보너스를 기대하도록 하거라."

"네?"

"특히나 삼장군을 짐의 휘하에 넣은 것은 탁월한 선택이었도다. 일케일케!"

이지라니우스 대제는 아예 A팀장에게 다가와 기쁨의 포옹을 해주었다. A팀장은 갑옷에 달린 뿔에 찔려 많이 따가웠다. 이지라니우스 대제는 회의실에 있던 팀원들 모두와 악수를 하고 즐거움에 가득 차 방문을 나섰다. 냉기 발산 장치를 달고 있던 사람이 떠나고 5분쯤 지나자 겨우 다들 제 온도를 찾았다. 이제까지 자신들이 해온 일이 무엇이었는지. 앞으로 자신들이 할 수 있는 일이 무엇이었는지 가늠할 수 없는 순간이었다. 하지만 울어서는 안 된다. 고객이, 갑이 웃으니까.

"얘들아."

"네, 팀장님."

"우리 꼭 행복하자."

"네, 팀장님."

팀장은 을로서 사는 것이 어떤 일인지 다시금 깨달았다. 결코 쉽지 않았다.

3화

**첫 출판과 비교했을 때
가장 많이 수정한 에피소드**

"말만 한 계집애가 칠칠맞지 못하게 이런 꼴로 퍼 자니?"

찰싹, 굳센 등짝에 붉은 손자국이 남았다. 김여자는 시뻘 겋게 달아오른 등을 어루만지며 침상에서 일어났다. 박엄마 는 늦잠이나 자는 딸이 영 마뜩잖은 눈치였다.

"엄마, 나 오후에 일 나간다고 했잖아요."

"일은 무슨. 아르바이트지. 그리고 너 옷 좀 입고서 자."

김여자는 대학 졸업 후 석사 코스를 밟고 회사 하나를 1, 2 년 다니다 퇴직한 백수였다. 다시 취업전선에 뛰어들기까지 잠깐 놀까 마음을 먹었다가 정신을 차리고 보니 백수일직선. 당장 정규직으로 취직할 자신이 없으니 알바나 할 겸 취업 알 선 사이트를 뒤지다 발견한 것이 안드로메다 투어 김투어에 서 사아카니스 제국의 삼장군 역을 할 배우를 모집하는 공고였다. 평일만 출근하면 되고 육체적으로도 정신적으로도 고생할 일 없이 지구 침략의 선봉에 서 있기만 하면 된다기에 멋모르고 신청했는데 단박에 합격할 줄이야.

아직도 믿기 힘들 노릇이었다. 어느 날 외계인이 침략해 오질 않나, 아르바이트로 취직한 곳이 그 외계 제국(을 빙자한 관광사)이질 않나, 아르바이트로 하게 된 일이 지구 침략의 간부 역을 연기하는 것이질 않나. 면접날 서울 모처의 낡디낡은 건물에 들어갔다 정체불명의 빛에 휩싸이고 우주선으로 날아갔을 때도, 뾰족뾰족한 갑옷을 입은 이지라니우스 대제 앞에 무릎 꿇고 충성을 맹세했을 때도, 기괴수 믹서기간트에 올라타 가르바니온과 싸울 때도 실감이 나질 않았다.

"내가 내 방에서 자는 것 갖고 뭐라 그래."

"여자애가 그렇게 서른 넘어서 배 까놓고 응, 헤벌쭉 해가지고."

"아, 뭐! 오후 출근이니까 늦잠 좀 자는 거지. 누가 볼 것도 아닌데."

"됐으니까, 엄마 장 보고 올 때까지 네 방이랑 거실이랑 다 치워. 엄마 간다."

말한들 무엇하리. 잔소리의 목적은 대상의 교화가 아닌 발화 그 자체에 있다. 김여자는 자신이 박엄마가 말한 그대로 행동하더라도 박엄마가 원하는 여자다움의 기준이 달라지기만 할 뿐, 김여자의 노력에 여자답다는 평가를 주지 않으리라는 것을 경험으로 알고 있었다. 이 잔소리 포화에서 살아남는

법은 하나뿐이었다. 빠른 도주. 김여자는 박엄마가 장을 보러
간 사이 집을 나서기로 결심했다.

박엄마가 나가고 30분쯤 지났을까? 김여자는 조심스레 옷
장을 열었다. 코트니 패딩이니를 매달아놓은 옷걸이 사이 꽁
꽁 숨겨놓은 옷 한 벌을 꺼냈다. 옷 원단에서 잘라낸 부분이
남겨놓은 부분의 세 배는 될 듯한, 몸매가 노출된다기보다는
방출될 검은 가죽옷. 사아카니스 제국 삼장군의 유니폼이었
다. 누가 보면 얼마나 가난하길래 수영복도 잘라다 입냐 싶
을 옷. 여기에 비인도적인 흉기로 금지될 법한 킬힐에다 팔
끝까지 올라오는 장갑을 끼고 나비 가면까지 쓰니 영락없는
SM 여왕님이었다.

옷은 얼추 입었으니 다음엔 몸단장을 할 차례였다. 화장대
앞에서 시간을 때울 것은 아니었다. 우주인의 기술이 있었으
니 말이다. 인류보다 진화된 기술 덕분에 화장을 할 필요는
없었다. 알약 하나면 끝. 김여자가 안드로메다 투어 김투어
에서 배급받은 약을 삼키자 몸이 재구성되는 것이 느껴졌다.
정전기 비슷한 따끔한 감각 뒤에 김여자는 거울을 보았다.

"이 비인체공학적인 바스트라니…."

변장이라기보다는 변신이었다. 몸무게는 그대로인데 키는
10센티미터가량 커졌다. 온라인 게임 커스터마이징으로나 가
능할 법한 체형으로 바뀐 것이다. 얼굴은 손바닥으로 가려지
게 줄었고 머리카락은 초록색으로 변했다. 아이라인 그릴 것
없이 눈매가 짙어지고 립스틱 바를 것 없이 입술이 붉어졌다.

김여자는 고민해보았다. 도대체 그 외계인이라는 양반은 무슨 생각을 하고 사는 것일까. 만화에나 나올 법한 외양으로 다른 사람을 이렇게 개조시키면서 무슨 일을 시키고 싶은 것일까. 외계인마저 이따위로 여성에게 물화된 이미지를 요구한다면 작금의 미디어가 재생산하는 여성상은 진심으로 문제가 있는 것이 아닐까.

"팀장님, 저 오늘 일찍 출근할게요."

사아카니스 제국 삼장군 유니폼의 나비 가면을 쓰면 김여자의 시선이나 대화 모두 우주항모 바톨과 연결되었다. 옆에서 보기에는 혼잣말이나 하는 것 같겠지만, 다 안드로메다 투어 김투어 사람들과 대화를 하는 것이었다. 김여자가 신호를 보내고 곧 김여자의 몸은 원자분해되어 우주항모로 옮겨졌다. 어쨌든 이 차림으로 출근길 지옥철을 타지 않는 것만은 다행이었다. 비바 우주 기술. 비바 사아카니스 제국.

＊

"사랑은 일격필살!"

"인생은 일필휘지!"

"침략은 일렉트릭!"

"전. 전. 전압을 좀 맞춰서 날 사랑해줘!"

"이번에도 문제 발언임다."

"어찌 됐든 사아카니스 제국의 삼장군, 오늘도 섹시하게 침략!"

서울 용산의 모 오락실. 섬광과 연기, 폭음이 뒤섞인 가운데 사아카니스 제국의 삼장군이 등장했다. 오락실 스피커에서 사아카니스 제국 군가가 울려 퍼지는 와중에 각종 언론사의 카메라 플래시까지 터져 평소보다 훨씬 더 요란한 분위기였다. 김여자는 요니아 파탈 역에 심취해 진정으로 악의 간부가 된 마음가짐으로 채찍을 휘둘러 오락기들을 부쉈다. 기자들은 어떻게 찍어야 박력 있게 나올까 고심하며 사아카니스 제국 삼장군을 카메라에 담았다.

사아카니스 제국 삼장군의 무모한 등장 이후 안드로메다 투어 김투어는 계획을 또다시 대폭 변경해야 했다. 자신들이 하는 일이 침략이 아니라 관광이라는 사실을 숨기기에는 너무 나가버렸다. 결국 심각한 분위기는 포기할 수밖에 없었다. 침략이 아닌 예능 포맷. 이것이 안드로메다 투어 김투어가 내린 결론이었다.

미취학 아동을 대상으로 하는 인형 쇼처럼 말라깽이 사르치오 마컴과 뚱뚱이 사르페오 마컴 형제도 과장된 동작으로 오락실의 각종 기기들을 부숴대기 시작했다. 어차피 안드로메다 투어 김투어가 설립한 보험사에서 처리할 거니까 얼마든지 물건들을 박살 내도 죄책감은 들지 않았다. 스피커에서 사아카니스 제국 군가의 후렴이 나오고 얼추 부술 것들 다 부숴놓았으니 이제는 침략 선언을 할 차례였다.

"나! 사아카니스 제국의 간부, 요니아 파탈! 지구의 오락실이라는 곳이 내 마음에 쏙 들어! 갖고 싶어!"

"그러면 이번 기괴수는 오락실에서 찾을깝숑?"

"마침 오락기 하나가 남아 있슴다."

"좋아. 아케이드라군! 나와라, 뿅!"

김여자, 그러니까 요니아 파탈의 채찍이 남아 있는 오락기 한 대를 내려치니 오락기가 기묘한 빛으로 둘러싸여 유기적 생명체로 다시 태어났다. 물론 진짜 기괴수가 이런 방식으로 태어날 리는 없다. 지금도 우주항모의 바톨에서 상품제작부의 피땀 어린 노력과 함께 공장이 돌아가고 있을 것이다. 하지만 그 공정을 그대로 방송에 내보낼 수는 없으니 이런 쇼를 마련한 것이었다. 막 유기적 특성을 갖게 된 저 오락기는 곧 우주항모 바톨 창고 한구석에 처박힐 예정이었다.

"이번에 침략하시는 곳은 용산입니까?"

"그래. 이 아케이드라군은 우리 기지에서 숙성된 다음 금요일 용산으로 돌아올 거야."

"가르바니온에 맞설 대책은 무엇이죠?"

"나, 요니아 파탈의 천부적인 격투 게임 센스지."

이제는 일종의 기자회견까지 열었다. 안드로메다 투어 김 투어는 이왕 개그 노선으로 가게 된 것, 예산 절약도 할 겸 지구 측 피해도 줄일 겸 매주 수요일 침략지를 선정해 예고편을 갖기로 결정했다. 금요일 낮 용산에 기괴수가 침략하기로 약속을 했으니 주변 시민들은 하루 전날 대피를 마쳐놓을 것이고 재산손괴도 더욱 적게 일어날 것이다. 이 예고편 홍보를 위해 한국의 언론들과 미리 접선, 오늘의 쇼를 기획하였다.

"지금 인류가 소속된 국가의 대다수는 민주정입니다. 사아카니스 제국의 점령이 인류의 삶을 봉건제정으로 되돌릴 수 있으리라 보십니까?"

"오, 그래. 우리는 독재자야. 1퍼센트의 사람들이 자본을 장악할 거고 부자들의 세금을 깎아 더 부유하게 만들면서 개네들이 도박으로 파산해도 구제해주는데 그렇지 않은 사람들의 건강과 교육 따위는 무시할 거야. 언론은 맘대로 주무르고 전화는 도청하고 사람은 미행하면서 역사책은 뒤바꾸고 불만을 말하면 경찰을 풀어서 쥐어 패겠지. 새삼스럽네."

"이 전쟁이 무의미한 침략전이라는 비판이 있는데요. 전쟁을 기획한 간부로서 한 말씀."

"맞아. 석유를 약탈할 것도 아닌데 말이야. 그런 저효율 에너지원 빼앗아봤자 외우주에서 여기까지 오는 데 든 기름값도 안 나올 테고. 그래도 우리가 하는 전쟁에는 최소한 재미라도 있잖아?"

이럴 때만은 김여자는 요니아 파탈로 사는 것이 좋았다. 이상한 꼬락서니에 대해서만 잠시 눈을 감으면 아무한테나 반말하면서 채찍 휘둘러도 되니까. 넉살맞은 대답에 기자들은 긴장이 풀렸는지 이것저것 폭을 넓혀 질문하기 시작했다. 김여자도 요니아 파탈답게 유머러스한 캐릭터를 연출하려 노력했다.

김여자는 뭐가 되었든 간부라는 직위가 좋았다. 어쨌든 사아카니스 제국을 대표하는 직은 다른 누구도 아닌 요니아 파탈이었다. 사기극의 등장인물을 연기하는 것일 뿐이기는 하지만, 어쨌든 제국 군대의 정상에 올라선 인물을 연기하는 것이니까. 자존심을 걸고, 자부심을 갖고 간부 요니아 파탈의 역할에 임하자 마음먹었다.

"혹시나 가르바니온을 무찌르고 지구를 지배한다면 추후 인류의 반발을 통제하기 위해 준비해놓은 정책이 있는지 여쭤보고 싶습니다."

"이 요니아 파탈의 미모면 충분하지. 너희 나한테 막 지배당하고 싶지 않아?"

기자들은 한마음이 되어 '어우야, 그건 진짜 아니지' 하는 표정을 지어주었다. 어느 정도 친근감을 느끼니 할 수 있었던 일이었다. 정말로 사아카니스 제국이 사악하다면 조금 전 표정만으로도 기자들은 총살형을 당했을 테니까. 언론에서 이미 수십쯤 요니아 파탈의 몸매와 의상에 '아찔'이나 '충격', '대담' 등의 수식어가 붙은 기사를 내보냈으나 아직까지 별반 제재가 없기도 했으니까.

"요니아 파탈 씨는 좀 더 정숙한 복장을 하고 침략을 하시면 어떨까요? 요즘 남자들은 그런 복장은 부담스러워하는데."

"내 옷? 뭐 인마?"

"기자님 옷 센스도 그리 보기 좋진 않사와용."

"조심하시는 게 좋다. 사아카니스 제국이 지구를 지배하게 되면 목 짧은데 옷 카라 세우고 다니는 사람들은 징역 6개

월형에 처할 예정이니 말임다."

많은 사람들이 실소를 머금느라 요니아 파탈이 사르치오와 사르페오 형제에게 눈인사를 하는 것을 보지 못했다. 김여자가 기자의 질문에 발끈해 하마터면 무대를 망칠 뻔한 것이다. 목소리가 높아지기 전에 사르치오와 사르페오가 눈치 좋게 농담으로 마무리를 해줬으니 망정이지, 잘못했다간 안드로메다 투어 김투어 A팀장이 지구에 온 지 다섯 번째로 뒷목을 부여잡고 쓰러질 뻔했다.

일단 기자회견의 주도권은 사르치오 사르페오 형제가 맡기로 했다. 어차피 삼장군 모두 계획에 대해 아는 바는 똑같았으니 큰 무리는 없었다. 요니아 파탈을 겨냥한 질문에만 김여자가 건성건성으로 대답했을 뿐이었다. 묘한 긴장감이 오락실 안에 감돌았다.

"그럼 이쯤하고 우리 아케이드라군이나 키우러 갈까?"

"기자 여러분, 다음에 뵐 때는 정복 기념 축사 기자회견이에용."

"저희도 3면이 아니라 1면에도 나오고 싶슴다."

몇 가지 농담 비슷한 질답이 오가고 사아카니스 제국 삼장군이 우주항모 바톨로 돌아갈 시간이 되었다. 김여자는 가능한한 웃는 얼굴을 유지하려고 했지만 언짢은 기분이 쉽사리 풀리지는 않았다. 전송되는 그 순간까지 김여자는 멈추지 않고 속으로 투덜거렸다. 뭐? 정숙? 남자들이 안 좋아해? 돈 벌자고 이런 꼬락서니를 하고 다니는 것이야 분명 짜증 나는 일이지만 저렇게 접근하면 또 더 짜증이 났다. 남이사. 뭘 하든. 뭘 입든. 네가 내 엄마니?

✳

"쟤네 엄마는 제 딸년이 저런 꼬락서니로 다니는 거 알려나 모르겠다."

김여자는 입을 다물고 박엄마를 바라보았다. 집에 돌아와 저녁을 먹는 중이었다. 뉴스를 보는데, 변신한 자신이 오락실에서 채찍을 휘두르는 장면이 나오는 것이 아닌가. 박엄마는 혀를 끌끌 차면서 TV 화면의 딸에게 손가락질을 했다. 김여자는 혹시 자신의 정체를 들킨 것은 아닌가 박엄마의 눈치를 봤지만 다행히 그러진 않은 듯했다. 요니아 파탈로 변신할 때는 체형부터 목소리까지 모든 것이 변하니 정체를 알아차리긴 쉽지 않을 것이다.

"엄마도 참. 외계에서는 다 저렇게 입고 다니나보지."

"저게 입은 거니? 나는 벗은 건 줄 알았다, 얘."

"내 눈에는 예쁘기만 하고만. 좀 과하기는 해도."

"어이구. 헐벗고 다니는 년을 색시 삼을 신랑이 어디 있니."

달갑지 않은 단어가 식탁에 올랐다. 김여자는 긴장 속에서 담담히 필연적으로 다음에 이어질 화제를 기다리려 애썼다. 박엄마는 일종의 척수반사로 입을 열었다.

"그러니까 너도 조신하게 하고 다녀. 직장에 괜찮은 남자 없어? 너도 이제 나이가 몇인데…."

박엄마에게 기승전결의 결은 결혼의 결이었다. 모든 화제의 결론이 결혼이었다. 김여자는 예상한 대로 이야기가 흘러가자 마음을 비우고 명상에 들어갔다. 자연과 하나가 되겠다는 마음가짐으로 내면의 목소리에 귀를 기울이자며 스스로를 다독였다. 효과는 없지만 뭐라도 하기는 해야 하니까.

직장에서 남자를 찾는다라…. 나쁘지 않은 계획으로 들렸다. 하지만 김여자가 일하는 직장은 안드로메다 투어 김투어고 직원의 대다수가 외계인이었다. 원거리 연애의 단위가 킬로미터가 아니라 광년인 것을 견디기에는 문명 발전이 덜 되었다. 고용된 현지인들은 보안 유지를 위해 서로의 정체를 몰랐다. 끼리끼리 이야기하는 것은 금지되진 않았지만 아무래도 여론이 잘못 흘러갈 경우 사아카니스 제국에 지구를 팔아먹은 매국노, 아니 매성(星)노가 될 가능성도 있으니 가급적 정체에 대해서 말하기를 피하는 편이었다. 누군지도 모르는데 연애하기는 쉽지 않았다.

"지금 직장에서는 좀….."

"빨리 다음에 취직할 곳이나 찾아. 내가 보니 거기는 영 텄다."

"엄마, 그만 좀 해. 지금 직장이 어떤지도 모르면서. 그리고 내가 알아서 할 건데."

"하긴 뭘 한다고. 저기 TV에 저 빤스만 입은 계집도 그렇고 요즘엔 직장 잘못 잡아도 시집 못 가니까 빨리 옮겨. 함부로 나대다간 저 계집애처럼 인터넷 곳곳에서 욕먹고 얼굴도 못 들고 다니니까."

김여자는 건성건성으로 밥을 먹고 방으로 돌아갔다. 엄마
든 엄마가 아니든 욕먹기는 매한가지였다.

✳

"각하. 오늘 기분이 안 좋으신가 보네용."

"피곤하시면 쉬셔도 됩다. 아케이드라군은 저희 둘이 조종
해도 괜찮습다."

김여자는 힘없이 부하들에게 미소를 지어주었다. 날짜는
어느새 아케이드라군을 몰고 용산을 침략해야 하는 금요일.
사아카니스 제국 삼장군은 우주항모 바톨 공장에서 아케이드
라군의 조종 훈련을 하고 있었다. 하지만 연습이 도통 진도가
나가질 않았다. 동체 조종을 맡은 요니아 파탈, 그러니까 김여
자가 넋을 놓고 있었기 때문이다.

아케이드라군은 믹서기간트와 달리 외부에서 조종하는 방
식의 기괴수였다. 믹서기간트는 동체가 비인간형이라 사아카
니스 제국 삼장군이 탑승해서 움직일 수 있는 모양이었지만,
아케이드라군은 이족보행을 기반으로 했기 때문이다. 하지만
단순히 건물 안에서 기괴수를 조종하는 것은 임팩트가 없다는
판단에 사아카니스 제국 삼장군은 반중력 원반 위에 올라타
기괴수 주변을 부유하며 명령을 내리기로 전략이 변경되었다.

사르치오 마컴은 기괴수의 무기를, 사르페오는 반중력 원
반의 비행을, 요니아 파탈은 기괴수의 움직임을 조작하기로

역할을 분담했다. 각각 자신이 맡은 부분을 연습하는 사이, 김여자가 아케이드라군의 조종간을 놓고 말았다. 사르치오와 사르페오 형제 역시 기계의 조작을 멈추고 걱정 어린 표정으로 요니아 파탈의 조종석 쪽으로 고개를 돌렸다.

"별일 아니에요. 미안해요. 그저께는 엄마한테 혼나고 어제는 사아카니스 제국에 관한 인터넷 뉴스에 달린 덧글을 봤더니 안 좋은 이야기만 가득해서…"

"저런… 인터넷 덧글은 안 보고 사는 게 속 편해용."

"그렇슴다. 어쨌든 저희는 침략자니까 말임다. 짜고 치는 전쟁이라지만 좋은 이야기가 나올 수는 없을 검다."

당연한 이야기지만 이들이 평소에 '—용'이나 '—슴다' 류의 말투를 쓰고 살 리야 없었다. 얘네도 사람이었다. 하지만 사르치오 사르페오 형제가 쓰고 있는 가면은 이지라니우스 황제의 투구와 마찬가지로 일종의 번역기가 달려 있었다. 혹시라도 긴급한 상황에서 무의식적으로 표준어를 쓸 위험을 막기 위해서였다. 김여자가 연기하는 요니아 파탈은 상황에 따라 다양한 말투를 써야 하기 때문에 번역기가 달려 있지 않았지만 말이다.

어찌 됐든 사르치오 사르페오 형제는 연극에서이기는 하지만 자신의 상사인 요니아 파탈이 힘들어하는 모습을 보자 어쩔 줄 몰랐다. 가능한 한 상냥하게 위로를 건네보려 했지만 가라앉은 분위기가 나아지진 않았다. 여기에 김여자가 핸드폰으로 자신에 대해 달린 덧글을 보여주니 아예 우울함이

전염되기까지 했다.

"보로 시작되는 단어가 참 많네용."

"년으로 끝나는 단어도 많슴다."

"밥 먹을 때 쓰는 단어도 많고요."

여기에 옮겨 적었다가는 음란서적물 배포죄로 은팔찌 커플링으로 차고 나랏밥 먹을 수위의 덧글에 다들 입을 다물었다. 김여자는 침울하게 신세한탄을 했다.

"뭐, 제가 곱게 보이지야 않겠죠. 지구를 정복하겠다고 온 침략자인 줄 알 테니까요. 그래도 이렇게 성적인 놀림감이 되는 게 즐겁지는 않네요. 제가 진짜 요니아 파탈인 것도 아닌데도요."

"인간끼리도 짓궂게 구는데 외계인에다 침략자니 막 대하기도 쉽겠죵."

"요즘 애들이 인터넷에서 입이 보통 험한 것이 아님다."

이제는 다들 훈련은 안중에도 없다는 듯 수다를 떨기 시작했다. 복지도 근무환경도 보수도 완벽한 직장이었지만, 내심 인류를 배신하고 있는 것은 아닌가 혹은 그렇게 비난을 듣게 되는 것은 아닌가 불안한 구석이 있었던 탓이다. 하지만 속내를 다 털어놓기에는 아직 그렇게 친한 사이는 아닌지라 화제는 요니아 파탈에 대한 성희롱에 국한되었다.

김여자는 자신의 착 달라붙는 가죽옷을 팽팽히 당겼다 놓았다. 비인체공학적인 바스트가 중력의 법칙에 저항했다. 사르치오 사르페오 형제는 무례히 쳐다보는 것처럼 보이지 않도록 부단히 노력해야 했다.

"게다가 제 사진을 모아놓은 인터넷 카페도 있더라고요. 그냥 팬클럽이라면 웃고 넘어가겠는데 야시시한 각도의 사진만 모아다가 만든 거 있죠? 이것들 다 죽여야 하는데."

"어떻게 방법이라도 알아볼까용."

"명색이 외계인이라 법정에서 고소할 수는 없고 말임다."

차마 부하들에게 보여줄 수는 없었지만 인터넷에 돌아다니는 요니아 파탈의 도촬 사진의 수위는 여간 높은 것이 아니었다. 기자회견이나 가르바니온과의 싸움 외에 요니아 파탈의 모습을 하고 돌아다닌 적도 없는데 어떻게 그 짧은 시간 동안 이 정도로 선정적인 각도를 찾아낼 수 있었는지 카메라맨들의 굳은 열의에 감탄을 하게 될 정도였다. 도무지 즐겁지 않은 감탄이었지만 말이다.

김여자는 다시 한숨을 쉬고 말았다. 나는 이런 간부가 되고 싶었던 것이 아닌데. 할 일은 다 잘 해내는 멋진 간부의 모습을 연기하고 싶었는데. 안드로메다 투어 김투어가 코믹 노선으로 사아카니스 제국 삼장군의 캐릭터를 정했더라도 자신이 할 수 있는 선 안에서는 가능한 한 노력하려 했는데.

"각하, 기운 내세용. 똥 밟았다 생각하시고용. 각하가 잘못한 게 아니잖아용."

"맞슴다. 그리고 똥이 무서워서 피하는 거 아니잖슴까. 그냥 지구 침략이 끝날 때까지 인터넷은 끊으시는 게 좋슴다. 지금 이보다 더 중요한 일이 어딨겠슴까."

다정한 부하들의 위로에 김여자는 정신을 차리고 일에 집중하기로 결심했다. 어쨌든 사아카니스 제국과 안드로메다 투어 김투어가 하는 일은 지구 역사에 남을 일이었다. 거짓과 기만으로 가득 차 있더라도 외계와의 교류는 외계와의 교류였다. 김여자는 다시 아케이드라군의 조종간을 잡고 훈련 준비에 들어갔다.

"네. 힘내겠어요. 제 미모에 무릎 꿇고 복종하기를 애타게 기다리는 신민들이 있으니까."

사르치오와 사르페오는 '어우야, 그건 진짜 아니지' 하는 표정으로 자신의 상관을 바라보았다. 헛소리를 하고 헛소리를 받아줄 정도로 기운이 난 눈치에 내심 안심하면서. 김여자는 김여자대로 결의를 다졌다. 둘의 이야기가 옳았다. 요니아 파탈이 성희롱을 당하는 것은 김여자가 잘못한 것도 아니고 인터넷만 끊으면 기분 나쁘지 않게 피해 다닐 수 있는 노릇이었다.

＊

…라고 생각한 것은 오산이었다. 온라인이니 뭐니 해도 결국 그 안에서 활동하는 사람들도 오프라인에서 멀쩡히 살아 있는 사람들이었다. 결전의 금요일. 용산의 빌딩 옥상 곳곳에 가르바니온과 아케이드라군의 싸움을 구경하러 온 무리가 눈에 띄었다. 그리고 그 군중이 들고 있는 플래카드나 팻말에는 사아카니스 제국과 삼장군을 규탄하는 문구들이 적혀 있었으

며 그중에는 물론 성적인 비하 발언도 심심찮게 볼 수 있었다.

"세상에 할 일 없는 사람 많네용."

"악역으로서 기뻐해야 할지 슬퍼해야 할지 모르겠슴다."

사아카니스 제국 삼장군은 아케이드라군을 이끌고 용산에 강하했다. 아케이드라군은 오락실 게임기에 팔과 다리가 달린 심플한 (건성건성의) 디자인이었다. 이번에 무기라고 받은 것도 오락실용 등받이 없는 의자 하나뿐이었다. 사아카니스 제국 삼장군의 등장 이후 안드로메다 투어 김투어의 상품개발부의 의욕이 많이 떨어졌다는 소문이 사실인 듯했다. 삼장군은 어찌 됐든 무중력 원반으로 아케이드라군의 주변을 돌며 재건축 예정인 건물을 최우선으로 부수도록 조작 버튼을 눌렀다.

"몰려온 사람들이 위험에 빠지지는 않겠죠?"

"감시용 스파이 로봇을 뿌려서 체크하고 있어용."

"우주항모 측에서도 감시하고 있겠지만, 저희 쪽 도청 채널도 켜겠슴다."

「와, 이게 찍혀요?」

「카메라 렌즈가 아니라 천체망원경 렌즈 같은데요.」

「아이돌 팬들도 대포 여신이라지만 걔네들은 끽해야 객석에서 무대까지잖아. 반면에 우리는 빌딩 몇 개는 가로질러서 찍어야 하니까 이 정도는 필수야. 봐봐. 요니아 저년 가슴에 점까지 찍히잖아.」

근방 관광객 무리의 도청 채널을 켜자마자 적나라한 대화가 이어졌다. 아무래도 전문적으로 파파라치 사진을 찍는 일행으로 보였다. 김여자는 몸을 가리고 싶었지만, 도청을 하고 있다는 것을 들킬 염려에 얼굴이 새빨개진 채로 입을 다물 수밖에 없었다.

"오늘 병가 쓰시는 게 어떠시겠나용."

"침략자들도 병가를 쓰나요."

관광객 근처에 가지 않도록 조심하며 건물을 부수는 사이 드디어 무안동력의 전사 갈과 비아 그리고 니온이 도착했다. 지구를 구할 영웅의 등장. 도청기 채널 전부가 술렁이며 세 영웅의 사진을 찍고 동영상을 촬영하고 있음을 알 수 있었다. 저번 화까지는 리얼리티를 위해 갈과 비아 그리고 니온이 싸우기 전에 미리 기지에서 합체하고 기괴수와 싸우러 왔지만 이제는 아니었다. 사아카니스 제국 삼장군의 등장과 함께 리얼리티는 갖다 버리기로 안드로메다 투어 김투어는 내부 결론을 내린 것이다.

사람들의 환호성 사이에 갈—비아—니온은 가르바니온으로 합체를 시도했다. 어느 부위가 열리고 어느 부위는 하늘로 치솟고 도무지 효율이라고는 찾아볼 수 없는 형식의 접합 끝에 가르바니온의 형태가 완성되어갔다.

「아저씨는 로봇 합체하는 거 안 찍어요?」

「난 사람끼리 합체하는 거만 찍자는 주의야. 야, 비켜봐. 지금 요니아 찍고 있어. 젠장. 애는 왜 합체를 안 한대니.」

도청기 채널의 대다수가 가르바니온 합체에 환호성을 지

르기만 하니 파파라치의 한탄이 유난히 잘 들렸다.

"실수로 빌딩을 밟으셔도 눈 감아드릴게용."

"생각만 하고 있을게요."

짜증이 난들 쇼는 계속 이어졌다. 가르바니온의 세 파일럿은 합체 후 파괴 활동을 멈추라느니 하는 통상적인 권고를 건네고 사아카니스 제국 삼장군은 나름대로 너 따위는 한 방감이라는 둥 도발을 했다.

신경전은 곧장 전면전으로 이어졌다. 가르바니온은 무적 만용검을 휘두르며 무섭게 파고드는 반면 아케이드라군은 시작부터 수세로 몰렸다. 가르바니온의 세 파일럿이 인공지능인 것에 반하여 아케이드라군의 삼장군은 인간에 불과하니 아무래도 불리한 싸움이었다. 더욱이 저번 기괴수 믹서기간트는 강력한 칼날 회전 공격을 쓸 수 있었지만, 아케이드라군에게는 거대한 오락실용 의자를 휘두르는 것 외에는 공격할 방법이 없었다.

그사이 가르바니온이 아케이드라군의 한쪽 어깨를 내려치는 데 성공했다. 빌딩 하나 크기의 막대한 질량을 가진 무적 만용검이 엄청난 속도로 휘둘러지니 주변은 거센 바람에 휩싸였다. 무서운 검압에 사아카니스 제국 삼장군이 타고 있는 반중력 원반마저 흔들렸다. 그리고 원반만이 아닌 원반 위의 사람들도 흔들리긴 매한가지였다.

「좋아! 흔들린다!」

김여자는 반중력 원반 위에서 겨우 균형을 잡아내면서도

파파라치의 목소리를 잡아내었다. 뭐가 흔들렸다고 좋아하는지 아마 예상한 그대로일 것이다.

"아까 제안 받아들여도 될까요?"

"지금 이 대화가 우주항모 측에도 들릴 겁다."

아케이드라군은 한쪽 어깨에 상처를 입고 나서는 눈에 띄게 가르바니온에게 밀리기 시작했다. 기괴수는 단순한 기계를 넘어서 유기적인 특성도 갖고 있기에 큰 상처를 입으면 전체적인 능력이 떨어졌기 때문이다. 가르바니온은 이 틈을 놓치지 않고 맹공을 가해 아케이드라군을 몰아세웠다.

거진 클라이막스라는 느낌에 사아카니스 제국 삼장군은 긴장을 늦추지 않았다. 곧 있으면 각본대로 가르바니온이 무안만용검 깍둑썰기로 기괴수를 물리칠 것이고, 폭발에 휘말리는 척하며 준비해놓은 퇴장 멘트를 하고 도망칠 차례였다. 가급적이면 화려하고 멋있는 포즈로 깍둑썰기를 당하도록 만반의 준비를 해야 했다. 가르바니온의 세 파일럿이 '무적만용'이라고 외치면 그 순간부터 가르바니온은 10초 동안 에너지를 모으고 '깍둑썰기'라고 외치며 필살기를 썼다. 그사이 시간의 연출은 오로지 사아카니스 제국 삼장군의 몫이었다.

사아카니스 제국 삼장군은 서로 눈을 맞춰 가며 기술을 받아낼 준비를 했다. 폭파 신이야말로 베이비페이스에 맞서는 힐의 자존심이 걸린 순간이었다. 삼장군은 출동 전까지 몇 번이고 합을 맞춰가며 가장 간지 나게 아케이드라군이 쓰러지는 장면을 연습했다. 김여자 역시 간부다운 마지막 장면을 위해 어떤 노력도 불사할 생각이었다. 그러니까, 또다시 그 파파라치의 한마디를 듣게 되기 전까지는 말이다.

"무적만용!"

「벌써 끝이야? 저년은 가슴만 크지 할 줄 아는 게 하나도 없어. 하여튼 여자란….」

그 순간 김여자가 맛이 갔다.

"깍둑썰기!"

탕-탕-탕-탕-탕-탕-탕!

탕-탕-탕-탕-탕-탕-탕!

원래 가르바니온의 필살기 무안만용검 깍둑썰기는 커맨드 ↓↘→↓↘→K를 입력하는 것으로 횡베기 일곱 번, 종베기 일곱 번에 마무리 거합베기 한 번으로 총 열다섯 번의 참격이 자동으로 나가 상대방을 산산조각 내는 기술이었다. 하지만 요니아 파탈은, 그러니까 김여자는 그 횡베기 일곱 번, 종베기 일곱 번의 참격을 아케이드라군이 타이밍 좋게 오락실 의자를 휘둘러 튕겨내는 것만으로 완벽하게 방어했다. 그리고 아케이드라군은 공중으로 치솟아 올랐다.

탕!

마지막 거합베기조차도 완벽하게 공중에서 방어, 김여자는 그 자리에서 바로 이어지도록 공중에서 강K 후 ↓K, →↓↘P를 캔슬, ↓↘→↓↘→K의 콤보를 물 흐르듯 자연스럽게 전타 적중시켰다. 그야말로 EVO 2004에서의 우메하라가 재림한 순간이었다. 가드데미지만으로도 KO 당했을지 모를 상황을 블로킹으로 완벽하게 뒤엎어낸 것이다. 저 강고한 가르바니온조차도 기괴수의 노도와 같이 몰아치는 연속 공격에 맥을 못 추고 쓰러져버렸다.

김여자는 여기서 멈추지 않고 아케이드라군을 한 빌딩 앞으로 이동시켰다. 사르페오는 상관이 보내는 무언의 압력에 반중력 원반을 움직여 아케이드라군 위에 착륙했다. 아케이드라군이 마주한 빌딩은 당연히 그 빌딩이었다. 문제의 파파라치가 요니아 파탈을 도촬하고 있던 그 빌딩. 파파라치는 오줌을 지렸다. 거인 위에 올라탄 악녀의 내리까는 시선. 지릴 만했다. 김여자는 아케이드라군을 움직여 기괴수의 그 크나큰 손가락으로 파파라치를 가리켰다.

"야."

"네?"

"이 씨×놈아."

"저요?"

"뭐."

"뭐, 뭐가요?"

"하여튼 여자가 뭐, 이 씨×놈아."

"어, 그게요….".

사르치오와 사르페오는 숨을 죽이고 요니아 파탈이 충동을 못 이겨 살인자가 되지 않을까 조심스레 바라보았다. 주변의 관광객들 역시 지구 방위 최후의 보루 가르바니온이 쓰러진 이 상황을 이해하지 못하고 구경 온 사실이 들통 나지 않게 침묵한 채 이 상황을 관망할 뿐이었다. 용산 전체가 물에 잠긴 듯 누구도 말을 꺼내지 못하고 무겁고 음침한 공기로 가득 찼다.

"어휴, 진짜… 한 방감이…."

반경 50킬로미터 내에서 가장 큰 소리는 파파라치가 침 삼키는 소리였을 것이다.

"씨×…."

아케이드라군은 주인의 심정을 대변하듯 발을 과격하게 구르며 난리를 쳤다. 일대가 뒤흔들리고 도로가 무너졌다. 3화까지 나온 기괴수 중 최약의 기괴수라고는 하더라도 이 병기를 가로막을 방법은 지금 이 지구상에는 하나도 없었다. 김여자는 입술을 꽉 깨물었다. 한마디라도 더 했다간 자신 스스로를 억제할 수 없으리라는 것을 깨달았기 때문이다. 분에 떨리는 손을 꽉 쥐어 가며 조종간을 움직였다.

아케이드라군은 용산에 내려왔을 때처럼 조용히 하늘로 올라가기 시작했다. 사르페오는 잠깐 당황했다가 상관의 뜻을 알아차렸는지 반중력 원반을 조종해 공중으로 떠올랐다. 기괴수와 그 조종자들은 자신들이 왔던 곳, 우주항모 바톨로 발길을 돌린 것이다.

✳

아케이드라군은 하늘로 솟구쳐 올라 우주항모 바톨에 그 육중한 몸체를 들이박았다. 이 함선은 아군으로부터의 공격을 상정하지 않고 설계되었다. 우주항모니 뭐니 거창한 호칭이 붙어 있기는 했어도 실상은 그저 관광용 선박이었기 때문이다.

우주항모 바톨 안에서 근무하고 있던 안드로메다 투어 김투어의 직원 일동들은 긴장 속에서 아케이드라군과 그 위에 올라탄 요니아 파탈, 아니 김여자를 바라보았다. 김여자의 분노는 논리적이었다. 이 상황에 대한 책임은 일차적으로 막 성희롱을 저지른 그 남자에게 있었지만, 이 모든 상황을 만든 장본인은 따로 있었다.

"이지라니우스 어딨냐."

"저기, 요니아 파탈 장군…."

"이지라니우스 어딨냐고."

곧 우주항모 바톨의 함교에서 육중한 갑옷 차림을 한 거구의 남자가 양손을 위로 올린 채 기괴수 아케이드라군 앞으로 찾아왔다. 이지라니우스 대제. 사아카니스 제국의 지구여행에서 절대권력을 자랑하는 갑이자 고객이자 모든 부조리의 근원. 구시대적 서브컬처 양식에 경도된 나머지 이를 무비판적으로 재생산하던 이 남자. 하지만 이 폭군조차도 지금 이 상황에서 함부로 까불다가는 돌이킬 수 없는 사태로 이어지리라는 것을 본능적으로 느꼈다.

"짐이 당도했도다."

"야, 됐고."

요니아 파탈은 아케이드라군를 조종해 그 거인의 손을 타고 내려와 이지라니우스 대제의 앞에 섰다. 그러고는 삐죽삐죽한 가시가 달린 투구의 뒤통수를 강하게 후려갈겼다. 묵직하고도 강렬한 일격에 이지라니우스 대제는 그만 무릎을 꿇을 뻔했다. 하지만 이 판국에 아프다는 티를 내면 이는 더더욱 아픈 결과로 이어질 것이 자명했다. 이제 이지라니우스 대제가 요니아 파탈 앞에서 무릎을 꿇는다면 이 추궁이 마무리되고 용서를 빌기 위해 꿇을 때 정도일 것이다.

"너 꼭 정신 차려라."

"음⋯."

"어휴, 이 새끼를 진짜⋯."

이지라니우스 대제는 번역기의 문제로 네, 라고 대답하지 못하는 이 상황이 너무나도 고통스러웠다. 요니아 파탈 역시 이지라니우스 대제가 공손한 말투를 쓰지 않는 이유가 번역기 때문이라는 것을 알고는 있었으나 그렇다고 빡침이 중화되는 것도 아니었다.

"모르고 그러는 거면 봐줄 수 있을지도 모르겠는데."

"음."

"아직도 모른다는 게 말이 되냐?"

"아니하다."

퍽. 요니아 파탈은 차분하게 이지라니우스 대제의 조인트를 하이힐로 찍어버렸다. 이지라니우스는 깽깽이 발로 방방 뛰면서 아픔을 삭여야만 했다. 긴장된 공기 속에서 안드로메다 투어 김투어의 일원 전원은 이 당위로 가득 찬 하극상을 바라보고만 있었다.

"요니아 파탈이여."

"어."

"짐이 그대를 능멸한 자들에게 결단코 그들이 저지른 짓에 대한 응분의 징벌을 내릴 터이니 부디 노여움을 거두고…."

"아니야. 아니라고. 그건 내가 알아서 할 거고."

"그리하면 짐은…."

요니아 파탈은 이지라니우스 대제의 투구 위에다 손을 얹고서는 완력으로 무릎을 꿇도록 만들었다. 이지라니우스 대제는 일절 반항하지 않고서 그 손길을 따라 공손한 자세를 하고서는 자신의 첫째가는 부하를 올려다보았다.

하극상. 군부 쿠테타. 시해. 역성혁명. 우주항모 바톨의 구성원들은 각각의 표현을 떠올리며 제국의 지배권이 이양되는 상황에서도 침묵을 지켰다. 이 정권 교체의 순간이야말로 이 제국에 반드시 필요한 일이었기 때문이다.

"잘해라."

요니아 파탈의 짧으면서도 굵은 한마디에 사아카니스 제국 일원들은 모두 고개를 끄덕였다. 그렇다. 이지라니우스 대제여. 잘해라. 지금은 20세기가 아니다. 잘 좀 해라. 부디 잘 좀 해라. 반드시 그래야만 한다.

4화

악의 변증법

「무적만용검! 껍질 까기!」

화면 속 무안동력의 거대 인형 병기 가르바니온이 검을 수직으로 든 채로 기괴수 아케이드라군의 주변을 맹렬한 속도로 회전했다. 어느새 아케이드라군의 갑주가 사과 껍질처럼 길고 얇게 깎이고는 바닥에 떨어졌다. 뼈다귀 몸만 남은 아케이드라군은 군중 앞에서 박살이 났다. 이어지는 가르바니온의 무적만용검에 기괴수는 폭발과 함께 산산조각 날아가버리고, 그 곁을 맴돌던 사아카니스 제국 삼장군의 반중력 원반역시 후폭풍에 휘말려 저 하늘 위로 치솟았다.

「자, 사르치오! 사르페오! 여기서 퇴장 멘트.」

「…준비하지 않았는데용?」

「뭐? 왜!」

「지난주처럼 이기실 줄 알았습다….」

「아뿔싸!」

이번 주도 또 하나의 싸움이 끝났다. B팀장은 조용히 화면을 끄고서는 만족한 듯 미소를 지었다. 안드로메다 투어 김투어의 지방 미개발 행성 투어는 담당자 A팀장이 스트레스성 위염으로 병가를 떠나 이제는 B팀장의 지휘하에 있었다. B팀장은 전임과는 달리 더욱 유연한 태도로 관광 프로그램을 만들었다. 달리 말하자면, 대충대충 설렁설렁 되는대로 일을 진행했다는 이야기였다. 팀장의 유연한 태도에는 현지인들의 협력을 적극 수용하는 정책도 있었다. 오늘은 사아카니스 제국 삼장군의 사르페오 마컴과 함께 이번 주 방송을 복기하던 차였다. B팀장의 넉살 좋은 태도와 달리 사르페오는 조금 긴장한 모습이었다.

"죄송합다. 어머니가 다리를 다쳐서 입원하시는 바람에 퇴장 멘트를 준비 못 했습다."

"괜찮습니다. 원래 계약 조건에 대사를 준비하는 것까지는 없었잖아요?"

사르페오가 긴장한 것은 퇴장 멘트를 준비 못 한 것 때문만은 아니었다. 지난주 직장 상사라고 할 수 있는 사아카니스 제국의 최고 간부 요니아 파탈이 파파라치의 도발에 넘어가 그만 정의의 로봇 가르바니온을 쓰러뜨리고 만 것이다. 이 급작스러운 해프닝은 곧 요니아 파탈이 사아카니스 제국의 성차별적인 관행을 문제 삼아 혁명을 저지르는 큰 사건으로 이어졌다. 이 제국은 실제로 존재하는 제국조차 아니었음에도 말이다.

이제 요니아 파탈은 이지라니우스 대제의 통치권을 묵인하는 대신 예전처럼 가공된 것과 같은 인공육체가 아니라 단련된 느낌이 나는 인공육체를 하고서, 실용적인 목적이라고는 일절 존재하지 않는 노출용 의상이 아닌 군인이라면 입을 법한 복장으로 진두지휘를 맡았다. 사르페오는 간접적이나마 현지 협력자이자 사아카니스 제국 삼장군의 일원으로서 책임감을 느꼈다. 그때까지 쇼를 망치고 A팀장이 병가를 낸 이 상황과는 별개로 직장 상사인 요니아 파탈의 힘이 되어주지 못했기 때문이다.

사아카니스 제국의 성차별적인 문화를 개선하는 것과 별개로 악당, 그것도 악의 조직에서 중간관리 직급의 위치에 있는 인물이 정의의 편을 단 3화 만에 쓰러뜨렸다는 것은 아무래도 문제가 되지 않을 수 없었다. 결국 4화의 내용은 가르바니온 팀의 특훈으로 새로운 필살기 껍질 까기를 연마하는 것으로 급변경되었다. 또한 요니아 파탈의 갑작스러운 조종 실력 상승과 승리 후 가르바니온을 완전히 파괴하지 않고 우주항모로 돌아간 것은 당시 파파라치의 발언으로 요니아 파탈이 성희롱의 파동에 눈을 떠 폭주했고 그 여파로 우주항모를 부수지 않기 위해 힘을 억눌러 도주한 것이라 끼워 맞추기식 설정을 만들어 언론에 설명했다. 그의 신체 변화에도 어떻게든 뭐라고 납득시킬 논리가 필요했기도 했고 말이다.

"성희롱의 파동에 눈뜬 요니아 파탈은 아무래도 무리수지 않습까?"

"어? 지구인들은 몰라요? 성희롱의 파동에 눈을 뜨는 거?"

사르페오는 B팀장의 대답에 대꾸하려다 그냥 입을 다물었다. 우주의 과학은 인류의 얕은 지식으로 가늠할 영역이 아니었다. 외계인들은 가끔 성희롱의 파동에 눈을 뜨는 걸지도 모른다고 스스로를 설득했다. 사르페오의 침묵에도 B팀장은 다정하게 우주 기술의 메커니즘을 설명해주었다.

"이번 기괴수 에너지도 그걸로 충당했는데. 굳이 성희롱이 아니더라도 부정적인 감정이면 뭐든지 다 반응해 질량이 늘어나는 물질이 있거든요. 지구식으로 번역하면 커지니움쯤 되려나. 5세대 이전의 동력원이지만 가성비가 좋고 지구 환경에도 어울려서 갖고 온 엔진이에요. 일종의 의사인격(擬似人格)이 존재해서 사람들의 마음에 반응하죠. 이걸 장착하면 처음 시작할 때는 삼장군 님이 긴장하니 강하고, 중간에는 여유가 생겨서 좀 약해졌다가 클라이막스에 다시 긴장과 함께 강해져서 이번 투어에도 어울리겠더라고요."

"그거… 굉장함다."

과연 커지니움 엔진이 장착되지 않았다면 지난주 요니아 파탈이 가르바니온에게 완전히 몰린 상황에서 그런 극적인 역전극을 만들어내기란 쉽지 않았을 것이다. 우메하라의 전설을 재현한 요니아 파탈의 조종 실력은 물론 일품이었지만 어디 기계라는 것이 부서지기 직전에 그렇게 부드럽게 움직이는 물건이던가. 거기다 질량 보존의 법칙 같은 물리학적 상식을 엿 바꿔 먹는 동력원이 5세대나 전의 물건이라는 설명은 전율마저 일으켰다.

"하지만 말임다. 아케이드라군은 신필살기에 당하니 화려하게 폭파하자며 다 부쉬놓은 데다가 잔해는 놓고 오지 않았잖슴까? 혹시 남아 있는 커지니움을 지구 측에서 손에 넣으면 위험해지는 거 아님까?"

"에이, 걱정하지 마세요. 그렇게 위험한 기술도 아니고 어차피 국가 기관 대부분이 우리 손안에 있으니까요."

팀장의 상냥한 웃음에 사르페오는 그저 웃었다. 이 직장에 들어오고서는 언제나 놀랄 일들뿐이었다. 사르페오는 B팀장에게 인사를 하고는 회의실 문을 나섰다. 이제는 집에 가서 어머니의 병간호와 사아카니스 제국 삼장군의 퇴각 시 매번 할 대사를 구상해야 했다. 외계의 군대에 의한 지구 침략 선봉에 선 간부로서 너무 소박한 일이 아닌가 싶지만 그건 그대로 즐거운 일이었다. 아무튼 B팀장으로부터 커지니움 엔진이 사고를 일으키지 않으리라는 확증을 받았으니 안심하고 서울로 내려갔다.

✳

사르페오의 우려가 괜한 것만은 아니었다. 지구 측 정보기관은 아케이드라군에서 커지니움을 회수하지 못했지만, 커지니움의 일부는 산골 어딘가로 숨어들어 스스로의 존재를 재구축하고 있었던 것이다. 이 검은 빛의 금속체는 회수된 에너지를 이용해 몸을 유동시켜 햇빛을 무수히 반사했다.

'나는 알라우네….'

팀장이 말한 대로 커지니움은 일종의 의사인격을 갖고 있었다. 타자의 감정에 반응하여 질량을 조절할 수 있도록 말이다. 그리고 지금 막 인격을 재정립해 자신을 알라우네라 칭한 이 커지니움 조각은 단순한 의사인격의 수준을 넘어서는 지성을 가졌다.

무슨 우연인지 이 커지니움은 그의 둥지나 다름없는 아케이드라군 안에 있던 일주일 동안 우주항모 바톨의 공장에서 안드로메다 투어 김투어 전 직원들, 그중에서도 특히 정비반의 스트레스라는 질 좋은 양식을 먹고 자랐고 그 짜증의 양은 커지니움이 자아를 잉태할 만큼 진화하는 데 차고도 넘칠 정도였다.

'시체를 먹고 피어나는 한 송이 꽃….'

알라우네는 비록 기괴수의 동력원으로 사용된 양의 백분의 일도 되지 않았지만, 주변 생물로 의태할 수 있을 정도의 크기는 되었다. 이 악의를 듬뿍 머금은 금속은 도망치기 전에 계획했던 대로 스스로를 검은 개의 형상으로 바꿨다. 산골에서 현지의 동물 모습으로 정체를 감춘다면 우주항모 바톨의 추적을 피할 수 있으리라 계산한 것이다. 안드로메다 투어 김투어 측에서 커지니움마다 달아놓은 추적 장치는 옛적에 부쉬놓은 지 오래였다.

이 사악한 금속은 기괴수 안에 잠들어 있으면서도 우주항모 바톨의 메인 컴퓨터와 연결해 자신의 정체성과 안드로메다 투어 김투어 계획의 대략적 개요를 파악했다. 그리고 알라우네는 그 계획에 자신이 끼어들기로 결정했다. 이 은하는 은하계에서도 변방이며 지구는 이 변방에서도 구석진 촌 동네. 은하 연방에 발각되기 전, 60억 지구 인류의 악감정을 흡수한다면 이 은하의 점령이 가능, 그 이후의 전략에 따라 우주의 패권조차 쥘 수 있으리라 계산한 것이다.

'크큭… 어리석고 저속한 저들의 계획 따위, 꼭두각시놀음이다.'

고도의 지성을 갖게 된 알라우네는 자신의 창조주인 안드로메다 투어 김투어와 이지라니우스의 계획이 참으로 잉여롭다 여겼다. 말이야 맞았다. 그 큰 힘을 가지고 고작 지구 일대를 강제로 관광지로 바꾸는 놀음만 할 뿐이라니. 안드로메다 투어 김투어조차도 그렇게 생각하고 있을 터였다.

'악감정은 더욱 강고한 나를 만들고, 더욱 강고해진 나는 더 큰 악감정을 부를 수 있게 되지…. 어둠은 더 큰 어둠을 낳고 아픔은 더 큰 아픔을 부른다. 무한히 반복되는 이 담금질은 나를 끝없이 강하게 만들 터… 영겁의 변증법은 나 자신을 시대정신으로, 이 우주의 제패로 이끌 것이다! 악이 최강이다. 악이 세계를 지배한다!'

지방 미개발 행성 투어를 비웃는 지성이 안드로메다 투어 김투어에게서 물려받은 것이었다면 촌스러운 말투나 발상의 수준은 이지라니우스에게서 물려받은 것이리라. 그렇게 알라우네는 여느 자식들과 마찬가지로 자신의 부모를 부정하는 듯하면서도 부모의 마음을 대변하는 것으로 자식 된 존재를 증명했다.

우선 근처의 민가부터 시작해 소도시로 몸을 옮기면서 체력을 다지자. 힘을 얻은 뒤에는 다음 주 금요일 가르바니온과 기괴수와의 싸움에 난입해 어부지리의 이득을 얻어 전 세계를 공포에 떨게 하고. 여기까지 성공한다면 전 인류의 부정적 감정을 얻어 우주항모 바톨을 가로채는 것 또한 무리가 아닐 터였다. 머릿속으로 세계 정복의 청사진을 그렸다. 알라우네는 평범한 개의 주둥이로는 결코 지을 수 없는 음흉한 미소를 지었다.

알라우네는 곧바로 옆 수풀이 부스럭거리는 소리에 귀를 기울였다. 조금 전까지 지구 정복을 꿈꾸던 이 금속 생명체라도 지금 상태로는 온갖 것을 경계할 수밖에 없었다. 아직 그의 크기는 조금 작은 중형견 정도. 알라우네가 조사한 바로는 한국 땅에서 멧돼지와 마주치게 되면 부정적 감정을 일으키기도 전에 압살당할 위험이 있었다. 그리고 곧 이 악의로 가득 찬 짐승 앞에 그 운명을 좌우할 누군가가 나타났다.

"응가."

악의로 가득한 검은 금속의 생명체는 이 모독적인 발언에 어떻게 대응해야 할지 모를 정도로 어이를 잃었다. 알라우네 앞에 나타난 것은 고작 네 살이나 되었을까, 걸어 다니는 것

72

조차 신기할 정도로 작고 맹랑한 소녀였다. 아이는 개의 형상을 한 알라우네의 어두운 색깔의 털을 보고는 스스로가 아는 가장 재미난 단어를 떠올린 듯했다. 아이는 알라우네가 아무 반응이 없자 곧 눈앞의 생물이 응가가 아니라고 판단했다.

"지지?"

"아니, 그러니까 응가나 지지가 아니고…."

"자지?"

"그것도 아닌데…."

알라우네는 가능한 평정을 유지하려 애썼다. 순간적으로는 당황하기는 했지만, 알라우네는 처음 만난 상대가 이렇게 어린 아이라는 것은 행운이라 느꼈다. 이성을 가진 존재이며 육체적으로 성숙하지 못해 겁을 주기에는 딱 좋은 상대로 보였으니까. 알라우네는 헛기침을 몇 번 하고는 아이에게 이를 드러내며 그르렁 목을 울렸다.

"미숙한 존재여, 나는 은하의 모든 빛을 가릴 암흑의 군주 알라우네이다. 너의 악을 나에게 바쳐라. 그리하면 네 보잘것없는 목숨만은 살려주겠다. 물론 네가 지쳐 쓰러질 때까지 너의 절망을 쥐어짜내겠지만? 크큭크…."

아이는 하나도 이해하지 못한 표정이었다. 그저 개가 짖네, 하고 여기는 것 같았다. 아이는 알라우네 앞으로 성큼 다가갔다. 알라우네는 아이가 눈앞까지 다가오자 한번 물어라도 줘야 하나 고민했다.

"하하! 주먹! 주먹!"

아이가 빨랐다. 아이는 알라우네에게 주먹을 휘둘렀다. 그 작은 몸의 무게를 한껏 실은 공격이었다. 알라우네는 퍽퍽 처맞을 때마다 자기가 지금 무슨 상황에 처한 것인지 이해를 할 수 없었다. 어? 이게 아닌데? 무척이나 아팠다. 알라우네가 몸을 웅크리고 가능한 한 맞을 면적을 줄이자 아이는 이제 발로 걷어차기 시작했다. 만약 알라우네가 금속 생명체가 아니라 영혼을 가진 유기체였다면 동물을 학대하는 과격한 폭력 묘사로 동물 보호 단체에서 제재를 받을 수준으로 걷어찼다.

알라우네는 한시바삐 아이에게서 악의 감정이나 원한의 감정을 흡수하려 했지만 어떤 힘도 느껴지지 않았다. 지독한 고통만이 온몸을 휘감을 뿐이었다. 인간의 감정을 읽어내는 금속 생명체는 자신에게 폭력을 가하고 있는 아이의 마음을 읽어보려 애썼다. 하지만 그곳에는 선도 악도 없었다. 순수한 물리적 힘. 약간의 호기심에 의한 기계적이고 반복적인 동작의 수행만이 있을 뿐이었다.

"네, 네놈! 감히 무엇을 하는 것이냐?"

"때찌! 때찌!"

아이는 이제 알라우네를 발로 차다 못해 짓밟기 시작했다. 목적이 곧 수단이고 수단이 곧 목적인 무기질적인 폭력. 이곳에는 선과 악의 구분이 아닌 단지 강자와 약자의 차이만이 있었다. 어린아이의 폭력은 지극히 계산적이며 실험적이었다. 어느 만큼의 힘을 가해야 대상이 부서지는가에 대한 궁금증이 이뤄질 때까지 폭력이 멈추지 않았기 때문이다. 알라우네는 그 금속의 몸이 부서지기 전에 마음이 부서지는 것을 느꼈다.

'이것은… 눈물?'

"웅가! 웅가!"

'울고 있는 것은… 나?'

알라우네는 그날 악이 최고가 아니라는 것을 깨달았다. 검은 개가 소리 내어 울지도 못할 정도로 두들겨 맞아 탈진하자, 아이는 검은 개의 꼬리를 붙잡고 질질 끌면서 집으로 돌아갔다.

*

"꼭끽! 꼭꼭꼭꼭끽!"

몰아치는 한기 속에서 알라우네가 눈을 떴다. 아직 해도 다 뜨지 않아 하늘은 짙푸른데 옆 닭장의 닭이 시끄럽게 울어대는 통에 계속 잠을 잘 수가 없었기 때문이다. 이 검은 개는 개목걸이에 묶인 자신의 신세에 한숨지을 수밖에 없었다. 아이에게 끌려와 개집에 갇힌 지 벌써 사흘이나 지났다. 저 먼 외계 문명의 우주항모에서 면밀한 계획을 통해 탈출하는 것에 성공한 지 1시간도 지나지 않아 고작 네 살배기 여자아이에게 붙잡혀 두들겨 맞고는 개집에 갇힌 포로 신세가 된 것이다.

알라우네는 다른 형태로 몸을 바꾸어 개목걸이에서 벗어나고 싶었지만, 의태에 필요한 에너지의 여유분이 남아 있지 않았다. 이 상황을 타개하기 위해서는 수많은 난관을 넘어야 했다. 아이의 눈을 피해 도망쳐야 하고 산골에서 벗어날 때 마주칠 들짐승들을 이겨야 하며 사람을 겁박해 부정적 감정을 일으킬 수 있어야 했다. 이 세 가지 조건을 달성하기 위해서는 지금 가진 에너지로는 턱없이 부족했다. 닭장의 닭을 겁주는 정도로는 지성을 유지하는 데 필요한 에너지를 조달하는 것도 급급했다.

"응가! 응가!"

"응가 아니라니까…."

머리카락이 잔뜩 하늘로 뻗친 아이가 개집 앞으로 뛰어왔다. 아이가 닭에게 모이를 뿌려주는 사이 알라우네는 한숨만 쉬었다. 아직도 맞은 곳이 쑤셨다. 그런데 맞지 않은 곳이 없었다. 그러니까 온몸이 쑤시는 것이었다. 잡혔을 땐 하필 산골 아이를 만나 겁도 줄 수 없겠다 생각했는데 이것이 또 오산이었다. 알라우네는 아이가 끌고 간 집에서 아이의 할머니를 만나고는 기회라고 생각해 그 할머니에게 덤벼들었다. 할머니는 아이와 달리 더욱 체계적이고 발전된 유형의 폭력을 맛보였다.

맞은 데 또 맞고 안 맞은 데 골라 맞다 정신을 차려보니 개줄에 묶여 있는 자신을 발견했다. 혹시나 자신이 말을 하는 모습을 보면 요망하다고 조금 전 맞은 것에 두 배로 맞지 않을까, 하는 생각에 할머니 앞에서는 입을 다물기로 결심했다. 시골 무서웠다. 아닌 게 아니라 저 넓은 논밭에 몇 구의 개 사체가 묻혀 있을지 상상도 할 수 없는 노릇 아닌가.

"흙 먹어! 흙 먹어!"

아이는 흙으로 경단을 만들어 검은 개 앞에다 내놓았다. 알라우네는 제네바 조약에 의거해 포로에 대한 부당한 처우에 항의하며 단식을 하겠다고 조리 있게 설명했고 아이는 주먹으로 화답했다. 검은 개는 억울해서 울 것만 같았다. 닭은 그나마 모이라도 먹는데 왜 자기는 흙경단을 먹게 되었냐는 말인가. 무슨 소꿉장난의 연장이라도 되는 건가.

"나는 지고이자 극상의 악이다! 어찌 감히 흙덩이를 먹이려 하느냐!"

"주먹! 주먹!"

"아, 때리지 마세요, 먹을게요! 먹을게요!"

알라우네는 불경처럼 서러웠다. 어느 정도냐면 팔만대장경 급으로 서러웠다. 아이는 어찌 된 것이 하루가 다르게 크고 하루가 다르게 강해졌다. 꾸역꾸역 흙덩어리를 입안에 밀어 넣었다. 만약 알라우네와 아이의 관계가 반대였다면 적의와 부의 감정을 흡수해 질량을 부풀리는 커지니움은 지금 발생한 스트레스로 한라산 크기만큼 커졌을 것이다. 알라우네는 열심히 개의 주둥이로 입안의 흙경단을 씹었다. 맛이 짰다.

아이는 검은 개가 대충 다 먹은 시늉을 하자 이제는 기둥에 묶인 개목걸이를 풀어 손에 쥐었다. 제 딴에는 TV 프로그램에서 연예인이 강아지와 산책하는 장면을 봤던 것을 따라 할 속셈이었다. 아이는 이제 줄을 손에 꼭 쥐고는 미친 듯 달리기 시작했다. 알라우네는 교수대에 매달린 심정으로, 교살당하여 죽지 않기 위해서 심장이 튀어나올 듯이 달려야만 했다.

"아이님! 아이님! 좀 천천히! 천천히!"

"응가! 응가!"

알라우네가 보기에, 아이들은 벌레와 같았다. 인격이 아직 구축되지 못한 저들은 반사적이고 본능적인 원칙에 따라 움직일 뿐이었다. 이들에게 선과 악에 관하여 묻고 논리와 이성을 통한 설득을 시도하는 것은 무용한 일이었다. 이것은 깔보거나 비하하는 의도가 아니었다. '그렇기에 아이들은 모든 책임에서 면책되며 어른의 인내와 양심으로 이끌어야 하는 존재라는 당위를 가진다는 근거를 규명하는 일이다.'라고 알라우네는 스스로를 위로했다.

하지만 얄팍한 거짓말로 자신을 속이기에 아이는 너무나 빨랐고 산은 험준했다. 이 목적 없는 여로와 맹목적인 질주 속에 알라우네는 포기와 겸손을 배웠다.

*

아이의 산책인지 고문인지 모를 뜀박질이 끝난 것은 아이 앞에 소년이 나타났을 때였다. 아이에 비하면 훨씬 큰 키에 멍청함은 그대로 담아놓은 듯한 얼굴의 꼬마였다. 한 열 살 남짓 되었을까. 소년은 검은 개를 흥미롭다는 듯 바라보았다. 알라우네는 오랜만에 힘이 차오르는 것을 느꼈다. 아이는 오빠뻘 되는 소년이 조금은 불편한 듯했다.

"어? 너네 집 개 길러?"

아이는 아무 말 없이 고개를 끄덕였다. 소년은 당연하다는 듯이 아이의 손에서 목줄을 낚아챘다. 알라우네는 무슨 영문인지 모르지만 일단 소년을 따라갔다. 소년의 덩치가 아이의 두 배쯤 되니까 맞으면 두 배쯤 아프리라는 수학적인 계산 때문이었다. 아이 역시 잠자코 소년의 뒤를 따라갔다.

혹시 소년이 예전부터 개를 갖고 싶어 했기에 아이에게서 자신을 데려가려는 것이 아닐까? 알라우네의 가슴 속에 희망이 생겨났다. 보라. 소년에게는 이성이 있다. 할멈이나 아이처럼 무기질적인 폭력을 휘두를 것 같지는 않았다. 조금 억지를 부릴지는 모르겠지만 적어도 흙경단을 만들어 개에게 먹일 만큼 멍청해 보이지도 않았다. 최소한 지성은 갖고 있을 테니까.

"얘 이름이 뭐냐?"

"웅가."

알라우네는 또다시 배가 불렀다. 소년이 아이의 머리에 알밤을 먹여 부정적 감정이 생겨났기 때문이다. 아이가 입을 뾰로통하게 내밀자 소년은 자신의 폭력이 정당했다고 훈계질을 했다.

"개 이름이 웅가가 뭐냐, 웅가가? 너 바보냐?"

지당하신 말씀. 알라우네는 말이 통하는 상대를 만났다는 기쁨에, 또 자신을 괴롭히던 아이를 괴롭히는 소년의 위세를 업을 수 있다는 생각에 의기양양한 태도로 소년을 따라나섰다. 아이는 새 장난감을 빼앗길까 두렵다는 듯 조마조마한 표정으로 소년을 쫓아갔다.

두 명과 한 마리. 아니, 두 명과 한 대는 어느새 마을 귀퉁이의 강변에 도착했다. 산에서 내려오는 물줄기가 이리저리 합쳐 폭이 꽤 넓었다. 아이가 산에서 뛰어노는 걸 좋아하는 반면 소년은 강에서 멍하니 있는 걸 좋아했다. 낮이면 낚시나 수영이라도 하겠지만, 아직 이른 아침이라 돌로 물수제비나 뜨며 강변을 걸었다.

여기서 또 기대에 부풀었다. 소년이 아이를 괴롭히기 위해 이곳으로 끌고 온 것은 아닐까. 만약 그렇다면 단숨에 에너지를 흡수해 은하를 암흑으로 지워버리겠다는 원 목적을 달성할 수 있으리라. 다행히 걷기만 하는 것에 질렸는지 소년은 아이에게 이것저것 말을 건네면서 시비도 걸기 시작했다.

"얘는 응가가 아냐. 멍멍이야. 알겠어?"

"아냐! 응가!"

"멍멍이는 응가가 아니라니까? 응가는 똥이야. 지지! 지지!"

"응가 지지 아냐! 멍멍이야."

"그래. 멍멍이야."

"아냐! 응가! 멍멍이 나빠. 응가!"

선문답인지 모를 대화가 오갔다. 알라우네는 한참을 고민한 뒤에야, 여기서 고유명사와 일반명사가 혼용되었기 때문에 이 해괴한 대화가 성립되고 있음을 깨달았다. 소년은 아이가 악을 쓰며 땅바닥에 뒹굴기 시작하자 이제 논쟁의 판단을 제삼자에게 맡기자는 타협안을 내놓았다.

"멍멍아! 너 멍멍이가 좋아? 아니면 응가가 좋아?"

두 비교에서 응가가 좋을 사람이 아주 많지는 않겠다. 소년과 아이는 자연스레 개를 사이에 두고 양쪽에 서서 어느 쪽으로 개가 오는가 겨루기로 했다.

"응가! 응가!"

아이가 간절한 눈빛으로 검은 개를 바라보았다. 지금까지 생에서 이렇게 바라던 것이 없다는 표정이었다. 물론 하루하루 갱신되는 기록이었지만. 알라우네는 처음으로 자신이 주도권을 쥔 상황에 감격했다. 물론 선택은 이미 정해져 있었다. 멍멍이가 좋은가, 응가가 좋은가 고르라면 당연 멍멍이였다. 며칠 전까지 지구 침략과 은하 정복을 목표로 하던 생명체의 선택지치고는 무척 저렴한 편이었지만, 지금 자신의 비참함을 이해하기에는 이제껏 당한 일이 너무 많았다.

검은 개는 은근슬쩍 눈치를 보며 소년 쪽으로 살금살금 다가갔다. 소년은 승자의 미소를 지었고 아이는 패배의 굴욕을 곱씹느라 얼굴이 한껏 일그러졌다. 할머니가 억지로 김치를 먹였을 때의 표정이었다.

"응가! 응가!"

아이는 이제 강가의 돌을 주워다 개에게 던지며 엉엉 울었다. 소년은 아이가 우는 것에 책임감을 느꼈는지 멋쩍게 웃었다. 알라우네는 도대체 자기가 무슨 맞을 짓을 했다고 맞는

지 모르지만 어쨌든 때리니 맞았다. 울 수도 웃을 수도 없는 상황이었다. 부정적 감정 덕에 힘이 차오르는 것은 좋은데 맞는 건 아팠으니까.

'이 고통을 되갚는다 생각하자… 이 통증마저 유희로 느껴지는군… 훗.'

알라우네는 몸의 질량을 늘리기 전에 아이에게서 부정적 감정을 더 얻어내기로 결심했다. 아이가 울어대는 통에 힘을 얻기는 했지만, 아직 안드로메다 투어 김투어 사원들의 스트레스에 비할 바는 아니었다. 소년도 자신에게 협조적이니 큰 무리가 아니리라 예상했다. 하지만 잘못된 예상이었다.

"너 멍멍이가 미워?"

"미워!"

"혼내줄까?"

당연한 일이지만 소년은 개보다는 사람 편이었다. 아이가 하도 시끄럽게 빽빽거리며 울어대니 달래주려나 싶었다. 알라우네는 소년이 자신을 번쩍 들자 훈계라도 들으려니 싶었다. 하지만 이 사악한 금속체의 기대와 달리 소년은 개를 들어다 강에다 던져버렸다. 첨벙. 수면에 파문이 일었다.

어린아이의 폭력이 지극히 계산적이며 실험적이라면 소년의 폭력은 여기에 지성이 덧붙여졌다. 육체적 고통만이 아닌 정신적 공포를 더했다. 검은 개는 갑작스레 물에 빠지자 어쩔 줄 모르며 허우적거렸다. 아이는 어느새 울음을 그쳐 발버둥 치는 검은 개를 보며 웃었다. 소년은 곧 개가 알아서 헤엄을

82

치겠거니 팔짱을 끼고 있을 뿐이었다.

하지만 소년이 알지 못했던 것이 있었다. 조금 전 소년이 집어 던진 알라우네는 지구의 개와는 달리 금속으로 이루어져 비중이 더 무거웠다. 알라우네는 물 위에 뜨지도 못한 채 물살에 휩쓸려 점점 흘러내려 가기 시작했다.

'이 악마 같은 지구인 놈들…! 악마 같은 지구인 놈들…!'

알라우네는 알라우네대로 필사적이었다. 이대로 바다까지 흘러가기라도 한다면, 부정적 감정을 얻어낼 생물체마저 찾지도 못한 채 비축분만 낭비하다가 그저 돌덩어리 신세로 되돌아가 생각하는 것을 그만두게 될 것이다. 어떻게든 이제까지 쌓아놓은 부정적 감정을 에너지로 전환하여 신체를 변형하려 해보았지만 그럴수록 자신의 질량이 늘어나 물 깊숙이 잠길 뿐. 이러지도 저러지도 못하는 진퇴양난의 상태였다.

"…이상하다? 헤엄을 못 치네?"

"웅가! 웅가!"

소년은 개가 강 저 끝까지 떠밀려 가버리니 그제야 무언가 이상하다고 느꼈다. 예전에 자기 집 개를 던졌을 때와 달리 아이네 개는 헤엄을 못 치니 말이다. 아이는 비명을 질러대며 개를 따라 강 아래쪽으로 달려갔다. 소년은 부랴부랴 뜀박질을 하며 동네로 돌아갔다.

"야! 너 여기 꼼짝 말고 있어! 나 주변에 어른들 있나 찾아볼게!"

"웅가! 웅가아!"

알라우네가 질량을 늘리고 형태를 변화시킨 뒤 부피를 늘리자 떠내려가는 속도가 조금은 줄어들지만, 점점 물밑으로 가라앉는 것은 멈추지 않았다. 소년이 금세 길가 너머로 사라지고 아이가 계속 강변을 따라 달리는 모습이 보였다. 의식을 갖게 된 지 일주일째, 은하를 지배할 패왕의 길을 걷기로 다짐했고 그로부터 사흘 뒤 익사라니. 알라우네는 짧디짧은 인생을 되돌아보았다.

'악은… 나의 악은 은하의 종언이 되리라 믿어 의심치 않았다.'

'절대적인 카타스트로피로 가 닿는 의지야말로 진정한 악이라고… 큭큭.'

'하지만 악을 향한 의지는 의지 없는 허무에 비하면… 풋내기의 잠투정이었을 뿐….'

'보다 더 강한 것이 옳다면 나의 죽음조차 받아들이겠다.'

'이것이 나의 종말이라면 기꺼이 받아들이겠다… 내가 원한 것이 바로 이것이니까.'

사악함으로 가득 찬 금속 생명체는 죽기 직전이라고 감상적이 되었다. 상태가 심각했다. 푹 가라앉아 의식을 잃어가는 와중, 수면에 부서지는 태양빛이 아름답다느니 뭐 그딴 생각을 하던 중이었다. 알라우네는 막대한 부의 감정이 자신의 몸에 흡수되고 있다는 것을 깨달았다.

"웅가! 웅가!"

아이였다. 아이가 자신의 개를 쫓아 강에 빠져든 것이다.

알라우네는 아이가 그 작은 양팔로 자신을 꽉 껴안는 것을 느꼈다. 폭발적인 에너지가 몸에 넘쳐났다. 상대의 감정을 읽어들이는 금속은 아이의 마음을 읽을 수 있었다. 아직 발달되지 않은 어린 나이이기에 정제된 언어는 아니었지만 미안함만은 느낄 수 있었다.

'아이야…!'

'아이를 구해야 한다.' 알라우네의 머릿속에는 단 하나의 문장만이 떠올랐다. 지구 정복의 야망도 우주 멸망의 기원도 그의 마음속 어디에서도 찾을 수 없었다. 저 작은 아이가 자신을 구하기 위해 발버둥 치는 것에 마땅하고 합당한 보답을 해야 한다는 의무만이 알라우네의 전신을 지배했다.

그 순간. 알라우네의 등에 날개가 돋아났다. 아이가 쏟아낸 부의 감정은 알라우네가 즉시 강에서 뛰쳐나올 수 있을 정도로 강한 힘을 주었다. 알라우네는 어느새 사람의 모습을 한 채 아이를 안고 있는 자신을 발견했다. 아이는 겁에 질려 울먹거렸다. 이 저주스러운 아이가 살아남은 것에 검은 개는 안도의 한숨을 내쉬었다. 도무지 알 수 없는 일이었다.

'…왜지? 왜 사악한 내가 네 앞에서 약해지는 걸까….'

"응가…."

'이 감정은 도대체… 뭐지….?'

"응가…."

'그래… 역시 그거구나….'

＊

"꼭끽! 꼭꼭꼭꼭끽!"

시원한 새벽 공기 속에서 알라우네가 눈을 떴다. 아직 해도 다 뜨지 않아 하늘은 짙푸른데 옆 닭장의 닭이 시끄럽게 울어대는 통에 딱 좋게 일어날 수 있었다. 이 검은 개는 여전히 아이가 메어준 목줄을 차고 있었다. 강에 빠진 뒤 어느덧 사흘이 지났다. 지구를 정복하지는 못하더라도 한 마을을 멸망시킬 만한 힘을 감추고 있었지만, 여전히 네 살배기 여자아이 집에서 사육당하고 있는 것이다.

알라우네는 아이가 물에 빠졌을 때 얻은 부의 에너지를 모두 비축분으로 돌리기로 결정했다. 인간형의 모습에서 개의 모습으로 돌아오기까지 했다. 왜 이런 선택을 했는지 스스로도 납득을 하고 있지는 않았다. 그저 하나의 패배감이, 그리고 그 항복 선언에서 오는 안도감이 자신을 무기력하게 만들고 있다는 것만은 알 것 같았다. 하지만 그 안도감이 따뜻했다. 알라우네는 아이가 누구보다, 무엇보다 강하다 생각했다.

"웅가! 웅가!"

'그래, 웅가야….'

머리카락이 잔뜩 하늘로 뻗친 아이가 개집 앞으로 뛰어왔다. 아이가 닭에게 모이를 뿌려주는 사이 알라우네는 미소를 띤 채 그 광경을 바라보았다. 아이는 물에 빠져 죽을 뻔했던 것치고는 쌩쌩했다. 그날 소년도 아이도 엄청나게 맞았다. 위

험하게 강가에 아이끼리 갔다는 이유에서였다. 알라우네는
아이를 변호하기 위해 멍멍 짖다가 또 맞았다.

맞은 데 또 맞고 안 맞은 데 골라 맞다 정신을 차려보니 자
신을 돌보고 있는 아이를 발견했다. 미안한 것 같았다. 애초
에 목숨을 빚진 것은 알라우네였는데 말이다. 그 이후로 알
라우네는 진짜 개 같아졌다. 술 먹고 아무 데나 드러눕는다
는 것이 아니라, 아이에게 충성하고 충성하게 되었다는 이야
기였다.

"흙 먹어! 흙 먹어!"

아이는 흙으로 경단을 만들어 검은 개 앞에다 내놓았다. 먹
으라는 거였다. 물론 알라우네가 아무리 개 같아졌다고 해도
흙을 좋아라 먹기란 쉽지 않았다. 검은 개는 울먹거리는 표정
으로 꼭 이걸 먹어야겠냐는 무언의 항의를 보냈다. 닭은 그나
마 모이라도 먹는데 왜 자기는 흙경단을 먹게 되었냐는 말인
가. 제네바 조약은 어디로 갔단 말인가.

"케첩! 케첩!"

아이는 알았다는 듯 들고 온 케첩을 흙경단 위에 뿌려주었
다. 케첩은 맛있으니까 케첩을 뿌린 흙경단도 맛있으리라는
발상인 듯했다. 알라우네는 배려 있는 아이의 행동에 감탄과
동시에 좌절했다. 어떻게 아이가 이렇게까지 준비한 밥을 거
절한단 말인가. 꾸역꾸역 흙덩어리를 입안에 밀어 넣었다. 알
라우네는 열심히 개의 주둥이로 입안의 흙경단을 씹었다. 맛
이 짰다. 하지만 케첩 때문에 조금 달았다.

"먹어! 먹어!"

알라우네는 이제 알았다. 악은 전혀 강하지 않았다. 누군가를 분노케 하고 슬프게 만드는 일은 가치판단이 배제된 순수한 폭력 앞에서는 그저 무력했다. 하지만 그 가치중립적인 폭력도 완전한 것이 아니었다. 사랑하는 사람을 위하는 마음. 사랑의 이름으로 가해지는 폭력이야말로 진정 강했다. 아이의 저 초롱초롱한 눈빛을 보라. 저런 표정을 하고 지켜보는데 이 케첩 묻은 흙덩어리를 어찌 먹지 않을 수 있을까.

검은 개는 눈물과 함께 케첩으로 범벅이 된 흙을 삼켰다. 아이는 착하다며 개를 쓰다듬었다. 알라우네는 개의 얼굴 근육으로는 지을 수 없는 표정과 함께 아이에게 맛있다 시늉했다. 차라리 주먹으로 맞는 편이 나았다. 사랑, 무섭다.

*

"근데 말임다. 정말 괜찮은 겁까?"

우주항모 바톨의 안. 사르페오 마컴은 B팀장에게 지난주부터 가슴 한쪽에 남아 있던 근심거리를 털어놓았다. 정비반이 회수한 기괴수의 커지니움이 원래 탑재된 양보다 적다는 보고를 들었기 때문이다. 사르페오 마컴은 지금에야 안드로메다 투어 김투어에 취직해 사아카니스 제국을 위해 일하고 있다지만 본인이 나고 자란 지구를 생각하지 않을 수가 없었다. 팀장은 늘어놓은 자료를 치우고 상냥하게 웃어 보였다. 지구인의 불안을 이해했기 때문이다. 어느 날 갑자기 외계인이 관광을 하겠다고 찾아오고선 이상한 물건들을 풀어놓기 시작했으니 무섭긴 무서울 것이다. 더욱이 사르페오가 처한 입장을 봤을 때 이런 우려는 당연했다. 지구인과 외계인 사이에 끼어 있는 상황이 아닌가.

"안심하셔도 됩니다. 커지늄은 그냥 원시적인 수준의 AI가 담긴 금속 덩어리일 뿐이고, 커지는 것 말고는 별다른 기능도 없어요. 차라리 고속도로의 자동차들이 더 위험할걸요?"

"하지만 지구에서는 그냥 크기가 큰 것만으로도 위협이 됨다."

사르페오는 머릿속으로 자신의 뱃살 덕에 일어난 무수한 사건을 떠올렸다. 인류사에 다시는 없어야 할 비극들이었다. 정색하는 사르페오와 달리 B팀장은 여전히 넉살 좋게 웃기만 했다.

"어? 지구인들은 몰라요? 아시모프의 로봇 삼원칙? 커지늄에는 기본적으로 삼원칙이 주입되어 있으니까 걱정하지 않아도 될 겁니다. 삼원칙을 위반하게 되면 작동이 규제받으니까요."

"삼원칙이면 그거 말씀이심까? 하나, 로봇은 인간에 해를 끼쳐서는 안 된다. 둘, 로봇은 인간이 내린 명령에 복종해야 한다. 셋, 로봇은 스스로를 지켜야 한다. 단, 이 원칙들은 모두 상위 원칙에 위배되지 않는 한에서 따라야 한다…."

"잘 아시네요. 그게 있으니까 괜찮아요. 인간이 위험해지는 순간에는 자동적으로 프로텍트가 걸리면서 구호 프로그램

이 기동될 테니까요."

SF의 팬이면 당연히 암기하고 있을 법칙이었다. 사르페오가 모를 리 없었다. 하지만 그렇다고 하여도 여전히 의문 하나가 남았다. 도대체 왜?

"도대체 왜 외우주의 로봇이 아시모프의 로봇 삼원칙을 알고 있슴까? 아시모프는 지구의…."

"어? 지구인들은 몰라요? 아시모프가…."

이어지는 B팀장의 충격적인 이야기를 들으며 사르페오는 이제껏 읽었던 아시모프의 로봇 시리즈의 내용들을 떠올렸다. 그리고 그 로봇들이 어떻게 운명적으로 인간들 사이에 끼어 개고생을 해야 했는지도. 사르페오는 회의실 창밖에 보이는 푸른 지구를 보며 저 아름다운 별 어딘가에 로봇 하나가 개고생을 하고 있겠구나, 동정과 연민의 마음을 담아 응원의 눈빛을 보냈다.

5화

최종전략인간병기 그녀

「피고 성소단의 명목상의 기소 이유는 공공장소에서의 흡연입니다. 그러나 본 사건의 중대성은 거기에 있지 않습니다. 수년 동안 그녀는 할머니와 단둘이 외롭게 살아왔습니다. 그녀에겐 가꾸어나갈 꿈도, 지켜야 할 사명도 없었고 모든 것이 부질없게만 보이는 데다 왠지 자꾸 억울하다는 생각만 드는 것이었습니다.」

어두운 극장 안 스크린에 어두운 극장이 비쳤다. 극장 안의 스크린 안의 극장 안에는 광대 하나가 극장의 무대 이편저편을 오가며 일장연설을 통해 피고인에게 죄를 물었다. 법정은 극장. 재판장은 공주. 검사는 광대. 피고는 소녀. 광대는 과장된 몸짓으로 소녀에게 면박을 주었다.

「그녀는 무관심했고 너그럽지 못했습니다. 즉 그녀는 이 세계에 대해 화가 나 있었던 것입니다!」

관중들의 신음. 진짜 객석에서 나는 소리는 아니고 스크린 안의 객석에서 나는 소리였다. 김기자는 영화의 안과 밖 경계에 혼란을 겪었다. 스크린 속 광대는 이미 객석의 기겁을 충분히 알았다는 듯 과장된 제스처를 취함으로써 김기자의 현실감각을 더 무너뜨렸다.

「자신의 치명적인 불안을 감추지 못하며 공공장소에서 담배를 피우던 그녀.」

「츳츳… 손나 바카나….」

「그녀를 견딜 수 없게 만들었던 것은 참을 수 없이 따분한 21세기. 그렇습니다. 그녀는 파렴치하게도 현! 대! 인이었던 것입니다!」

광대의 외침에 객석은 박수 소리와 환호로 화답했다. 김기자는 영화가 마음에 들기 시작했다. 광대가 읊은 소녀에 대한 고소장 내용이 꽤나 그럴싸하게 들렸다. 술도 담배도 즐기지 않고 연애는 꿈도 못 꾸면서 무슨 재미로 사는지 김기자 역시 21세기가 따분하기는 매한가지였다.

김기자는 다른 때라면 이 영화를 무척 좋아했을 것이다. 그러니까 지금 자기 바로 옆자리에 앉아서 펑펑 우는 거구의 남자만 없었다면 말이다. 지금이라고 이야기가 재밌지 않은 것은 아니나, 시도 때도 없이 남자가 코를 풀어 제끼니 맘 편히 감상하기가 어려웠다.

남자의 얼굴도 가관이었다. 척 봐서는 5백 년쯤 전에 드넓은 초원에서 백만대군을 상대로 한 손에는 적장의 머리와 다른 한 손에는 생닭 한 마리를 들고 번갈아 씹어 가며 적진에 뛰어들고는 무참히 살육전을 벌일 것같이 생긴 이 남자가 어쩜 그리 울기는 잘 우는지. 영화 속의 소녀가 담배를 피워도 울고 길을 헤매도 울고 하여튼 바쁜 사람이었다.

평소라면 김기자는 그저 다른 줄로 자리를 옮기거나 했을 터였다. 남자가 울기는 해도 끅끅 소리를 참아가며 딸꾹질을 할 뿐이니, 조금만 먼 자리면 그럭저럭 편안한 관람 환경이 마련될 것이었다. 그러나 오늘만은 이 남자 곁을 떠날 수가 없었다. 애초에 영화를 보러 온 것이 아니라 이 남자를 보러 온 참이니 말이다. 도대체 왜냐고? 이야기하면 길다. 잠깐 과거 회상 장면으로 들어가자.

✳

"김기자. 너도 꼴에 기자지?"

박친구는 대뜸 그렇게 말했다. 오랜만에 함께 스터디 그룹 모임을 가졌던 카페에 앉았지만, 한 명은 버젓한 사회인에 한 명은 의젓한 백수. 물론 김기자가 백수였다. 이 둘은 몇 년 전 신문사에 들어가겠다고 같이 취준 세미나를 했던 사이였다. 박친구는 올해 그닥 크지는 않아도 다들 신문사라고 불러주는 곳에 취직했지만 김기자는 아니었다. 건너건너 아는 사람이 만드는 독립잡지에 명목상의 이름을 올리고 몇 가지 기사를 실었을 뿐 어디 감히 기자 행세를 하고 다닐 주제가 못 되었다.

"아 왜. 뭐. 뭐가. 왜 그러는데."

"왜긴 왜야. 김기자한테 알바거리 하나 물어왔으니까 그러지."

알 거 다 아는 사이에 시비부터 걸고 시작이란 말인가. 김기자는 뚱한 표정으로 박친구를 바라보았다. 푼돈이나마 벌거리를 물어 오지 않았다면 진작에 자리를 박차고 일어났을 텐데. 속으로 스스로를 위로했다. 물론 박친구가 알바 알선을 해주지 않더라도 김기자가 이런 자리에서 벌떡 일어날 깜냥은 없었다. 그냥 스스로를 위로하면서 하고는 하는 상상이었다.

박친구는 음흉하게 이를 드러내고는 김기자에게 서류봉투를 건넸다. 봉투 안에는 험상궂게 생긴 사내의 사진 몇 장과 그 사내의 신상이 적힌 것으로 보이는 문서 더미가 있었다. 꼴에 기자 지망생이었다고 어지간한 명사의 얼굴쯤이야 외우고 다니는 김기자였지만, 사진 안의 사내는 본 적도 없는 인물이었다.

"요즘 가장 핫하다는 이슈 알지? 사아카니스 제국."

"지구 살면서 그거 모르는 사람도 있나."

"하지만 그 사진 속 남자가 사아카니스 제국의 이지라니우스 대제의 민낯이라는 걸 모르는 사람은 많지."

김기자의 동공이 커졌다. 박친구의 말이 사실이라면 엄청난 기삿거리였다. 고양감 옆에 의아함도 떠올랐다. 이런 대특

종을 어설프게 홀릴 이유가 없지 않은가. 박친구는 내리까는 태도로 설명을 이어나갔다.

"사아카니스 제국의 침략은 외계인의 관광 상품이야. 이를테면 이지라니우스 대제는 김병만이고 인류는 힘바족이라 지구를 무대로 정글의 법칙을 찍는다고나 할까? 김병만이 '절대 이분들을 놀라게 하면 안 돼'라고 하는 것처럼, 이지라니우스 대제는 지구 정복을 연기하고 한국 정부는 관광 상품이 되기 위해 힘바족이 옷을 벗고 다니고 사냥을 하듯 가르바니온을 출동시키는 거란 말이야."

"그건 인터넷에 도는 음모론 아니야?"

"아니야. 진짜야. 정부에서 관광객을 유치하기 위해 이런저런 준비를 했거든. 그 와중에 어지간한 사람들은 다 알게 됐어. 나 같은 말단에게도 정보가 들어왔을 정도니 오죽하겠냐. 하지만 인터넷에 이야기하고 다니지는 마. 소문에는 이거 다 관광이라고 떠들고 다니다가 차에 치여서 의식불명이 된 사람도 있다더라."

박친구는 눈을 부릅뜨고는 김기자에게 겁을 줬다. 약간 왜곡이 되긴 했지만 아주 근거 없는 소문은 아니었다. 무슨 말인지 모르겠는 사람은 1화와 2화를 다시 보시라. 어쨌든 박친구의 호언장담에 김기자는 긴장 가득히 건네받은 문서를 뒤적거렸다. 과연 없는 이야기를 지어냈다고 하기에는 문서의 내용이 너무나도 상세했다.

"부탁할 건 다른 게 아니고. 이번 주에 기괴수가 홍대 쪽에 온다고 예고했다가 일정을 바꿨잖아? 옆에 아현동으로 온다던가. 그 이유가 이지라니우스 대제가 홍대에 들를 예정이 있어서라는 정보가 들어왔어. 김기자가 뭐 많이 해줄 건 없고 그냥 금요일에 홍대 돌아다니다가 이지라니우스 대제를 발견하면 미행하면서 얘가 뭐 하고 다니나 정리만 조금 해주면 돼."

"내가? 왜 네가 하지 않고?"

"외계인이 온 게 아무래도 세계 최초잖아. 정부에서 눈치를 많이 봐. 그러면서도 첩보 활동은 해야 하는데 잘못 걸렸다간 국제 문제, 아니 행성 문제? 어쨌든 뭐 그런 게 될 수가 있잖아? 시비가 커질 수도 있고. 그러다 관광이 취소되면 손해가 막심하니까 꼬리 자를 수 있게 만만한 놈 시키는 거지."

"나더러 지구를 위한 그 잘난 꼬리가 되라는 말씀이시군."

"꼬리는 무슨… 김기자는 꼬리의 꼬리의 꼬리의 꼬리의 꼬리가 되는 거야. 우리 위로 몸통이 몇 갠 줄 알아?"

하긴. 김기자가 백 명이 있고 김기자 백 명이 다 죽어도 이 세상은 눈 하나 깜짝 안 하고 돌아가던 대로 돌아갈 것이다. 아마 박친구도 꼬리에 난 털에 살고 있는 벼룩의 발꼬락에 붙어 있는 미생물쯤이고 자신은 그 미생물이 먹다 버린 먼지쯤 아닐까.

김기자는 고민할 것도 없이 박친구의 부탁을 받아들였다. 세상에 죽어도 좋을 사람이란 없겠지만 죽으면 안 될 이유가 평균보다 적은 사람은 있다고 생각했다. 그리고 김기자는 스스로를 봐도 그 이유가 적은 편이라고 느꼈다.

✳

현재로 돌아오자. 영화가 끝났다. 영화도 끝이 나고 극장 측이 주선한 영화배우와 관객과의 대화 시간도 끝이 났다. 영화에 소녀로 나왔던 배우였다. 아마 이 배우의 특별전이 진행 중인 듯했다. 김기자 옆의 험악하게 생긴 남자, 그러니까 이지라니우스 대제는 영화 내내 훌쩍이던 코를 GV 시간 내내 훌쩍였다. 김기자는 이지라니우스 대제가 외계인이라 체액이 인류보다 많이 분비되는 체질이리라 짐작했다.

이지라니우스 대제는 상영관을 나와서 멀뚱멀뚱 서 있었다. 김기자는 이지라니우스 대제 근처에 있어도 어색해 보이지 않게 극장 휴게실 의자에 앉아 비치된 만화책을 읽는 척했다. 데즈카 오사무나 마츠모토 다이요의 책들이 있어 판형 큰 만화책들로 얼굴을 가리기도 쉬웠다.

영화도 끝이 났고 관객과의 대화도 끝이 났는데 왜 이지라니우스 대제는 아직도 상영관 문 앞에 서 있는 걸까? 의아해하던 김기자는 그제야 저 거한의 손에 케이크 상자가 들려 있는 것을 보았다. 조금 전 본 영화의 주인공에게 줄 선물로 보였다. 은하의 패자치고는 꽤나 성실한 팬이었다.

"오늘도 오셨네요? 벌써 세 번째 뵙는 거 맞죠?"

누가 이지라니우스 대제에게 말을 걸었나 싶었는데, 막 GV를 마친 그 배우였다. 2006년에 고등학생 역을 맡았으니

20××년인 지금 성인이 된 지는 오래일 텐데. 영화 속과 영화 밖의 차이를 느끼기 힘들 만큼 스크린 속의 이미지를 간직하고 있었다. 김기자는 저 거구의 흉한에게 웃으며 다가가는 배우의 넉살에 감탄했다.

하지만 벌써 세 번이나 특별전에 찾아와 얼굴도장을 찍었다는 이 암흑 제국의 지배자께서는 대답이 없으셨다. 과묵해서라기보다는 어쩔 줄 몰라 우왕좌왕 할 말을 못 찾는 듯이 보였다. 손동작, 발동작, 바디랭귀지로 일장연설을 하시고는 그저 입을 다문 채 들고 온 선물을 건넸다. 손만 들어도 천장에 닿을 듯한 체구의 이지라니우스 대제가 가슴팍에도 오지 않는 소녀 역 배우에게 케이크 상자를 주니 삼촌이 조카에게 선물하는 훈훈한 광경으로 보였다.

"와, 고마워요. 날마다 오시구 선물까지."

지구가 폭발할 것 같았다. 이지라니우스 대제의 얼굴이 빨갛게 달아올라 터질 듯싶은데 만약 이 배우와 팬과의 만남에서 저 외계인이 답답함 때문에 속 터져 죽으면 지구와 외계 문명 간의 교류가 어찌 되겠는가. 붙임성 좋고 예의 바른 배우는 자신의 팬에게 상냥히 웃어주는데 도무지 대답을 못 하는 것이다.

김기자는 일종의 애상에 잠겼다. 외우주를 지배하는 거인이 소녀 하나에게 쩔쩔매는 모습에 숭고한 것이 무너져 내릴 때의 쾌감 비슷한 무언가가 느껴졌다. 저 남자는 지금 사실상 인류를 무릎 꿇리고 유유자적하게 지구를 관광하는 외계의 지배자란 말이다. 그런데 영화 하나에 펑펑 울다가 배우가 말을 걸어주니 긴장해서 아무 말도 못 하다니. 김기자는 이게 슬픈 건지 웃긴 건지 잘 모르겠는데 여하튼 보기 부끄러웠다.

덩치 커다란 성인이 배우가 말 걸어줬는데 대답도 안 하고 울상만 지으니 배우는 배우대로 놀랐다. 자기 이벤트 있는 날마다 찾아오고 선물도 주니 팬인가 보다 싶어 인사했는데 꿀을 드럼통으로 들이킨 벙어리처럼 입만 다물고 있지 않은가. 배우는 멋쩍게 웃고 묵례를 했다. 이지라니우스 대제 역시 고개를 끄덕였다.

배우와 대제가 동시에 자리를 비키려다 부딪칠 뻔했다. 대제가 왼쪽으로 몸을 옮기려는 차에 배우도 왼쪽으로 움직였다. 다시 대제가 오른쪽으로 몸을 틀려고 했는데 배우도 또 오른쪽으로 가려고 생각했는지 부딪칠 뻔하고. 다시 왼쪽으로… 이 무한히 되풀이되는 반복 속에 어색함은 커져만 갔다. 그래, 그래. 가끔 있지. 저런 경우가. 김기자는 한숨을 쉬고는 결국 미행의 원칙을 깨기로 결심했다.

"우와. 형! 지금 배우님이랑 대화 중인 거야? 멋진데? 아, 배우님. 형이 지금 편도선이 완전 부었거든요. 말을 못해요, 말을. 수술하고선 병원에 있어야 된다는데 영화 보겠다고 부득불 우겨가지고 와가지고선. 그러니까 너무 이상하게 보진 마세요. 형, 어쩌냐. 그렇게 배우님 좋다고 영화 재밌다고 난리를 치더니 말도 못하고. 하하, 그래도 오늘 갖고 온 선물은 드렸네? 우리 형이 배우님 완전 팬이에요. 팬. 왕팬."

김기자는 큰 목소리로 외친 뒤 이지라니우스 대제에게 다가가 등을 쳤다. 아마 내가 외계인을 친 최초의 지구인이 아닐까. 이 주먹질은 한 인간에게 있어서는 작은 주먹질이지만 인류에게 있어서는 우주전쟁의 시발점이 되는 주먹질인 것은 아닐까. 속으로 복잡미묘한 상상을 떠올리며 연기를 계속했다.

배우 역시 그제야 알았다는 듯이 웃었다. 그렇구나. 편도선이구나. 이지라니우스 대제는 뭔지는 몰라도 뭐가 잘 풀리는 것 같은 기분이 들어서 웃었다.

"배우님, 사인 좀 해주세요. 형, 뭐 종이 없나? 표에다 받아, 표에다. 그렇지. 나 펜 있으니까. 괜찮으시죠? 저도 표에다 사인 부탁드릴게요."

"네, 해드릴게요. 성함이 어떻게 되세요?"

"저는 김기자고요, 형은… 김대제요. 그냥 기자랑 대제라고만 적어주세요."

김기자는 이지라니우스의 옆구리를 찔러서 표를 받아냈다. 사아카니스 제국의 대제는 좋다고 막 웃었다. 배우는 친절하게 사인을 해줬다. 모두가 행복했다.

김기자는 배우에게 몇 가지 상투적인 응원을 했고, 이지라니우스는 이지라니우스대로 고개를 끄덕이며 맞장구를 쳤다. 곧 배우의 일행으로 보이는 사람이 배우를 부르자 배우는 김기자와 이지라니우스에게 인사를 하고는 일행을 따라 사라졌다. 김기자는 웃으며 눈인사를 했고 이지라니우스는 그 기둥 같은 팔을 붕붕 휘둘러 손인사를 했다.

　일이 잘 마무리된 것 같아 둘 다 한시름 놓았다. 김기자는 어쩌면 자신이 인류를 위험해서 구해 낸 것일지도 모른다며 으쓱했다. 박친구에게 미행이 엉망이 되었다는 사실을 들키면 혼이 좀 나겠지만, 어차피 박친구나 김기자나 꼬리의 꼬리의 꼬리의 꼬리의 꼬리쯤 되는 신세 아니었던가. 이지라니우스 대제는 좋아하는 배우의 사인을 받았다는 사실에 감격했는지 이 우주에서 가장 행복한 사람이라는 듯 웃고 있었다.

　"귀공의 기지로 꽃비 님의 사인을 얻게 되어 짐은 기쁘기 한량없도다."

　극저음의, 콘트라베이스의 가장 낮은 현을 떠올리게 하는 목소리. 김기자가 고개를 돌려보니 이지라니우스 대제는 언제 헤벌쭉 웃었냐는 듯 근엄한 표정으로 김기자에게 말을 걸고 있었다. 연예인 빠의 얼굴은 어디 갔는지 잔혹한 침략자의 미소가 입에 떠올랐다. 사아카니스 제국의 지배자는 지배자답게 그 목소리에 음산한 기운이 스며 있어 듣는 이를 얼어붙게 했다.

　"차 한 잔 하사하마."

　김기자는 자신이 무슨 일을 했는지 깨달았다. 인류 최초로 외계 제국 황제의 등을 두들겼고, 인류 최초로 외계 제국 황제와의 단독 인터뷰를 하게 되었다. 기자 지망생으로서 인생 로또 일발 대역전의 기회를 손에 넣은 것이다.

＊

"그대는 짐이 사아카니스 제국의 이지라니우스 대제임을 알고 있겠지."

홍대 주차장 골목 어느 카페. 강고한 근육질의 전사와 전(前) 기자 지망생은 시나몬롤과 블루베리파이를 앞에 놓고 대화를 나눴다. 깔끔한 분위기의 카페에 이리도 귀여운 메뉴를 골라놓으니 보색 효과로 이지라니우스 대제의 살인마 같은 얼굴이 이제 악마의 얼굴로 보였다. 김기자는 저 외계의 침략자가 자연스레 홍대 거리를 꿰고 있다는 사실에 조금 놀랐다. 반면 김기자가 미행 중이었다는 것을 이지라니우스 대제가 알아차린 일은 그닥 놀랍지 않았다. 스스로 돌이켜 봐도 너무 촌티가 나는 접근이었다.

"그게… 미행해서 미안합니다."

"개의치 말라. 애초에 이 가게에 들어온 손님 열네 명도 그대와 마찬가지로 간자들이니라. 짐이 이따위 사소한 저항에 역성을 내었다면 이 별에 존재하는 대다수의 정권이 궤멸했을 터. 거기 왼쪽에 노란 줄무늬 스웨터 입은 자네. 너무 티 나니까 그만 쳐다보고 고개 좀 돌리거라. 그렇지."

황급히 고개를 돌리는 노란 줄무늬 스웨터 입은 사내. 김기자는 그 남자 외에도 몇몇 사람이 움찔하는 모습을 보았다. 다들 미행에는 초짜들인 듯싶었다. 하긴 김기자처럼 하청의 하청을 받은 첩자들이 아니겠는가. 정규직도 아닌 비정규직 스파이들이 외계 제국 패왕을 미행하니 어디 잘 되겠나.

"제왕님. 제가 미행한다고 해도 전 꼬리의 꼬리의 꼬리의 꼬리의 꼬리밖에 안 되거든요. 지금 이 가게에 들어왔다는 열넷의 첩자들도 마찬가지겠죠. 다 불쌍한 사람들이에요."

"짐이 그 정도도 모를까? 그리고 그대 김기자는 꼬리의 꼬리의 꼬리의 꼬리의 꼬리만이 아니라 꼬리의 꼬리의 꼬리를 더 이야기했어야 함도 숙지하고 있네. 박친구나 자네보다는 짐이 더 많이 알고 있는 듯하군."

외계인치고는 진화가 덜 된, 인간보다는 야수에 가까운 얼굴을 하고 있는 이지라니우스 대제이지만 환담과 함께 얌전히 블루베리파이를 써는 모습은 우아함의 극치였다. 생긴 것만 봐서는 손만이 아니라 발로도 음식을 쥐어다 먹을 것처럼 보이는데 전혀 그렇지가 않았다. 우호적인 대화와 예의 바른 모습에 이제는 안심이 좀 될 만도 한데 이지라니우스 대제의 음침한 목소리에는 영 적응이 되질 않았다.

김기자는 어떻게든 흥분을 가라앉히려 애썼다. 심호흡도 하고 소수도 세어보고 평정심을 찾는다는 방법은 뭐든 하고 있는 중이었다. 가능한 한 이 다과회에서 최대한 지구 외 문명에 대한 정보를 캐내야 했다. 이지라니우스 대제가 차를 산다고 했지만, 인터뷰나 정보 수집까지 적극적으로 도움을 줄지는 아직 모를 일이니 신중해야 했다. 김기자는 우선 안전하게 둘의 만남에서부터 이야기를 풀어나가기로 결심했다.

"이지라니우스 대제님은 한국말을 꽤 유창하게 하시는 것 같은데요. 왜 아까 그 배우님 앞에서는 아무 말씀도 못 하셨나요? 부끄러워서?"

"짐이 하는 말들은 모두 번역기를 통해 하는 말인데… 캐릭터 설정 때문에 출력이 전부 하대로만 나오느니라. 헌데 짐이 어찌 감히 인류 궁극의 미를 자랑하는 영화배우 꽃비 님에게 하대를 할 수 있겠는가?"

이게 뭐야. 진지하게 하는 말인가. 김기자는 이지라니우스 대제의 입장이 잘 이해가 가지 않았다. 캐릭터 설정이라고? 꽃비 님이라고? 캐릭터 설정 때문에 꽃비 님에게 하대를 할 수 없어서 입을 다물었다고? 도대체 얼마나 팬이면 저런 말을 백주대낮에 술도 아닌 블루베리파이를 먹으면서 할 수 있다는 말인가. 어쩌면 지구 외 문명의 우주적 논리에 의한 결론일지도 몰랐다. 김기자는 어떻게든 납득을 해보려 애썼다.

"저… 그러면 이 말투가 다 캐릭터 설정 때문이시라고요? 사아카니스 제국의 지배자의 전통이거나 뭐 그런 게 아니시고요?"

"지배자는 무슨. 게다가 외계인이 한국말을 쓰는데 전통이 웬 말인가. 그냥 관광객이지. 이 몸체도 로봇이니라. 본디 짐의 신체는 지구의 자벌레 비슷한 모양새인데 그 몸으로는 침략자다운 분위기가 살지 않아서 새로 만들었지. 그런데 캐릭터성의 일관성을 갖춘다면서 언어 설정이 변경되지 않도록 프로그래밍을 해놓은 바람에 꽃비 님에게 말도 못 걸고…."

진심으로 침울해하는 분위기였다. 어떤 거짓도 기만도 느

꺼지지 않았다. 김기자는 이 우주의 침략자가 가슴 깊은 곳에서부터 진실된 마음으로 우울해하고 있다는 것을 알 수 있었다. 좋아하는 배우에게 말을 걸지 못한다는 이유로 말이다. 안 좋은, 아주 아주 안 좋은 의심마저 들기 시작했다.

"혹시 김꽃비 씨 때문에 지구를 침략하신 것은 아니죠?"

아니길 빌었지만, 아니지 않을지도 몰랐다.

"설마. 짐은 그저 관광을 위해 지구에 들렀다."

김기자는 안심했다. 심심풀이로 지구에 침략한 것이 딱히 안심할 이야기는 아니었지만 팬질을 위해 지구를 침략했다는 것보다는 나은 편이 아닌가. 더욱이 지구권이 극심한 혼란에 처한 원인이 미모의 배우 탓이라고 기사를 발표한다면 그 배우의 인생이 어떻게 되겠는가.

어쨌든 김꽃비를 빌미로 이야기를 자연스레 지구 침략에 관한 화제로 돌리는 데 성공했다. 김기자는 여기서 안드로메다 투어의 실태를 캐묻고 뒤이어 외계 문명의 스케일에 대한 정보를 캐내기로 마음먹었다. 대략적인 정보만 얻어내더라도 대특종감이었다. 지구를 침략한 사아카니스 제국의 실체… 충격! 악의 제국은 일개 ××사? 대반전! 이지라니우스 대제의 진면모 알고 보니… 등 기사의 타이틀을 머릿속으로 떠올리며 질문을 계속했다.

"어쩌다가 지구까지 오셨어요? 우주적인 관점에서 봤을 때 지구가 관광지로 괜찮은 곳인가요? 이렇게 대대적으로 침략까지 하실 정도면요."

"음. 짐이 우연히 TV 채널을 돌리다 지방 행성 문화를 소개하는 방송을 보았는데 용자 로봇 애니메이션이 짐의 흥미를 끌었노라. 그 방송을 계기로 용자 로봇 영상물이나 굿즈를 모으다 친히 관광까지 오게 되었음이니."

우와… 김기자는 이지라니우스의 의기양양한 미소를 보고 감탄 아닌 감탄의 마음이 들었다.

"침략을 한국에 한정해서 하시는 것도 관광의 일환이신가요? 지구에 달리 침략할 만한 나라는 많잖아요. 유럽이나 중국처럼 대륙에 관광지가 더 많고 미국이나 일본처럼 경제가 활성화된 나라도 있는데 굳이 한국을 고르신 이유가…."

"그래. 짐이 임명한 관광업체 안드로메다 투어 김투어에서도 미국을 추천했느니라. 하지만 침략 전 지구 문물을 쭉 살피던 중 꽃비 님이 나오는 영화를 보았는데 이 작품이 또 걸작이더군. 짐이 꽃비 님의 미모에 홀딱 반해버렸는지라 급히 한국으로 침략지를 변경했도다."

어머 젠장. 김기자는 애써 지구 침략으로 돌린 화제가 무참히 김꽃비로 돌아왔음에 절망했다. 안드로메다 투어 김투어 측에서 알았다가는 대규모 폭동을 일으킬 이야기였다. 침략 계획에서 미국이 아닌 한국으로 대상을 변경하느라 다시 쓴 보고서가 몇 테라바이트던가. 이지라니우스 대제는 김기자가 절망하든 말든 안드로메다 투어 김투어가 고생했던 일들을 알든 모르든 자신이 좋아하는 배우에 대한 이야기를 쭉 이어나갔다.

"꽃비 님 영화는 거진 다 찾아봤노라. 처음 본 작품은 〈삼거리 극장〉이었는데 오늘 특별전에서 해준 작품이기도 하다. 평범한 뮤지컬 영화일 줄 알고 보는데 엄청 아리따운 처자가 나와서 혼을 쏙 빼놓지 뭔가? 소단 역 자체도 매력적이고. 그래서 영화를 보자마자 다시 한 번 처음부터 끝까지 감상했도다. 아주 한눈에 반해버렸는지라. 세상의 온갖 짜증은 다 짊어진 것 같은 표정을 하고 있다가 유랑극단의 귀신들과 즐거이 춤을 추는 순간에 그 미소를 보면 반하지 않을 수가 없도다. 그다음으로 본 작품은 〈똥파리〉로군. 꽃비 님이 아버지와 남동생의 가정폭력 때문에 힘들어하면서도 당차고 성깔 있는 고등학생 이연희 역을 연기하셨느니라. 작품 자체도 처연한 맛이 있는 명작이지만, 이 작품에서의 호연으로 꽃비 님이 해외에 진출할 기회를 얻었다는 의미도 있네. 이 말고도 단편영화에도 자주 출연하시는데 개인적으로 가장 선호하는 작품은 〈이슬 후〉다. 별다른 대사 없이 밥만 먹는데도 인물의 감정이 고스란히 전달되니 이 배우가 가진 가능성이 엿보인다고나 할까. 그런데 꽃비 님의 대단한 점은 예쁘다는 점과 연기를 잘한다는 점도 있지만 그 사람 자체의 매력도 있어서 일종의 셀프 다큐라고 할 수 있는 〈나나나: 여배우 민낯 프로젝트〉에서는…."

이지라니우스 대제는 숨이나 쉬고 이렇게 말을 하는 걸까. 김기자는 이 우주대마왕이 김꽃비라는 배우에게 갖는 편집증적인 집착에 질색했다. 가능하다면 저 거구의 흉한의 목을 조

107

르면서 김꽃비 김꽃비 시끄럽다고 그만 좀 하라고 외치고 싶었지만 세계대전, 아니 우주대전이 일어날 걱정에 부르르 떨리는 양손을 꼭 움켜쥐어야 했다.

"결론은 꽃비 님은 영혼의 마데카솔 같은 존재이시니라. 꽃비 님의 그 미소를 바라보기만 해도 다치고 상처받은 영혼에 새살이 퐁퐁 돋아나지 않던가? 우주 영겁의 고뇌를 다 껴안은 듯 미간을 찌푸리다가도 이내 시원스레 웃는 그 얼굴을 보노라면 그 어떤 고통도 변기 물 내리듯 사라지도다."

김꽃비는 이 외계인에게 도대체 무슨 짓을 저지른 걸까. 납치당해서 세뇌당할 뻔했다가 역으로 세뇌시키고 온 것은 아닐까. 팬질도 이쯤 되면 병이다. 김기자는 김꽃비가 나오는 영화를 좀 챙겨 봐야겠다는 생각이 들었다. 뭘 어떻게 하면 사람이, 아니 외계인이 저렇게까지 되는 걸까.

이지라니우스도 슬슬 김꽃비 영화에 대한 이야기를 다 쏟아낸 듯하니 김기자는 다시 지구 침략으로 화두를 돌리기로 마음먹었다. 어쨌든 상대방이 대화에 감추는 것 없이 적극적으로 대답하고 있다는 것만으로도 인터뷰의 진행은 되고 있는 셈이었다. 김기자는 박친구에게 잘난 척을 하기 위해서라도 기삿거리를 뽑아내기로 결심했다.

"그러면 왜 침략을 해요? 좋아하는 배우가 있는 별이고 나라잖아요."

"사아카니스 제국의 침략은 침략이라기보다는 기술 이전을 약속으로 한 관광 사업에 가깝다. 무안에 무안력 연구소가 생겼다는 것 자체가 지구에, 또 한국에 거대한 이득이 되리라는 생각은 들지 않는가? 식민지 개발론을 말하고 싶은 것은 아니니라. 애초에 이렇게 작은 별을 식민지로 삼아서 얻을 것도 없음에. 반면 기괴수가 도시를 부수기는 하지만 피해 보상은 보험사를 통해 철저히 하고 있고 사상자도 하나 없지 않던가? 그 덕분에 예산이 빡빡해졌지."

과연 박친구가 해준 이야기가 틀리지 않았군, 하고 김기자는 확신했다. 하지만 이 정도는 정부 대다수의 사람이 이미 다 아는 이야기일 것이다. 이 이상의 무언가를 알아내어야 했다.

"아주 친절한 침략이네요. 원래 우주 관광이 이렇게 상냥한가요? 아니면 진짜로 다른 별을 침략한다든가 사람이 죽는다든가 이러지 못하게 우주 경찰이 감시를 한다든가 그런 억지력이 있어요?"

"아니니라. 그저 꽃비 님 얼굴에 그늘이 드리울까 봐 짐이 차마…."

어머 시발. 김기자는 좌절했다. 기어코 다시 김꽃비로 이야기가 돌아왔다. 이 마왕 새끼는 무슨 말을 하더라도 기승전꽃비였다. 좀 더 진지한 주제로 되돌리지 않으면 보고서에는 김꽃비만 가득할 것이라는 우려에 김기자는 조바심이 났다. 일거리가 날아가다 못해 정부에 찍힐 상황 아닌가.

"김꽃비가 그렇게 좋아요? 그러니까 지구 침략이 엉망이 되어도? 어쨌든 인류는 역사 이래 최초로 외계 문명과 처음으로 교류를 하게 되었다고요. 이 만남이 어떻게 진행되느냐에 따라 그 뭐냐, 잘은 몰라도 지구가 우주 문명권에 편입되거나 그럴 기회를 얻을 수 있거나 그럴 수도 있잖아요. 인간들이 이 우주에 자신들이 중심이라는 오만에서 벗어나 어떠한 겸손을 배울지도 몰라요. 저 별 너머에 우리 손을 잡아줄 새로운 누군가를 만났다고요. 인류에게 있어 너무나도 소중한 첫 만남인데 고작 당신의 별거 아닌⋯."

입을 틀어막았다. 너무 기어올랐다. 상대방은 어찌 됐든 마음만 먹으면 지구를 멸망시킬 수 있는 인물이었다. 대들었다가 무슨 꼴을 당할지 모를 일이었다. 이지라니우스 대제는 손을 들어 김기자를 진정시켰다. 화가 나지는 않은 듯이 보였다. 오히려 겁먹은 김기자를 동정하는 눈치였다.

"지금 인류가 중요한가, 김꽃비가 중요한가?"

"그게⋯."

"당연히 김꽃비 아닌가."

이지라니우스 대제는 근엄함과 중후함이 가득한 목소리로 당당히 말했다. 이것은 하나의 선언이기도 하였다. 이제 이 카페 안에 앉아 있는 첩보 요원들은 김꽃비를 건드렸다가는 태양계에서 지구를 지워야 할지도 모른다는 것을 알게 되었을 터였다. 김기자의 질색하는 표정을 보고 저 외우주의 패자는 표정을 누그러뜨렸다.

"따지고 보면 인류는 꽃비 님에게 큰 빚을 지고 있는 셈이니라. 원래 지구 침략 계획에서 인류의 3분의 2는 사라질 예정이었으니까. 안드로메다 투어 김투어에서는 미국에 점령지를 세우고 각국에 기괴수를 보내 주요 문명을 파괴하자고 제안했으며 짐 역시 그 안을 승인했도다. 어차피 이딴 변방의 행성 따위 그 위에 살아 있는 생명체를 다 죽여버려도 보상금 얼마 나오지도 않는다. 예의상 관광을 마칠 때 죽은 인간들을 되살려주기는 했겠지만 50억 넘는 인구가 PTSD에 시달리는 별의 미래야 뻔하지 않은가? 그런데 그 전쟁은 꽃비 님이 계시다는 이유로 일어나지 않았느니라."

김기자는 조용히 그릇에 놓인 시나몬롤을 잘라다 입에 넣었다. 도무지 무슨 말을 하는지도 모르겠고 무슨 말을 해야 할지도 모르겠기 때문이었다.

"김기자여. 짐이 곱게 보이진 않겠지. 하지만 그대 앞에서, 그러니까 지방 행성의 주민 앞에서 잘난 척하는 듯이 보일지도 모르겠으나 해야 할 말은 해야겠음에. 짐은 은하에 펼쳐진 문명 중 40경 가까이 되는 지역을 돌아다니며 무수히 많은 사람을 보아 왔도다. 그리고 이 우주는 언제나 죄악으로 가득 차 있었느니라. 가난, 고통, 전쟁 그리고 도무지 잡히지 않는 와이파이로 은하가 신음하고 있는 것이다. 신이 있다면 그자는 우리에게 사죄해야만 한다. 너무 많은 아픔이 이 세계를 지배하고 있지 않은가. 너무 많은 아픔이 말이다. 아마 신이 있다면 그자는 나쁜 사람은 아니겠지. 구제불능의 머저리일 뿐. 우리는 어쩔 수 없이 그 천치가 저질러놓은 비극들을 수습하며 살아야 한다. 이 우주에 태어난 존재들은 언제나 우울할 수밖에 없는 필연 속에 존재한다. 삶의 의미니 목적이니 모두 부질없는 42야."

"…."

"그래도 김꽃비는 있잖아."

대꾸할 말도 없었다.

✳

곧 이지라니우스 대제와 헤어질 시간이 되었다. 대제의 일장연설 이후로 김기자는 외계 문명에 대한 정보를 캐내는 것을 포기했다. 아니, 사람이 저렇게까지 나오는데 도대체 무슨 말을 더 할 수 있다는 말인가. 침략 일정이나 기술 이전에 대한 질문은 감히 꺼낼 수도 없었다. 이야기는 항시 김꽃비로 시작해서 김꽃비로 끝났다.

그러니 진짜 물어볼 것이 없었다. 원인도 김꽃비고 목적도 김꽃비며 결과도 김꽃비였다. 김기자도 꼴에 기자 지망생이었다. 진실과 정의를 추구하는 삶을 동경했다. 그리고 이지라니우스 대제에게 진실은 김꽃비고 정의도 김꽃비였다. 얻어낼 것은 다 얻어낸 셈이었다.

이지라니우스 대제는 말없이 카운터에 카드를 건네고 계산을 마쳤다. 이 만남은 결국 대제가 선포한 대로 사아카니스 제국에서 김기자에게 차 한 잔 하사한 것 이상 이하도 아니었다. 가게 문을 나서고 둘이 헤어지려는 차. 김기자는 마지막으로 단 하나의 질문을 떠올렸다.

"저기 말입니다. 왜 침략을 하는 거죠?"

"음?"

"그러니까, 김꽃비가 좋다면 얼마든지 다른 접근 방법이 있잖아요. 어차피 이게 관광이라면, 달리 말해 체험극이라면 예를 들어 이지라니우스 대제가 아닌 이회장이라든가 이작가 같은 배역을 통해 김꽃비를 지금보다 더 자주 만날 수도 있는 것 아니겠어요? 이를테면 이게 용자 로봇물이 아니라 할리퀸 로맨스도 될 수 있지 않냐는 거예요."

외우주의 패왕은 호방하게 웃었다. 어찌나 크게 웃던지 주변 사람들이 다 쳐다보았다. 김기자는 이 질문이 웃긴 질문인가 고민했다. 이지라니우스는 사레까지 들어서 기침을 몇 번 한 뒤에야 김기자의 질문에 답할 수 있었다.

"그건 배우에 대한 예의가 아니니라. 팬에게는 팬의 삶이 있고 배우에게는 배우의 삶이 있는 법. 팬은 팬대로 자기 할 일을 하면서 배우의 다음 작품을 기대하면 되는 것이고 배우는 배우대로 작품으로 화답하면 그걸로 전부인 게지."

참으로 목적의식 충만한 새끼. 팬질도 이렇게 우주적인 규모로 나간다면 어쩌겠는가. 이 천문학적인 사랑 앞에서는 어떠한 논리적인 지적도 사소한 것이리라. 더욱이 뭐가 됐든 김기자와 달리 저 한심한 연예인 팬은 인생이 재미는 있을 게다. 김기자는 이지라니우스 대제를 보며 짜증 한 스푼과 부러움 한 스푼을 느꼈다.

김기자는 외계의 침략자에게 잘 가시라 인사했고, 이지라

113

니우스 대제 역시 친절한 시민의 도움으로 김꽃비의 사인을
손에 얻었다 감사의 말을 건넸다.

✳

김기자는 집으로 와 이지라니우스 대제 몰래 녹음한 대화
를 녹취록으로 정리하는 데 시간을 보냈다. 박친구에게는 미
안하지만 기삿거리가 될 소스는 없었다. 어차피 다 김꽃비 이
야기니까. 일종의 의무감으로 녹취록을 만들면서도 참 쓰잘
데기 없는 짓이라는 생각이 들었지만 기분이 나쁘지는 않았
다. 저 먼 우주에서 지구로 찾아와 쓰잘데기 없는 팬질이나
하는 외계인도 있는데 자신의 쓰잘데기 없음에 화를 내는 것
은 쪼잔한 일이다. 그런 생각이 들었기 때문이다.

정리가 얼추 끝나니 기분전환을 하고 싶었다. 무엇을 하면
좋을까 고민하다 영화를 보기로 했다. 김기자는 컴퓨터에 김
꽃비가 나오는 영화 하나를 결제해 다운받았다. 옆에 맥주 한
캔과 과자 한 봉지를 놓고 영화를 틀어놓으니 저 사아카니스
제국의 황제도 부럽지 않은 기분이 되었다. 어차피 둘이 하는
일이 크게 다른 것도 아니고.

낮에 본 영화에서는 김꽃비가 원톱의 주연이었다면 지금
틀어놓은 영화에서 김꽃비는 준주연에 가까웠다. 이번에도
고등학생 역이었다. 뒷골목 양아치와 시비가 붙었다가 양아
치의 주먹 한 방에 기절하고, 이 황당한 만남을 계기로 양아
치와 술친구가 되는 아주 터프한 여고생 역이었다.

'술맛 나게 잘 마시네….'

영화 속의 배우가 연기를 잘하기는 잘했다. 모니터 밖의 자신처럼 맥주 한 캔 홀짝홀짝거리는 모습에 인물의 성격이 바로 묻어난달까. 맛있게 마시는 것 같지는 않았다. 맛없게 마시는 것도 아니었다. 그냥 물에 물 타고 술에 술 탄 듯, 물에서 물맛 나고 술에서 술맛 나는 게 별거 있냐 당연한 거 아니냐는 목 넘김이었다. 그 별거 없음이 푸근했다. 김기자는 즐거이 인류를 구한 영화배우를 감상했다. 김꽃비. 있다, 있어.

6화

안드로이드는
전기구이통닭의 꿈을 꾸는가

남박사는 박사가 아니었다. 연기자였다. 그것도 사아카니스 제국의 침략 전쟁을 빙자한 지방 미개발 행성 투어 프로그램을 제작한 안드로메다 투어 김투어에서 정의의 로봇을 만든 무안력 과학자 역으로 고용한 연기자였다. 하지만 남박사를 연기자라고만 말하는 것도 정확한 표현은 아니었다. 이 남자는 부업으로 산업 스파이도 하고 있었다. 무안력 연구소의 자료를 외부에 몰래 유출하는 것으로 별도의 수입을 얻었다. 남박사는 그러니까 박사를 연기하는 연기자를 연기하고 있는 것이었다. 타고난 연기자가 아니고서야 이럴 수 없었다.

박사가 아니지만, 연구실은 있었다. 컴퓨터도 있었다. 남박사는 마우스에서 손을 떼어 콧수염을 만지작거렸다. 어디 하나 빠지지 않는 박사스러운 수염이었다. 겉보기로는 제2열

역학 법칙의 반전이라도 꾀하는 듯싶다만 전혀 아니었다. 예전 자신이 출연한 무대의 동영상을 되돌려 보는 중일 뿐이었다.

「네 정직성이 약점이 될 때까지 살다니! 오, 끔찍한 세상이여, 주목하라 주목해. 오, 세상이여, 바르고 곧으면 안전치 못하다. 그런 교훈을 제게 줘서 고맙습니다.」

검은색에 두꺼운 뿔테 안경을 치켜올렸다. 이 역시 박사스러운 안경이었다. 딱히 게으름을 부리는 것은 아니었다. 얼마 전까지는 사이사이에 다큐멘터리의 촬영이나 신문 혹은 잡지에서의 인터뷰 및 정부 간담회 등의 일이 끼어 있기는 했지만, 사아카니스 제국의 침략도 가르바니온의 활약도 일상이 된지라 언론의 관심도 시들해 연구소에서 마우스 클릭 말고는 할 일이 없었다. 그러니 빈 시간 동안 옛 추억에 대한 복기도 업무 태만만은 아니었다.

「사랑이 그러한 위험을 일으키니 이제부턴 친구를 사랑하지 않을 것입니다.」

이 일은 명상에 빠지기 위한 기술적 지원이었다. 그리고 명상을 하는 이유는 하나였다. 인류의 일원으로서 외계 침략자들의 과학 기술력을 빼돌려 지구권에 유포하는 동시에, 안드로메다 투어 김투어의 일원으로서 이 일이 사아카니스 제국에 큰 타격이 되지 않도록 절제할 수 있는 정도에 대해서 고민할 필요가 있었기 때문이다. 이중 스파이라기보다는 조금 불확실한 태도의 우유부단한 박쥐 워너비에 더 가까우리라.

하드에 저장된 영화나 보는 것이 전부인 일이었다. 남박사도 놀고 싶어서 노는 것만은 아니었다. 몇 주 전 히치콕의 전 작품을 다 보고 나서 남박사는 이제 이보다는 더 유익한 일을 하겠다며 3호에게 반성의 말을 했다. 세상에 온종일 동영상만 보는 연구소 소장이 어딨겠냐며 말이다. 그 말에 가르바니온의 파일럿이자, 실제 정체는 안드로메다 투어 김투어에서 제작한 안드로이드인 3호는 원래 지구에서 연구소 소장은 온종일 노닥거리는 것이 관례 아니냐며 되물었다. 남박사는 잘은 몰라도 외계 안드로이드가 하는 말이니 맞겠지 싶어서 그 이후 충실히 노느라 볼 영화도 다 떨어져 자신의 옛 작품이나 뒤졌다. 다음과 같은 3호의 한마디는 남박사에게 큰 힘이 되어주었다.

"솔직히 말씀드리자면요. 안 깝치시고 가만히 앉아 계시는 것만으로도 남박사님은 연구소 소장으로서 지구 최고로 일을 잘하시는 분이십니다."

다른 연구소가 어떻게 굴러가고 있는지 알 만했다.

✳

"소장. 자네가 이 누추한 곳까지 찾아올 줄은 상상도 못했네."

"너 말이야. 쉘든처럼 생겼으면서 호레이쇼처럼 말하지 좀 말라니까."

남박사가 기초 이론 연구실에 들어가자 삐쩍 마른 백인 남성이 하대하는 말투이기는 하지만 나름 정중한 태도로 인사를 건넸다. 이렇게 독특한 말투를 쓰는 이 남자의 이름은 S연구원이었다. S연구원은 이국적인 외모에 기대할 수 없을 만큼 유창한 한국어를 써서 대화를 하노라면 마치 90년대 더빙된 외화를 보는 기분이 들었다.

"하지만 내가 가진 한국어 교재는 외화 DVD 시리즈뿐이었다는 것은 자네도 알잖나."

"최소한 라이언 대하듯이 하대는 하지 마. 내가 호레이쇼고 네가 라이언이라고."

남박사는 고개를 돌려 다른 연구원들을 찾았다. 기초 이론 연구실은 안드로메다 투어 김투어의 배려로 각국에서 온 저명하고 재능 있는 과학자들이 모여 외계 기술을 실험하고 익히는 연구실이었다. 실성한 듯 입을 벌리고 웃고 있거나 땅바닥을 굴러다니며 통곡하거나 알 수 없는 라벨이 붙은 병에서 무수히 약을 꺼내 먹고 있다든가, 돌아가는 꼴 참 예쁘장했다. 결국 이 연구실에서 비교적 멀쩡한 사람은 S연구원뿐이었다. 남박사는 비교적이라는 단어가 원망스러웠다.

행위예술가들의 정모를 떠올리게 하는 풍경이지만 지금 이곳은 이 지구상에서 가장 핫한 플레이스였다. 지금까지의 물리학 상식에 대한 신뢰는 지금의 물리학자들이 교황 무오류설을 바라보듯 농담의 대상으로도 삼지 못할 고차원의 연구가 진행되고 있으니 말이다. 남박사는 이 연구실에서 자료를 얼렁뚱땅 받아내 메일로 전송하는 것만으로 적잖은 돈을 벌고 있었다.

"도대체 왜 이 연구실은 올 때마다 조나하 병이라도 연구
하고 있는 것처럼 미쳐 돌아가는 거야? 그렇게 외계인들의
과학이 무시무시해? 너네들 어디 가서 정신 감정이라도 받아
야 하는 거 아냐?"

왜 연구소의 소장 자리에 과학자가 아니라 연기자가 임명
되었는지 실감이 났다. 진짜 과학자들이 저렇게 멘탈이 스티
로폴 쪼가리처럼 가루가 되어 흩날리는데 자신과 같은 연기
자가 소장 역이라도 맡아야지 싶으니까. 맛이 간 사람들을 모
아 한 번 더 맛이 가게 만드는데 이런 사람들에게 언론과의
인터뷰고 장관과의 식사고 쓸데없는 잡다한 일마저 시킨다면
도리가 아니었다.

"오늘 우리가 연구한 이론은 초끈 팬티 이론일세. 관찰자
가 그날 입고 있는 팬티의 종류와 형태 그리고 색깔이나 무
늬에 따라서 관찰되는 우주가 끊임없이 유동적으로 만물유
전하고 있다는 이론이야. 하지만 3차원의 입체적 형상을 갖
고 있는 일반 팬티들과 달리 점선면에서 선의 형태를 갖고 있
는 끈팬티를 입었을 때 이 우주가 어떻게 더 자극적이고 매
력적으로 변하느냐를 다루지. 그리고 이 끈팬티의 끈이 얇아
지면 얇아질수록 더더욱 1차원적으로 다원우주가 한 점에 수
렴하는…."

"그게 아메리칸 조크면 제발 하지 마. 진담이면 더더욱 하
지 말고. 그냥 어제 강의록 복사해서 이 USB에 담아줘. 다

음에 CNN이랑 인터뷰하는데 기본적인 용어는 외워둬야 하거든."

"알았네, 친구."

연구원은 USB에다 자료를 넘겨주었다. 산업 스파이 노릇이 반쯤 끝난 셈이었다. 남박사는 문을 닫고 나왔다. 첩보물로서의 긴장감이 없었다.

*

남박사는 휴게실에 앉아 자판기 커피를 홀짝였다. 이 연구소에 마음에 드는 것이라고는 자판기 커피가 150원이라는 것하나뿐이었다. 미간을 한껏 찌푸린 남박사의 표정에는 닥쳐오는 무저갱의 어둠과 같은 사아카니스 제국의 침공에 맞설외로운 지식인의 고뇌가 풍기는 듯하지만, 실상은 조금 전 본영상에서 자신의 연기가 흡족하지 않았기 때문일 뿐이었다.

조금 웃고 말았다. 지금 자신의 주머니 안에는 국가 간 세력 균형을 완전히 뒤엎을 수도 있는 극비 자료가 담겨 있는데머리에 든 생각은 그저 삼류 배우의 삼류 연기에 대한 불만이라니. 하지만 어떠한 목적도 방향도 없이 무대에 올라서는 것으로 인생을 낭비하던 그 순간 남박사는 자유로웠다.

아니, 다른 종류의 무대에 올라섰을 뿐이지 남박사는 지금도 스스로를 연기자로 여기고 있었다. 빚과 빚에 쫓겨 PC방을 쏘다니다 하늘을 천장으로 신문지를 이불로 삼고 지내기까지 했던 막장 인생이 거대한 연구소에서 인류의 미래를 책임질 기술을 개발하는 소장을 연기하는 연기자를 연기하니 이를 일생일대의 무대가 아니라면 뭐라 부를 수 있겠는가. 안드로메다 투어 김투어는 남박사에게 인생역전의 기회를 준 은인이었다. 침략에 방해되지 않게 퇴물에 쓰레기 같은 삶을 사는 연기자를 찾던 안드로메다 투어 김투어에게 남박사만 한 인재가 없기도 했다.

이해타산이 맞아 계약한 일이기는 해도 남박사는 가능한 한 안드로메다 투어 김투어로부터 받은 은혜에 보답하려 했다. 하지만 안드로메다 투어 김투어는 언젠가 떠날 것이다. 이후의 생활에 대해 고민하지 않을 수 없었다. 만약 일이 틀어져 사아카니스 제국과 지구 정부 간의 밀약이 들통이 났을 경우, 남박사를 비롯한 연구자들은 부역자로 몰려서 마녀 사냥을 당할 위험이 있지 않은가. 남박사가 그 고민 끝에 내린 해결책은 지구 측의 스파이라는, 도망갈 구멍 하나를 마련하는 것이었다.

아니다. 다 핑계였다. 안드로메다 투어 김투어 측 사원이 위험에 빠질 가능성은 없었다. 완벽한 신원 보증을 약속했기 때문이다. 문제라면 그저 돈뿐이었다. 남박사가 가진 빚을 빠르고 간편히 갚을 수단 말이다. 그리고 다시 연극 무대로 돌아갈 수 있도록, 삶의 현장으로 돌아갈 수 있도록 기반을 마련할 만한 목돈을 마련할 수단으로 산업 스파이를 선택했다.

150원짜리 커피가 마음에 든 이유도 있었다. 예전 무대에 올라섰을 때, 자유로이 연기하던 때 마시던 그 맛을 닮았기 때문이다. 3호는 이 자판기가 홍차만을 제외하고는 남박사가 원하는 대부분 음료의 맛을 그대로 재현할 수 있으리라 이야기했다. 왜 홍차만 제외되는지는 묻자 3호는 소설판이 아니라 영화판이라서라고 답했다. 무안력 연구소의 동력을 전부 끌어다 쓰는 경우에만 홍차를 마실 수 있다고 했다. 이놈의 외계 안드로이드는 항상 뭐라고 지껄이는지 알 길이 없었다.

감상적이 되었다. 안드로메다 투어 김투어가 빚을 갚아주고 국가 첩보 기관이 신원 보증을 서줄 터이니 사업이 끝나고 남박사는 곧장 무대로 돌아갈 수 있을 것이다. 그곳의 그 커피 맛이 여전한지는 모르겠지만 괜찮다. 그곳으로 돌아갈 수만 있다면야.

"보십시오! 오늘도 붉게 타오르는 저 태양을! 정의란 저 태양과 같이 보는 이에게 활기와 정열을 불어다주는 것입니다! 아! 태양이여! 정의여! 인간의 위대함이여!"

휴게실에 1호가 들어오면서 외쳤다. 아, 내 감상. 어디 갔어 내 감상. 1호가 있으니 휴게실에서 휴게를 하긴 글렀다. 남박사는 1호의 외침을 들을 때마다 1호의 대사 알고리즘을 짠 사람은 분명 그 작업을 증오했으리라 짐작했다. 몹시도 열정적인 대사지만 대사의 짜임새에 성의가 없었다. 각본가가 그 캐릭터에 이입을 전혀 하지 못하고 전형적인 인물상을 만들어낼 때 흔히 있는 일이었다. 남박사가 빚에 쫓기기 전 배우로서 무대에 올랐던 때에 이따위로 스크립트를 짜온 각본가가 있으면 그날로 박살이 났을 텐데. 남박사는 옛날이 그리웠다.

1호는 정말 1호처럼 생겼다. 남박사가 박사처럼 생긴 것처럼 말이다. 크지는 않지만 단단해 보이는 체구에 짙고 치켜 올라간 눈썹. 빳빳이 세운 헤어스타일. 이름도 1호 같았던 것 같은데 너무 1호처럼 생겨서 이름이 기억나질 않았다. 남박사의 머릿속에서 거대 로봇 가르바니온을 조종하는 세 안드로이드는 그저 1호와 2호 그리고 3호로 외워놓았을 뿐이었다.

"정의를 모르는 삶은 태양이 사라진 세상에서 두터운 암흑속을 헤매는 것과 같습니다. 무엇을 마주치고 무엇을 지나치든 보석처럼 영근 과실인지 추악하게 문드러진 해골인지 분간하지 못함과 다름이 없기 때문입니다."

"왜, 원효대사도 있는데. 해골을 만나도 나쁘지는 않지."

남박사는 그만 1호에게 대꾸를 하고 말았다. 지뢰를 밟았구나. 1호의 눈빛이 가르바니온의 36필살기 중 하나인 빔프롬아이를 쏠 때처럼 빛났다.

"과연 박사님이십니다! 맞습니다. 원효대사께서 그러하셨듯 결국 모든 것을 분간하는 빛은 태양처럼 밖이 아니라 나스스로 안에 있는 영혼에서 나오는 법. 오늘도 박사께서는 저의 미욱한 점을 일깨워주시는군요."

"그러게."

남박사는 1호가 진심으로 감탄했다는 것을 알았다. 그게 1호의 가장 싫은 점이었다. 안드로이드 주제에, 인간을 떠받

들기 위해 만들어진 주제에 정의니 사랑이니 사탕발림이나 자동차 내비게이터처럼 떠들어대는 모습에 위선을 느꼈다. 1호기는 이제 감격에 겨워 울면서 웃었다. 남박사는 휴게실을 나섰다. 작은 한탄과 함께. 어휴. 도무지 저 밝은 태도는 견딜 수가 없어.

"어둠을… 인정하라. 그리고 견뎌내라! 그것이 인간이… 전사가 강해지는… 길이다!"

어휴. 이번엔 2호였다. 저 어두운 태도도 견딜 수가 없어. 휴게실의 문을 열자 2호가 인사말을 건넸다. 어디가 인사인지는 잘 모르겠지만 애는 항상 이랬다. 1호가 1호처럼 생긴 것처럼 2호도 2호처럼 생겼다. 키가 크고 장발에 호리호리하면서 날카로운 인상. 그리고 헛소리. 1호와 2호의 스크립트를 짠 사람에게서 일종의 악의마저 느꼈다. 남박사는 옛날이 진짜 그리웠다.

✳

"구형 안드로이드들이 조금 유별나죠. 어쩔 수 없어요. 설계 목적부터가 그랬거든요."

3호가 난처하다는 듯 웃었다. 남박사와 3호는 무안력 연구소 앞 정원에서 담소를 나누고 있었다. 남박사는 3호가 마음에 들었다. 인간 같지 않은 인간이나 애초에 인간이 아닌 안드로이드로 가득한 이 연구소에서 유일하게 대화가 통하는, 인간 같은 안드로이드였기 때문이다.

"그냥 걔네가 덜떨어져서 그런 거 아냐?"

남박사는 황량한 정원의 풍경에 담배 연기를 더해 조금 더 볼 만하게 만들었다. 무안력 연구소는 금연이었다. 담배를 피우려면 밖으로 나와야 했다. 이렇게 구름과자를 먹고 싶어질 때면, 그러니까 이를테면 1호나 2호와 마주쳐 한바탕 헛소리를 듣고 난 뒤면 남박사는 꼭 3호를 불러다 산책을 하면서 담배를 태웠다. 3호 역시 남박사를 반기는 듯했다.

3호는 손사래를 쳤다. 남박사는 반성했다. 자신의 말투가 과격하기는 했다. 동시에 감탄도 했다. 정상적인 반응이라서. 1호와 2호라면 열정이니 정열이니 들어간 단어를 쓰거나 어둠의 다크한 뉘앙스로 답변을 했을 것이다. 3호는 1호나 2호와는 다른 무언가가 있었다.

"꼭 그렇지만도 않아요. 로봇 삼원칙 때문에 구형 안드로이드는 행동 패턴이 조금 독특하게 설계됐어요. 삼원칙이 뭔지는 기억하시죠?"

"대충이야 알지. 안드로메다 투어 김투어에 취직하고 연수원에서 배웠으니까. 인간한테 까불면 안 되고 까라면 까고 까불다 다치면 안 되고."

"비슷하네요. 근데 인간에게 해를 입혀서는 안 된다는 원칙은 보충 항목이 있어요. 위험에 처한 인간을 모른 척해서는 안 된다."

남박사는 자신의 박사스러운 수염을 한 번 쓸었다. 인간에게 해를 입혀서는 안 된다는 것과 위험에 처한 인간을 모른

척해서는 안 된다는 것이 무슨 차이가 있다는 것인지 알 수 없었다. 다 같은 것 아냐? 3호는 남박사의 표정에서 그 한마디를 간단히 읽어냈다.

"인간이 스스로 위험한 상황에 처할 경우 묵인할 수 없다는 거죠. 인간이 원한 일이라고 하더라도요. 로봇 삼원칙에서 인간의 명령을 따르라는 것은 두 번째 원칙이에요. 첫 번째 원칙에 앞설 수 없으니 인간이 나 자살할 테니 말리지 마, 라고 말했을 경우 로봇은 두 번째 원칙을 무시하고 첫 번째 원칙을 지키기 위해 명령을 위반할 수 있어요."

3호의 설명에 남박사는 고개를 끄덕였다. 3호는 남박사의 입에 물린 담배를 가리키고는 설명을 계속했다.

"예를 들면 이 담배. 이 담배 하나를 보며 저희 안드로이드들이 얼마나 애간장을 태우는지 남박사님은 모르시죠?"

"담배? 담배가 왜?"

"로봇은 인간이 담배를 피우며 실시간으로 폐를 괴롭히는데 이를 방조하는 건 첫 번째 원칙에 위반되잖아요. 인간을 지키지 못했다는 자괴감에 빠지는 거죠."

남박사는 급히 구두굽에 담배를 지져 불을 껐다. 마치 아무 생각 없이 엄마에게 장난감 칼을 휘두르다 잘못을 깨닫고 급히 칼을 내던지는 아이처럼. 3호는 웃으며 한마디를 덧붙였다.

"물론 저 같은 최신형은 그런 인식이 없지만요."

"야."

"본론으로 돌아가서. 로봇이 삼원칙에 섬세하면 이런 딜레마가 생기거든요. 필요에 따라 인간도 인간을 해칠 필요가 있잖아요? 폭력적인 의미는 아니에요. 예를 들어 의사가 환자의 배를 가르는 것도 어떤 의미로는 피를 보는 일이죠. 보세요. 의료 기관만큼 로봇의 손이 절실한 곳이 없어요. 로봇이 뭔가요? 섬세하고 정밀한 동작을 반복적으로 수행하기 위한 존재잖아요? 거기다 병원균에 감염될 위험도 없고 감정 노동에도 충실하죠. 하지만 병원에서 사람이 픽픽 죽어 나가는데 삼원칙에 따르면 로봇은 맨정신을 지키지 못하고 자기 부정에 빠지는 거죠."

확실히 맞는 말이었다. 재떨이 비우라고 로봇을 만들었는데 그 때문에 로봇이 신경쇠약에 걸리면 어쩌겠는가. 환자들 돌보라고 간병 로봇을 만들었는데 그 때문에 로봇이 우울증에 빠지면 어쩌겠는가. 로봇의 정신 건강을 위해 인간이 담배도 끊고 건강해지게 운동도 하면 본말전도 아닌가. 남박사는 다시 담배 한 대를 꺼내 불을 붙이며 3호의 이야기에 집중했다.

"구형 로봇은 로봇 삼원칙이 제약이 되지 않도록 섬세함이 떨어지게 설계되었어요. 자아는 있지만 눈치는 없어요. 법과 규율을 따를 뿐이에요. 담배를 피우는 행동을 보고 몸이 나빠질 수 있다는 인식으로 이어지질 못하는 거죠. 그래서 행동 패턴을 입력하면 그 패턴에 남박사님처럼 짜증을 내는 사람이 있더라도 인식을 못 하고 계속해서 패턴을 따르죠."

"알 것 같다. 그런데 왜 저런 구형을 보낸 거야? 너 같은 신형만 보내도 되잖아."

3호는 부끄럽다는 듯 웃었다. 역시 로봇이라도 신형이라고 불리면 기분이 좋은 걸까, 남박사는 지레짐작했다.

"안드로메다 투어 김투어는 거대 로봇인 가르바니온을 조종하는 파일럿 역할로는 섬세함보다는 둔감함이 필요할 거라고 판단했거든요. 저 같은 모델의 로봇은 1호나 2호처럼 능숙하게 캐릭터를 연기하지는 못하겠죠. 인간들이 어떻게 대하는지를 신경 쓰느라 성격이나 행동 방식을 바꿔서 어색해졌을 거예요."

"그럼 너는 왜 왔는데?"

"걔네가 덜떨어진 짓 할 때 말려줄 로봇도 필요하니까요."

납득. 구형과 신형이 섞여서 온 이유가 분명했다. 남박사 역시 한때 연극을 업으로 삼았던 인물이었다. 캐릭터를 연기하는데 이입을 하지 않고 관객의 반응만 신경 쓴다면 좋은 연기자가 될 수 없다. 그렇다고 관객의 반응에는 관심 없이 연기하는 사람만 있는 극단은 유지가 될 수 없다.

"어쩐지 넌 1호나 2호랑 비교해서는 상태가 좀 다르다 했어. 멍청이들 돌보는 보모 역인 거군."

"1호나 2호가 멍청한 거는 아니에요. 눈치만 없을 뿐이죠. 오히려 눈치나 상황 파악에 들어갈 리소스를 다른 곳에 쓸 수 있는 만큼 연산 능력이나 추론 능력을 비롯한 지적인 분야에 대한 성능은 엄청 높거든요."

"너보다 똑똑해?"

"분야에 따라서요."

"어느 정도인데?"

"추상적으로밖에 말씀을 드리지 못하겠는데 지구 위에 있는 컴퓨터 성능을 다 합치더라도 1호의 백 분의 일 정도라고 보면 이해가 되실까요?"

남박사는 혀를 내둘렀다. 그런 초고성능의 로봇이 하는 일이라고는 고작 3-5세용 만화에 나올 법한 대사를 반복하는 것뿐이라니 낭비도 여간 낭비가 아니었다.

입맛이 써져 담배를 비벼 끄고는 3호에게 건넸다. 3호는 묵묵히 담배를 양손으로 받아 주머니에 넣었다. 실제 직장 상사와 부하 사이의 일이라면 살짝 눈살이 찌푸려질 일이지만 인간과 안드로이드 사이에서는 당연한 일이었다. 남박사는 다시 속으로 혀를 찼다. 자신도 지금 이 고성능의 안드로이드를 재떨이로 삼은 거 아닌가.

"너네도 고생이다. 그렇게 고성능인데 고작 인간들의 인형 노릇이나 하고 앉았으니. 이렇게 멍청한 계획에 오냐오냐 해 주다 보면 막 반란 일으키고 싶진 않아? 다 때려 부수고 인간을 노예로 삼거나 변기로 만들어버리고 싶지는 않고?"

"저희는 인형 노릇을 하는 게 아니라 진짜 인형이잖아요."

"인형인 것에 불만이 없어? 자유롭고 싶다거나 주어진 운명에서 벗어나고 싶다거나."

3호는 살짝 고개를 저었다.

"로봇을 처음 접한 문명에서 흔히 하는 착각인데요. 로봇은 인간이 아니에요. 인간의 복지를 위해 만들어진 기계 도구일 뿐이죠. 이성이 있고 욕구가 있는 것으로 보이겠지만 저희를 인간처럼 보셔서는 안 돼요. 인간에 대한 배려는 숨 쉬듯이 자연스레 나오는 일일 뿐이에요. 지능의 고저는 저희에게 판단 기준이 되질 않으니까요."

"그런 거야?"

"네. 인간에 대한 봉사는 저희의 의무이자 바람이죠."

"하지만 그렇게 원하도록 태어난 것일 뿐일 수도 있잖아."

"글쎄요. 인간은 어떻게 태어났나요?"

황새가 물어다줬다는 대답을 기대하는 질문은 아니리라. 인간의 삶에 딱히 무슨 명시되고 할당된 목적이 있던가. 생각나면 밥 먹고 졸리면 자는 것 정도가 기본 사항일 뿐이지. 그리고 그렇게 태어난 것에 의문을 가진 적도, 가진다고 답이 나오는 것도 아니며 답이 나온다고 로봇한테마저 너도 그렇게 살라며 강요할 수는 없는 문제일 것이다.

남박사가 골똘히 고민하는 모습을 보며 3호는 사람 좋게 웃었다. 로봇에게 써도 좋은 표현인지는 모르겠으나 그 얼굴과 성격에 이 이상 어울리는 표현도 없었다. 하지만 3호의 미소는 그저 행복함의 웃음만은 아니었다.

"의무가 있다는 것이 자유롭지 않다는 이야기는 아니에요. 그 반대라고 봐요. 의무 없이 어떻게 자유로울 수 있겠어요?"

"그럴싸하군."

"게다가 로봇은 인간처럼 살 수는 없지만, 인간보다는 자유로운 편이죠."

3호는 남박사의 주머니를 손가락으로 가리키고는 결정타를 날렸다.

"돈을 위해 스파이 노릇을 할 필요도 없잖아요."

남박사는 입을 다물었다. 3호가 가리킨 주머니 안에는 빼돌린 자료가 담긴 USB가 있었다. 다 알고 있었군. 속으로 생각했다. 언제부터? 어디까지? 누구까지? 끊임없이 떠오르는 의문 사이로 3호의 목소리가 들렸다.

"넘기지는 마세요. 남박사님을 위해서 하는 말이에요."

"…"

"아직 안드로메다 투어 김투어 측은 몰라요. 제 선에서 끝내요."

3호는 뒤로 돌아서고는 남박사로부터 멀어졌다. 남박사는 3호가 안드로메다 투어 김투어 측에 자신의 잘못을 알리거나 제재를 가할 생각은 없는 듯 보여 안심했다. 어쩌면 오늘의 이 만남도 3호가 계획한 것일지도 모른다는 생각이 들었다. 남박사의 산업 스파이 노릇이 큰 문제가 되기 전에 경고를 해주기 위한 짧은 만남으로 말이다.

남박사는 미처 묻지 못한 것이 떠올라 3호가 건물 안에 들어가기 직전 외쳤다.

"넌 구형이 아니지? 그럼 신형은 왜 내가 담배를 피워도 아무렇지 않은 거야?"

3호는 너무나 당연하다는 듯이 대답했다.

"HP는 줄지만 MP가 차는 것이 보이거든요."

＊

'물건은 음료수 캔에 담아 쓰레기통 분리수거함의 병/캔이 아닌 종이 칸에 버릴 것.'

남박사는 입을 다물고 모니터에 쓰인 문구를 속으로 읊었다. 동영상은 띄우지 않았다. 모 첩보 기관이 보낸 메일이었다. 도청 따위를 피하기 위해 춤추는 인형이 그려진 암호나, 듣고 나면 폭발하는 LP판 따위로 명령을 주고받으리라 기대했는데 짤막한 메일만이 도착해 조금 서운했다.

서운하면서 두려웠다. 이 작전은 들통이 났다. 이렇게 원시적인 방법으로 거래를 하니까 그렇지. 남박사는 어느새 진짜 전문 산업 스파이라도 된 양 불평을 늘어놓았다. 스스로의 연기에 대한 확신은 있었다. 나 자신도 속아 넘어갈 정도로 완벽하게 박사를 연기했으니까. 그러니 이 작전에 결함이 있다면 거래처의 허술함밖에 떠오르지 않았다.

그나마 다행인 점은 이 일에 대해서 알고 있는 사람, 아니 안드로이드는 3호뿐이라는 것이다. 남박사가 잘릴 일도, 모 첩보 기관과 안드로메다 투어 김투어가 마찰을 빚을 일도 아직은 없었다. 우주전쟁까지는 거쳐야 할 단계가 좀 더 남아 있다고 봐도 좋으리라.

'3호를 죽일까…'

순간적이기는 하지만 음험한 생각이 들었다. 3호는 안드로이드다. 인간이 아니었다. 생물체도 아니었다. 생물이 아닌 것을 죽일 수는 없었다. 엄밀히 말하자면 남박사는 살인 계획을 짠 것이 아니라 증거 인멸을 기획한 것이다. 물론 이런 식으로 합리화를 한다고 범죄가 범죄가 아니게 되는 것은 아니었다. 더욱이 남박사는 3호가 곧 부서져도 좋은 존재라고 말할 수 없었다. 지난 몇 주 사이 유일하게 남박사의 친구가 되어주었으니까. 떳떳하지 못한 생각에 남박사는 씁쓸히 두 눈을 감았다.

애초에 말도 안 되는 이야기였다. 3호를 부순다고 남박사의 죄가 들통 나지 않으리라는 법도 없었다. 오히려 소중한 안드로이드가 부서진 상황에 안드로메다 투어 김투어가 적극적으로 개입할 가능성이 훨씬 컸다. 더욱이 3호를 부술 수나 있을까? 거대한 크기의 이족보행 병기 가르바니온의 무지막지한 흔들림에도 견뎌낼 수 있을 정도로 단단하게 설계된 파일럿 로봇이었다. 자동차로 들이박거나 옥상에서 밀어 떨어뜨리는 정도로는 금이나 가고 끝일 것이다.

'아니면 내가 죽거나….'

안드로메다 투어 김투어의 다른 현지 조력자들이라면 모를까 남박사는 모 첩보 기관과 고용 관계를 맺느라 자신의 정체를 너무 많이 노출했다. 그러니 모 첩보 기관의 명령을 무시하면 뒤를 추적당할 가능성이 컸다. 안드로메다 투어 김투어가 남아 있는 동안은 무사하겠지만, 이 회사는 언젠가 지구를 떠날 것이다.

남박사가 알고 있는 기밀이야, 정확히 이해하고 있는 정보가 없다시피 하니 첩보 기관에 잡혀가더라도 그들은 이내 자신을 풀어줄지도 모른다. 하지만 확신할 수 있는 일은 아니었다. 풀려난다고 하더라도 일평생 감시하에 살아야 할 것이다. 다시 연극 무대로 돌아가는 일 따위야 꿈도 못 꿀 게다. 아마 노숙자 원상복귀겠지.

과연 3호 말이 옳았다. 자신이 3호에게 자유롭지 않다고 따질 주제가 아니었다. 이럴 수도 저럴 수도 없는 남박사가 그 누구보다 자유롭다고 말할 수는 없었으니까. 인형이나 다름없는 것은 남박사였다.

「우리 모두가 상전이 될 수 없거니와 모든 상전을 충실히 섬길 수도 없는 일입죠.」

다시 동영상을 틀었다. 명상이 필요했다. 옛날의 당당한 모습이 그리워져서인지도 모르겠다. 무대에 올라섰을 때가 가장 즐거운 때였다. 뭐든 될 수 있다고 믿었고 뭐든 해보았던 시절이었다. 결과적으로 남박사가 된 것은 노숙자였지만. 결국 돈이 있는 만큼 하고 돈이 없는 만큼 못했다. 그런 사회였고 그런 세상이었다.

첩보 기관에 넘길 자료가 들어 있는 USB를 꺼냈다. 박사 같은 안경을 고쳐 쓰고는 이 골칫덩어리를 노려봤다. 조그마한 플라스틱 덩어리. 이걸 쓰레기통에 분리수거를 하지 않고 버릴 뿐인 일이다. 물리적으로 누구를 해치는 일도 아니고 그저 조금 무신경한 일을 하는 거다. 남박사는 죄책감을 느낄 필요가 있는지 스스로를 설득하려 애썼다.

*

3호는 남박사를 위해 스파이 짓을 관두라고 했다. 하지만 남박사 본인은 이미 위험한 상황이었다. 관광사를 적으로 돌리느냐 국가 기관을 적으로 돌리느냐의 선택만 남아 있지 않은가. 만약 스파이 짓을 계속하면 3호는 안드로메다 투어 김투어 측에 남박사의 잘못을 고발해 남박사는 연구소에서 쫓겨나고 지구와 안드로메다 투어 김투어 사이에 분쟁이 생길지도 몰랐다. 반면 스파이 짓을 관두면 남박사의 인생은 도루묵 신세였다. 모니터 안의 자신이 모니터 밖의 자신을 바라보며 유혹의 말을 건넸다.

「그러니까 지갑에 돈을 넣어야지요. 지옥에 떨어질 필요가 있거든 익사보다는 좀 더 세련된 방법을 고르시고. 당신이 모을 수 있는 돈은 다 모아봐요. 빠져 죽어서 그녀를 차지하지 못하느니 환락 끝에 교수형을 당하는 길을 찾아보라고요.」

*

다음 날 남박사는 다시 정원으로 나와 벤치에 앉아 있었다. 한 손에는 담배, 한 손에는 음료수 캔을 들고 무던히 시간을 낭비하였다. 곧 멀리서 3호가 다가왔다. 우연은 아니었다. 조금 전 사내 메신저로 3호를 정원으로 불러냈으니까.

3호는 여느 때와 같이 사람 좋은 미소를 하고서는 남박사 옆에 앉았다.

3호는 아무 말도 하지 않았다. 남박사는 이 눈치 좋은 안드로이드가 너무 눈치가 좋아 얄미울 때도 있다는 것을 새삼 깨달았다. 그 왜 있잖은가. 인터넷 쇼핑몰에서 추천 상품이라며 보여주는 물건이 정말로 원하는 물건이었을 때 괜히 속내를 쇼핑몰의 추천 프로그램 기능에 읽혔다는 생각에 얄미워지는 순간 말이다. 지금 남박사가 딱 그랬다.

남박사는 조용히 연기를 마셨다 뱉기를 반복했다. 그래. 이걸 피우면 HP는 줄지만 MP는 찬다고? 노숙자가 되기 직전 PC방을 전전하던 남박사였다. 이런 류의 비유야 익숙했다. 3호의 눈치 볼 것 없이 연달아 담배 하나를 새로 꺼내어 물었다. 말없이 같이 담배를 피우러 밖에 나와주는 이런 좋은 친구는 찾기 힘든데. 뜸을 너무 들였나 싶어 억지로 입을 뗐다.

"사아카니스 제국의 침략은 얼마쯤 더 갈 것 같아?"

"전에 안드로메다 투어 김투어 연수 때 들으셨겠지만 그렇게 길게 남진 않았어요."

네이버 웹소설 공모전에 당선되면 24화 완결이고 그렇지 않으면 12화 완결 예정이었는데 떨어져서 12화 완결이 되었는지라 이 책도 얼마 안 남았다. 좀 뽑아주고 돈도 받아야 길게 쓰고 그러는데. 이런 사정이야 남박사나 3호가 알 리 없었다. 다만 이들도 본능적으로 완결이 머지않았음을 느끼고 있는 듯싶었다.

남박사는 차분히 3호에게 말을 붙였다. 일종의 면담이 시작된 셈이었다. 누가 상급자이고 상담자인지 상황이 역전되기는 했지만 남박사에게는 절실한 문제였다. 3호도 남박사의 고민을 아는지 가능한 한 친절하게 대답하려 애썼다.

"내가 돈 때문에 스파이 짓을 했다는 건 알 거야. 나는 사아카니스 제국이나 안드로메다 투어 김투어에 별 불만 없어. 외계인이나 외계안드로이드나 다 친절하고 그래서 좋아한다고. 그냥 다 돈이 웬수지. 너는 로봇이지만 인간이 돈 때문에 얼마나 고통받는지 알 거 아냐. 안 그래?"

"뭐, 그렇죠. 발명 초기의 로봇들은 인간들이 자본주의에 고통받는 것을 견디지 못해서 혁명을 일으켜 체제를 전복하려고 하기도 했으니까요."

남박사는 3호의 이야기가 괜찮은 농담이다 싶어 슬쩍 웃었다. 3호는 대화를 부드럽게 이끌어나가는 법을 알았다. 정말이지 훌륭한 가전제품이었다. 그런데 3호는 웃지 않았다.

"저 진짜 꾹 참고 있거든요. 세상에, 지구의 경제 구조가 정상으로 보이세요?"

"농담 아니었냐?"

3호는 진지했다. 남박사는 조금 당황했다.

"1호나 2호는 별로 불만 없어 보이던데…."

"걔넨 멍청하잖아요. 저는 이런 부조리한 비극을 이해할 지성이 있다고요."

이렇게까지 엄숙하게 나오니 되레 웃음이 나왔다. 어쨌든 남박사는 안심할 구석 하나를 건졌다고 생각하기로 했다. 로봇 삼원칙에 의거해 이들은 인간에게 우호적이라는 것을 다시 확인했으니까. 3호는 스스로도 너무 흥분했다 싶었는지 남박사가 다시 말을 꺼내기를 잠자코 기다렸다.

남박사는 다시 뜸을 들였다. 이때만큼 담배가 고마운 순간이 없었다. 그 어떤 지문보다도 강하게 인물의 행동을 설명하고 암시하지 않는가. 물었다 빨았다 뱉었다 다시 물기를 반복했다. 가끔 손에 든 캔으로 마른 입을 적셨다. 졸린 눈꺼풀을 떼듯 안간힘을 쓰니 그제야 윗입술이 들렸다.

"너는. 너는 안드로메다 투어 김투어에 나를 고발하지는 않을 거야. 그렇지?"

"왜 그렇게 생각하세요?"

"네가 고발하면 나는 망하잖아. 인간에 해를 끼치면 안 된다는 첫 번째 원칙에 위배가 된다고."

"내버려두면 안드로메다 투어 김투어 측에 해가 될 수도 있는데요?"

"이 상황을 해결하려고는 하겠지. 하지만 나를 망하게 하는 방식으로는 아닐 거야."

다시 침묵. 이번에는 3호가 뜸을 들였다. 남박사는 가만히 대답을 기다렸다. 입을 손으로 한 번 쓸어봤다. 박사 같은 수염이 거슬렸다. 기다리다 못해 결국 먼저 압박에 들어갔다.

"너는 착한 아이야. 다른 사람의 고통을 이해하잖아. 담배를 피우는 사람을 보면 HP가 줄고 MP가 차는 것이 보인다고? 웬만한 인간보다 훨씬 나아. 그렇다면 돈이 없는 사람은 HP도 MP도 마냥 줄어드는 모습이라는 걸 너는 보았고 알고 있고 상상도 할 수 있겠지. 게다가 넌 내가 그렇게 될 수 있다는 것도 상상할 수 있을 거야. 해봐. 지금 해보라고."

"남박사님께 어떤 대답이든 드릴 수 있어요. 말씀하시는 것처럼 상상할 수도 있어요. 그렇다고 말씀드리죠. 하지만 제가 여기서 남박사님을 얼르고 뒤에서 일러바치도록 프로그래밍되어 있을 줄 누가 알죠?"

"내가 연기자 출신이잖아. 네 말이 연기인지 아닌지는 구분할 수 있어."

"정말요?"

"젠장, 내가 알아? 틀리면 그게 내 한계인 거지. 난 내 선택을 믿어. 아니, 믿는다기보다는 나는 내 선택을 믿을 수밖에 없어. 너는 네 입을 열지 않을 거야."

남박사는 담배를 비벼 껐다. 이때만큼 담배가 미운 순간이 없었다. 담배 덕분에 만난 친구를 담배를 피우며 배신하다니. 음료수 캔에 꽁초를 집어넣었다. 3호는 조용했다. 남박사는 자신의 짐작이 맞았다고 확신했다. 3호가 경고를 한 것은 실질적으로 경고 이상의 무엇을 할 수 없기 때문이리라. 마른침만을 삼켰다. 3호의 침묵에 남박사는 미안한 마음이 점점 커졌다. 남박사는 나름 3호에게 타협안 아닌 타협안을 내놓았다.

"고민되면 내가 도와주겠어. 나는 너한테 나를 막지 말라고 명령할 수는 없을지도 몰라. 하지만 나를 방해하지 못하게 다른 잡다한 명령을 내릴 수는 있겠지. 나는 네 상급자고 이 연구소의 소장이니까. CNN 인터뷰는 서울에서 진행하기로 했으니까 나 대신 네가 참석해. 지금 당장 출발하라고. 네가 거기 간 사이에 일은 다 처리해놓을 테니까. 너도 양심의 가책 없이 명령을 따를 수 있을 거야."

3호는 묵묵히 자리에서 일어나 남박사 곁을 떠났다.

✳

3호와 헤어지고 남박사는 곧장 휴게실로 들어갔다. 찜찜한 일 빨리 끝내버리고 편히 쉬고 싶었기 때문이다. 첩보 기관은 자료가 든 USB를 음료수 캔에 담아 분리수거를 하지 않고 종이 버리는 통에다 버리라고 했다. 음료수 캔은 이미 갖고 있었다. USB도 주머니에 있었다. 이제 이 캔을 버리기만 하면 된다. USB고 캔이고 자존심이고 죄책감이고 나발이고 다 버리기만 하면 된다. 하지만 남박사는 캔을 버리지 못했다.

"박사님! 여기 계셨습니까? 오늘도 정의롭고 기운차게 보내고 계시지요?"

1호가 따라 들어왔으니까.

"그러시진 않으신 듯싶으시다."

남박사는 심드렁한 표정으로 대꾸했다. 이놈의 안드로이드 놈들은 왜 이리 야단이란 말인가. 잽싸게 캔을 쓰레기통에

다 던져 넣고 돌아가려 했지만 이내 포기했다. 1호의 성격이라면 남박사가 쓰레기 분리수거를 하지 않으면 자신의 손으로 통에서 쓰레기를 꺼내다 제대로 된 통에다 넣을지 모른다고 짐작했기 때문이다.

1호가 딱히 유별난 것이 아니라 정상적인 안드로이드라면 이런 업무야 당연히 할 것이다. 그것을 알게 된다고 해서 남박사에게 1호가 얄미울 이유가 딱히 줄어들지는 않겠지만. 1호는 남박사의 이런 마음이야 구형 안드로이드답게 전혀 눈치를 채지 못하고서는 질문을 이어나갔다. 이제 남박사에게 1호가 얄미울 이유가 하나 더 늘어난 셈이었다.

"괜찮으시다면 질문 하나 드려도 되겠습니까?"

"괜찮으시다."

"어제 저에게 말씀해주신 탁견 말입니다. 제가 트위터에 올려도 괜찮겠습니까?"

외계 안드로이드들은 트위터도 하는구나. SNS지. 그거. 미국 대통령도 하는 거지. 남박사는 뉴스에서 보았던 낡은 지식을 반추하려 애썼다. PC방을 전전하던 시절에 이것저것 인터넷 관련 지식은 익혔지만, 그보다는 노숙의 기간이 길었다.

"무슨 견?"

"원효대사에 대한 이야기를 해주셨지 않습니까. 매우 감명 깊어 저의 트위터 계정에 그날의 대화를 올리고 싶습니다만, 트윗을 하기 전에 박사님의 허락을 받는 것이 먼저라고 생각해 이렇게 부탁을 드리게 되었습니다."

"아, 그 견."

도대체 이 구형 로봇이라는 족속들은 뭐 이리 딱딱하게 구는지. 게다가 그런 것치고는 트위터니 뭐니 하면서 사회생활도 열심히 하고. 남박사는 자신과 3호 사이의 갈등은 알지도 못하고서 시시덕거리는 1호를 보니 기운이 빠졌다. 저 진지하게 태평한 인공지능을 보노라니 잔뜩 날이 서 있던 것이 순식간에 무뎌지고는 말았다.

남박사는 1호더러 트윗을 하든 말든 앞으로는 자신의 허락을 일일이 구할 필요가 없다고 대답했다. 1호는 감사의 인사와 함께 그 즉시 주머니에서 스마트폰을 꺼내 트위터에다 남박사와 자신의 대화를 입력했다. 아니. 로봇인지 안드로이드인지 여하튼 최첨단기기 아닌가? 왜 기계가 스마트폰을 쓰는걸까. 골똘히 저 낭비를 보는데 1호는 계속해서 휴게실에서 트윗을 할 눈치였다. 남박사는 1호가 나가는 즉시 USB가 든 캔을 숨길 요량으로 의자 위에 드러눕듯이 앉았다.

"매일 그렇게 정의, 정의 하면 피곤하지도 않냐? 그 왜 트위터인지 인터넷인지에서도 그러면 지치지도 않어?"

1호의 1호다운 눈썹이 더욱더 1호 같게 치켜 올라갔다. 화가 난 것은 아니었다. 얘는 항상 이랬다.

"만약 제가 진정으로 마음 깊은 곳에서부터 바라서 하지 않는 일이라면 그것이 과연 정의이겠습니까? 비록 남들이 칭송해 마지않는 위업을 이루더라도 원하지 않는 일을 타의에 의하여 억지부당히 한 것이라면 그것은 공적은 될 수 있을지 모르나 스스로에게 떳떳한 정의가 되지는 못 할 것입니다."

"아니, 너 착하긴 한데… 그냥 힘들지 않냐는 건데."

남박사는 한숨을 쉬었다. 얘 내 말 하나도 안 들어. 1호는 목이 터져라 정의에 대한 자신의 철학을 설파했다. 이렇게까지 나오니 견딜 수 없었다. 그냥 포기하고 자리에서 일어나기로 했다. 나중에 1호가 휴게실에 없을 타이밍을 노려서 돌아오면 되리라. 정의의 길을 걷는다는 것은 하나의 필연이자 불가결한 일이라는 등 이상한 소리가 쭉 이어지는 가운데 남박사는 대충 말을 흐리고는 휴게실의 문을 열어 밖으로 나갔다.

"칠흑… 속에서… 눈을 감은 자…. 그는… 어둠에… 갇힌 것인가… 내면의 빛을… 보고… 있는 것인가…?"

나 얘네 싫어. 문밖에는 2호가 한쪽 손은 허리에 감고 다른 한쪽 손은 손가락을 펼쳐 얼굴 앞을 가리는 멋지구리한 포즈를 짓고는 남박사를 기다리고 있었다. 남박사는 벌써 3호가 그리웠다.

*

남박사는 공원 벤치에 앉아 커피를 홀짝였다. 3호를 기다리는 중이었다. 오늘은 CNN 인터뷰를 위해 서울에 갔던 3호가 돌아오는 날이자 가르바니온이 출격을 하는 날이기도 했다. 사아카니스 제국의 간부 요니아 파탈이 예고한 대로라면 이번 주의 기괴수는 디비디스트로이어였다.

남박사는 도대체 왜 DVD가 기괴수로 개조되어야 하는지, 이미 시대는 블루레이가 아닌지 사소한 딴짓거리를 떠올리면서 시간을 보냈다. 뭐, 결론이야 항상 안드로메다 투어 김투어나 사아카니스 제국이나 원래 그렇게 센스가 없다, 정도로 내려지는 의제이기는 하지만 나름 소일거리마저 없는 날에는 유용했다.

을씨년스러운 연구소 정경이었다. 무안력 연구소는 부랴부랴 거대한 이족보행 병기를 집어넣을 수 있는 땅덩어리를 찾다 세운 건물이라 입지 조건이 좋지 않았다. 근처에 어지간한 가게 하나 볼 수 없었다. 휴게실에 사내 식당에 수면실에 잡다한 시설은 좋은 편이었지만, 역시 이 사람 오고 저 사람 가는 북적북적한 맛은 찾을 수 없었다.

멀리서 3호가 오는 것이 보였다. 적적한 동네지만 시야를 가리는 무엇도 없어 3호는 꽤 멀리 있는데도 뭘 어쩌는지 빤히 보였다. 남박사도 말이 없고 3호도 말이 없었다. 바로 앞에 쭉 보였던 것치고는 살짝 긴 시간이 지나고 3호는 묵묵히 남박사의 벤치 옆자리에 앉았다. 인사 따위 새삼스러운 사이였다.

"하지 않으셨더군요. 스파이."

"응."

"무슨 이유로 스파이를 관두셨는지 여쭤봐도 될까요?"

그랬다. 남박사는 그날 USB가 들어 있는 쓰레기를 버리지 않았다. 1호나 2호가 내내 휴게실에 틀어박혀 있던 탓 따위가 아니었다. 남박사는 얼마든지 그 둘을 휴게실 밖으로 내보낼 권한이, 또 그 권한을 쓰지 않고도 내보낼 말재주가 있었다. 하지만 그러지 않았다. 어디까지나 스스로의 의지로 남박사는 성간 스파이 짓을 관둔 것이다.

남박사는 자기와 가장 절친한 안드로이드의 표정을 살펴보았다. 저 복잡한 기계회로 안에서 무슨 생각을 하고 있을지 감이 잘 오지 않았다. 무슨 말을 해야 할지 3호가 돌아오기 전까지 내내 고민했지만 이렇다 할, 본인마저 설득할 논리는 찾아내지 못하였다. 남박사는 그저. 그저 스파이 짓을 하고 싶지 않았기에 하지 않았다. 이야기를 꺼내기까지 커피잔 절반 가까이를 비울 정도의 시간이 걸렸다.

"뭐라고 해야 할까. 설명하기가 좀 어렵네. 그냥 너희들이 하는 이야기가 조금은 이해가 될 것 같았어. 자유이자 의무라고 말하는 것 말이야. 1호가 그러더라고. 마음 깊은 곳에서부터 원해 하지 않는 일이라면 정의가 아니라고."

"1호다운 말이네요."

"그렇지. 하지만 틀린 말도 아니야. 내가 만약 모 첩보 기관 때문에 겁을 먹어서 기밀 자료가 들어 있는 USB를 걔네한테 넘겨줬다면 그건 온전히 내 의사만으로 내린 선택이라 할 수 없을 거야. 누군가에게 이용을 당한 거지 자유로이 한 일이 아니라고. 반대여도 마찬가지지. 강압이든 유혹이든 거기에 내가 져버린다면 그건 내가 자유롭게 선택했다고 말할 수 없는 거야."

남박사는 잠시 입을 다물고 생각을 계속했다. 다 낡아가는 뇌에 채찍질을 하며 하고 싶은 말을 어떻게든 구체화시키려 노력했다.

"그런데 이 문제에서 그렇게 완전하게 이해관계에서 벗어난 선택지는 오로지 의무를 다하겠다는 문항뿐이지. 유일하게 자유로운 선택이 의무라니. 보기엔 모순 같은 말이야. 하지만 그 의무가 나 스스로 바라는 일이라면 문제 될 건 없어. 국가에 대한 의무라든가 납세자의 의무라든가 그런 개념이 아니라 사람이 사람에게 갖는 의무에 한정한다면야. 사람이 사람에게 지켜야 할 의리에 한정해 그 의무라는 단어를 쓰면 못 쓸 것도 없지 싶어."

"로봇 삼원칙처럼요."

남박사는 다 식은 커피를 비웠다. 옛 생각과 함께 조금 더 이야기할 것이 떠올랐다.

"자유로이 연기가 하고 싶었지. 자유로이 연기. 어떻게 보면 우습잖아. 가장 나다운 행동인 자유가 가장 남다워야 하는 연기를 하는 것이라니. 그런데 나는 알거든. 이건 모순이 아니야. 무대에 올라선 그 순간에 나는 역과 나뉘지가 않아. 내가 이아고가 된 것도 이아고가 내가 된 것도 아니라. 선후관계 같은 게 없는 일이야."

다시 침묵이 이어졌다. 3호는 조용히 남박사의 이야기를 곱씹었다. 남박사도 매한가지였다. 스스로가 무슨 이야기를 하고 있는지 정리할 시간이 필요했으니까. 지금 이 자리에서 담배를 피우고 있지는 않지만 피웠다면 반 정도 태웠을 즈음 남박사는 입을 열었다.

"나는 말이다. 너네처럼 살 용기는 없어. 일생에 한 번쯤은 그럴 수 있을지도 모르지. 하지만 이번에는 아니야. 스파이 짓을 포기한 것은 어디까지나 이해타산을 맞춰보고 한 일이거든. 안드로메다 투어 김투어에 자백할 생각이야. 처벌은 처벌대로 받더라도 신변 보호는 해주길 빌어야지. 너도 내 편 좀 들어달라고. 사람을 말렸으면 책임도 져야지."

"미수니까 큰 징계는 받지 않으실 거예요. 신변 보호도 부탁해볼게요."

"너는 착하단 말이야. 내 이해타산의 항목에는 너도 들어가 있었어. 너처럼 착한 놈이 나를 말리려고 할 정도면 네 말을 따라서 내가 손해 보는 게 크진 않으리라 계산했다고. 그런 김에 너희들 흉내도 내보고 싶었고."

3호는 살포시 웃었다.

"덤으로 지구도 구하셨고요."

"뭐?"

남박사는 박사스러운 안경을 고쳐 썼다. 3호의 표정은 여전했다. 웃고는 있지만 농담하는 분위기는 아니었다. 마음속 깊은 곳으로부터 사의를 담은 웃음이었다.

"혹시나 싶어 말씀을 드리질 못했는데, 남박사님이 자료를 넘기려는 조직은 첩보 기관이 아니었어요. 첩보 기관을 사칭한 초상능력동맹인데 얘네 비밀기지가 서울에 있거든요. 저

번까지 넘겨준 자료는 크게 문제 될 게 없는데 이번 자료는 잘 못해서 걔네가 실험하다가 실수라도 하면 서울이 통째로 날아갈 정도로 위험했죠."

"어?"

"그런데 서울이 사라지면 김꽃비가 촬영 중이던 신작 영화 로케지가 사라지는 것이기도 해서, 이지라니우스 대제의 분노가 여간하지 않았을 거예요. 만약 김꽃비가 다치기라도 했다간 태양계의 행성 하나가 가루가 됐겠죠."

김꽃비가 누군데? 누군데 걔 때문에 지구가 망하고 그래? 남박사의 의문은 뒤로하고 3호는 김꽃비가 다치는 정도에 따라 지구가 겪었을 운명에 대해서 차분히 설명을 이어나갔으며 그 내용은 킬링필드가 힐링캠프로 보이게 만들 정도의 수위였다.

"허, 그럼 역시 너희들 말을 듣길 잘했군."

"결과론적이지만요."

"아냐, 아냐. 어쨌든 이번 일을 계기로 많은 걸 배웠어. 네 말대로 1호나 2호가 멍청이가 아니라는 것도 알았고 말이야."

"네? 왜요?"

"그 녀석들도 너처럼 내가 스파이인 걸 알아차렸나 보더라고. 휴게실에 틀어박혀서 나를 만날 때마다 태양과도 같은 정의니 칠흑 속에 갇힌 사람이니 지껄였는데, 그런 헛소리를 하는 것은 모두 다 한순간의 유혹에 넘어간 나를 일깨우기 위한 것이리라 생각하니 아귀가 맞아. 그렇지?"

"아뇨. 아마 그건 그냥 걔네가 덜떨어져서…."

젠장, 내 그럴 줄 알았어! 남박사는 혀를 찼다. 너무 세게 차서 아플 정도였다. 순순히 스파이 짓을 포기한 것은 1호나 2호가 눈치를 채서 곧 안드로메다 투어 김투어에 보고하리라 짐작했기 때문이었다. 그러니 이왕 들킨 것, 보다 호의적이고 유도리 있는 3호를 통해 자수 찾아 광명도 찾을 속셈이었던 게다. 하지만 그게 착각이었다니.

3호는 황당해하는 남박사의 어깨를 토닥이고는 디비디스 트로이어와 맞서 싸울 채비를 갖추기 위해 기지 안으로 돌아 갔다. 남박사는 나오는 한숨을 막지 못했다. 주머니에서 담배를 꺼내 물었다. MP를 채우지 않고서는 배길 수가 없었다. 본의는 아니었으나 지구를 위험에 몰아넣었다가 위험에서 구했다. 남박사는 그것만으로 만족하자며 스스로를 달래기 위해 부단히 애를 써야만 했다.

7화

**원고가 있었는데요.
없었습니다.**

　안녕하세요. 불초 SF 작가 dcdc입니다. 원래대로라면 7화
가 들어가야 할 타이밍인데요. 7화 파일을 못 찾겠네요. 사실
《무안만용 가르바니온》은 이번이 두 번째 출판이거든요. (부
담이 될 두 번째 출판임에도 김꽃비 배우님을 표지모델로 해주시기
까지 한 아작 출판사에 감사의 인사를 드립니다.) 근데 첫 번째 출
판 때 7화는 재미도 없고 인기도 없으니까 그냥 빼자고 해서
책에는 넣지 않고서 "와, 재미가 너무 없어서 사라져버린 환
상의 7화야!" 이러면서 웃으려고 했었어요. 그래서 굳이 파일
을 잘 챙겨두질 않았죠. 게다가 진짜 재미없었고요.
　하지만 이제 와서, 그러니까 두 번째 출판에 와서도 저번처
럼 연재 과정을 지켜봐주신 분들의 기억 속에서도 가물가물
할, 재미없는 7화를 책 제작 과정에서 편집했다는 농담을 또

해서 무슨 의미가 있겠냐는 지적을 들었어요. 그렇다고 그 망한 7화를 다시 넣기도 애매한데. 파일은 찾아도 나오지도 않는데. 새로 에피소드 하나를 쓸 수도 없는 노릇인데. 이후 7화에 대해 언급하면서 이 파트 재미없어서 빼게 되었다고 농담하는 장면이 있는데 그 장면을 빼고 회차를 하나씩 줄이면 그건 그것대로 나쁘지 않은 결론이겠지만 굳이 그러는 것도 또 그렇고. 그래서 이렇게 7화가 들어가지 않는 이유와 맥락에 대한 변명조의 글을 쓰게 되었습니다. 구질구질해!

7화 내용은 이랬어요. 두 명의 학생이 사아카니스 제국의 침략과 그로 인한 국가정세 변화에 대한 분석을 과제로 받아 밤새도록 엉터리 텍스트를 작성하는 내용이었지요. 일종의 총집편 격인 에피소드라고나 할까요. 도대체 한 시즌에 총집편이 몇 화나 들어가는지 모르겠지만, 애초에 망한 애니메이션에는 총집편이 자주 방영되는 법이니 아주 안 어울리는 일도 아니지 싶습니다. 그래서 그 국가정세 변화에 대한 두 학생의 분석은 너무나도 엉터리 같은 결론밖에 나오질 않아(그야 이 소설부터가 엉터리잖아요. 그리고 전 국가정세 변화 같은 거 모른다고요) 라깡의 정신분석이론을 기반으로 억지 가득한 비평을 내리면서 에피소드가 끝이 났을 거예요. 정확히는 기억이 나지 않지만 "일단 라깡을 집어넣으면 다들 이해는 하지 못해도 그냥 그러려니 할 거야!" 뭐 이런 대사를 넣었던 것도 같은데. 뭐, 소설 대사로는 저렇게 말하기는 했지만 싫어하는 이론은 아닙니다. 실제로 상담의 툴로 쓰는 경우에는 좀 위험할 수 있다 염려하지만 아무튼 비평에선 제법 재미난 툴이 될 이론이라고 봐요. 그런데 요즘에도 라깡을 읽기는 해요?

7화를 채워달라는 요구를 받았으니 그냥 재출간용 작가의 말을 쓴다고 생각하고 여기에 이것저것 적어볼까 했어요. 이 작품이 패러디한 부분들에 대해 상세히 정리했던 적도 있어서 그 문서 파일을 적당히 가공해서 올려도 좋겠다 싶었고요. 근데 또 그 파일을 못 찾겠네요. 도대체 전 뭐 하는 사람일까요. 제 원고들은 다 어디로 갔을까요. 아무리 원래 책에 넣지 않기로 결정했던 에피소드라고는 해도 굳이 이렇게까지 구구절절하게 제 생활습관에 대한 자책을 하고 있는 것일까요. 애초에 《무안만용 가르바니온》이라는 소설부터가 이렇게 엉망진창에 마구잡이로 진행되는 것을 테마로 삼았으니 부디 양해해주시길. 이게 뭐람.

8화

**본격 이 소설이 왜 망했나
탐구하는 에피소드**

이 소설은 네이버 웹소설로 가보겠다고 쓴 소설이었는데 망했다. 지금이야 책도 나오고 표지는 꽃비 님이고 SF어워드에서 대상도 받고 좀 잘나간다 싶은데 당시에는 처참했다. 게다가 상을 받은 이후로 책은 다 팔렸는데 이전 출판사에서 증쇄는 하지 말자고 하고, 나도 그래도 증쇄하자고 하기는 뭐해서 계약 취소하고 웹 연재로 돌렸다가 다시 출간하게 된 것이다. 6화 올린 당일 조회수가 7이었다. 1년째 업데이트 안 된 미니홈피 투데이 숫자도 이보다는 많을 것이다. 미니홈피가 만들어지고 세기가 지난 지금조차 말이다. 지인 끌어다가 조회수 올리고 별점 쏘게 하는 것도 한계가 있었다. 애들이 연락을 안 받게 됐다. 야, 로그인 한 번 하면 손가락이 삐기라도 하냐.

그리고 이렇게 비통침통흉복통한 상황에 처한 것은 이 소설만이 아니었다. 안드로메다 투어 김투어의 지방 미개발 행성 투어도 마찬가지로 망하기 일보직전인 것이다. 안드로메다 투어 김투어는 문제가 컸다. 대외적인 업계 반응이나 비평도 처참하고 대내적으로 사원들의 사기와 의욕 또한 땅바닥을 치고 지구 내핵까지 파고든 실정이었다. 게다가 침략 대상인 지구인들조차도 사아카니스 제국의 침공에 시들해진 상황이었다.

나도 얘네가 좀 잘됐으면 좋겠다. 내 소설 주인공이기도 한데 성공했다고 장사 번성한다고 해주고 싶다. 하지만 그러면 작품의 내적 내러티브가 카프카 소설처럼 무너진다. 차마 그런 급진적인 실험 소설을 쓰기에는 얘네가 너무 망해놓아서 그럴 수도 없다. 얘들은 우주적으로 놀림감이 되지 않을 수가 없다. 미안하다.

ㄱ팀장은 속이 쓰렸다. 어두운 회의실 안 스크린에 쏘인 프로젝터의 푸른빛이 반사되어 팀원들의 표정마저 더 음침해 보였다. 얼마 전 ㄱ팀장의 어머니는 ㄱ팀장에게 이직을 권했다. 최소한 가망이 있는 회사에, 그러니까 내일 당장 망하지는 않을 회사에 하루라도 빨리 발붙이려면 그편이 더 좋지 않으냐면서 말이다. 말이야 바른 말이었다. 이 책도 증쇄해도 안 팔릴 것 같다고 해서 출판권 내가 되찾아왔다니까 그냥. 그래도 아직 출판사에서 또 김꽃비 배우님을 표지모델로 해서 나오게 되었으니 부디 잘 부탁드립니다.

어쨌든 이러고 앉아 있을 시간에 이력서를 채울 뭐 하나라도 찾아봐야 할 텐데 ㄱ팀장은 그러지 않았다. 회의실 빈 의자 사이 듬성듬성 앉아 있는 팀원들을 바라보았다. ㄱ팀장은 조금 더 회사에 남아 있겠다고 어머니에게 답했다. 똥을 싸기 시작했으면 도중에 끊어서는 안 된다는 ㄱ팀장의 개인적 신념 때문이었다. 하지만 팀원들이 무신경하게 하품이나 하는 모습을 보니 새삼 그 신념 참 더럽다 싶었다.

안드로메다 투어 김투어 기획팀의 인적자원 현황은 이랬다. A팀장은 병가로 회사를 떠나다시피 했다. B대리는 팀장이 되었다가 저번 무안만용 가르바니온의 우주 시청률 참패에 대한 책임을 지고 사표를 제출했다. C차장은 A팀장이 병이 나 일을 쉬겠다고 했을 때 미리 감을 잡고 잠적한 지 오래였다. D대리는 초장부터 현지 조력자를 자동차로 치어버리고는 뺑소니를 쳤다.

결국, 이사진이 부랴부랴 새 인원을 확충해 ㄱ팀장과 ㄴ대리, ㄷ차장과 ㄹ인턴이 팀을 꾸려나가고 있는 실정이었다. 사업을 시작한 사람은 온데간데없고 어디서 모인 어중이떠중이들이 뒷수습만 맡은 처지. 하지만 내 잘못이 아니라며 투정이나 어리광을 부린다고 뭐 나오는 것도 아니었다. 이제는 진지하게 이 싸질러진 거대한 똥을 어떻게 처리하느냐에 대한 문제에 집중해야 했다.

"여러분. 우리가 지금 못하고 있는 게 뭘까요."

"공격이랑 수비."

ㄱ팀장의 얼굴이 찌푸려지는 만큼 ㄷ차장의 입가가 올라갔
다. ㄷ차장에게 안드로메다 투어 김투어의 업무란 아르바이
트 이하였다. ㄱ팀장은 조심스럽게 손을 들고는 ㄷ차장에게
주의를 줬다. 일단 ㄷ차장이 사내 직급은 높지만 이 팀의 장
은 자신이니까. ㄷ차장도 낄낄대는 웃음을 멈추려고 애썼다.

"이해하기 힘든 지구식 농담은 회의 뒤에 해주세요."

ㄷ차장은 넉살 좋게 웃으며 의자가 뒤로 젖혀질 만큼 편히
앉았다. ㄱ팀장은 긴장을 풀고는 억지로 미소를 지으며 팀원
들을 둘러보았다. ㄴ대리와 ㄹ인턴은 각각 학창시절에 만났
던, 자기가 원하는 대답이 나올 때까지 '왜 그런 것일까?'라는
질문을 반복하기에 학생들이 지쳐 대꾸도 하지 않자 실망하
던 선생님이 떠올랐다.

"말해보세요. 뭐가 문제일까. 대답은 한 사람당 하나씩."

"음… 옴니버스 형식이라서요. 거기서 문제가 생기는 것
같아요."

ㄹ인턴이 손을 들고 답했다. 회의의 내용이야 어차피 ㄱ팀
장이 원하는 방향으로 흘러가겠지만, 열정적인 호응의 연
출을 원하니 원하는 대로 해줄 수밖에 없었다. ㄴ대리 역시
ㄱ팀장이 인정해줄 만한 답변을 아무거나 하나 만들기 위해
계속해서 머리를 굴렸다.

ㄱ팀장은 ㄹ인턴이 한 말이 무엇인지 잘 이해가 가지 않
는다는 듯 고개를 갸우뚱 기울였다. 옴니버스가 뭐가 문제란
말인가. ㄱ팀장은 자신이 똑똑하다고 믿는데도 이렇게 현실

의 벽에 부딪혀 스스로의 머리로는 이해가 가지 않는 일을 마주칠 때마다 고개를 기울여 이상한 상황이라고만 치부했다.

"설명 좀 해보세요."

"그게 그러니까요. 장편이면 진입이 어려운 대신에 한번 보기 시작한 사람은요. 쭉 보거든요. 기승전결이 있으니까 이야기가 늘어져도 다음을 기대하잖아요. 반면에 단편은요. 진입은 쉬운데 이탈도 쉽거든요. 단편은 가볍게 보기는 좋잖아요. 그런데 재미없으면 다음 에피소드는 안 보고요."

"그래서요?"

"근데요. 가르바니온은요. 옴니버스니까요. 장편처럼 기니까 도중부터 보기는 힘들거든요. 그런데 정작 내용은 단편이잖아요. 한두 번 재미없으면 다음에 이야기가 나아지든 말든 신경 쓰이는 복선도 없고 그냥 안 보면 그만이잖아요."

틀린 말은 아니었다. 친구 놈들도 뭐 이리 많냐고 타박한다. 이 돼지야, 글을 계속 쓰니까 많지, 그럼 하나 올리고 완결하냐. 회의를 하던 팀원들 모두 ㄹ인턴의 지적에 수긍했다. 아무 에피소드나 막 골라서 봐도 상관없게 쓰고는 있지만 보는 사람들이 그걸 알겠나. ㄷ차장도 ㄹ인턴의 이야기에 무언가 떠올렸는지 말 한마디를 덧붙였다.

"얘 말이 맞아. 게다가 가르바니온은 분량도 길잖아. 이걸 언제 다 봐? 사람들이 그렇게 한가해? 세 줄 요약해도 안 보는 사람이 수두룩하구만."

"전후편으로 나누면 어떨까요?"

"전편 보고 일주일 뒤에 후편 보면 퍽이나 전편 기억이 나겠다. 옴니버스를 전후에 상중하로 나누려면 고정 시청자층이라도 있고서 해야지. 그냥 길어서 문제야, 길어서."

좀 길긴 했다. 6화 올릴 때 네이버 웹소설 투고하려는데 분량이 너무 많다고 한꺼번에 못 올린다는 경고창이 떴을 때 진짜 갑갑하더라. 그냥 한 편이면 트위터나 블로그에 주소 하나 써놓고 다른 사람들 멋모르고 찍게 만들면 조회수도 쉽게 올라가고 그러는데, 글을 두 개로 나눠서 올리니까 이런 낚시도 못 하고 깝깝했다. 근데 브릿지에서도 분량 살짝 오버되어서 상하로 나누어서 올렸네요. 지금이야 글을 내렸지만요.

"좋아요. 그러면 총집편을 만들죠. 이전까지의 에피소드를 간략하게 설명해주는 특집편을 만드는 거예요. 그러면 중간부터 보더라도 앞의 에피소드를 일일이 다 찾아볼 필요가 없을 테니 진입장벽이 조금은 낮아지겠지요."

"가르바니온이 설명할 내용이나 있냐…."

ㄷ차장의 훈수에 ㄱ팀장이 대꾸할 말이 없었다. 총집편은 나도 고민했다. 실은 이번 에피소드는 총집편이 될 예정이었다. 그런데 이건 뭐 말할 건덕지가 없는 거라. 1화는 남자가 여자한테 존나 들이대다 한 방 먹는 이야기였지. 2화에서는 이렇게 바보들이 모여서 바보에 대해 회의하는 내용이었고. 3화까지 가면 악의 조직 간부가 나와서 날뛰고. 4화 이야기로는 탈주한 기괴수가 꼬마 아이한테 두들겨 맞기만 했다. 5화는 김꽃비가 나와서 좋았음. 6화는 박사랑 안드로이드랑

줄창 수다만 떨고 7화는 진짜 마감에 치여서 휘후히휘릭 써
냈으니까. 7화 결국 저번 책에는 안 넣었어요. 너무 구려서.

어쨌든 ㄹ인턴의 지적은 옳고도 옳았지만 해결할 도리가
없었다. 옴니버스로 시작했는데 중간부터 장편 노선으로 진
입하기에는 뭐 준비한 설정도 없는 데다 시리어스한 전개로
가는 건 또 이지라니우스 대제와 나의 취향에 맞지 않았다.
결국 이 안건은 미제로 남겨 두고 다음 문제를 찾기로 했다.
수순상으로 ㄴ대리가 손을 들어야 할 차례였다.

"ㄴ대리. 떠오르는 거 말해요."

"이건 어떻습니까. 홍보를 더 공격적으로 하는 겁니다."

ㄱ팀장의 귀가 솔깃했다. ㄴ대리의 제안은 현실적으로 실
현이 가능한 목표였다. 고개를 끄덕이고는 조금 더 자세히
설명해 보라고 부하직원을 독촉했다. ㄴ대리는 대충 내뱉은
말에 의외로 반응이 좋다는 것에 얼떨떨해하면서도 말을 이
었다.

"트위터나 블로그, 페이스북 같은 SNS를 적극적으로 이
용해야 합니다. 기왕이면 현지인 중에서 숙련된 악플러들
을 물밑에서 접선해 덧글 부대까지 만들면 더 효과적일 겁
니다."

"비도덕적이에요. 그러나 우리에게 필요한 일이군요."

먼 외우주에서 지구로 찾아온 외계인들이 가장 현대적인
기술을 가장 전근대적인 방식으로 활용하는 전략에 대해 논
의를 하기 시작했다.

"온갖 방식을 통해 조회수를 늘리는 겁니다. 낚시성 트윗이나 포스팅도 좋고 대놓고 뻔뻔하게 타임라인을 도배하는 것도 좋습니다. 어찌 됐든 사아카니스 제국과 이자리나우스 대제의 침략 그리고 이에 맞서는 가르바니온의 활약에 이목을 집중시켜야 합니다. 노이즈마케팅이라 비판받더라도 상관없습니다. 어차피 한철 장사지 않습니까?"

"그러면 이와 관련해 낚시 멘트 응모를 기획하지요. 충격, 실은, 경악, 반전 뭐 이런 것들 모아다가요. ㄹ인턴, 회의록에 강조해서 적어두도록."

"저도 아이디어가 몇 개 떠오르네요."

모두 악당이 된 기분을 만끽하는데 ㄷ차장이 손을 들어 이야기를 멈추게 했다. ㄱ팀장은 ㄷ차장이 이번에는 또 어떻게 산통을 깰까 걱정하는 눈빛으로 쳐다보았다. ㄷ차장은 한심하다는 듯 말을 툭 뱉었다.

"지금 너희들이 이야기하는 거 이미 다 하고 있는 것들이야. 나 홍보팀 해체되면서 기획팀으로 온 거잖아. 홍보팀이 이제까지 하던 일이 다 그거였다고. 그런데 성과가 하나도 없어서 팀 분해되고 내가 여기로 온 거 몰랐어?"

실은 나 역시 트위터에서 RT를 자주 해주는 사람한테 치킨을 사줬다. 앞으로도 열심히 하라고. 이렇게 매수와 협박을 번갈아 가며 홍보했어도 조회수가 온종일 7이었다. 치킨 사준 거 말짱 꽝이었다. 나나 한 조각 더 먹을 걸 왜 나눠주었을까. 책이 또 나왔으니 홍보도 다시 해야 할 텐데. 근데 이젠 트위터에 글도 자주 안 쓰고 RT도 잘 안 되고 남의 글 보는 게 더 재밌고 그래서 에 뭐 그냥 어떻게든 되겠지 뭐.

덧글 부대 사업은 나중에 이야기하도록 하고, 어쨌든 안드로메다 투어 김투어 회의실로 키보드를 돌리자. ㄷ차장의 한마디에 다들 묵묵부답이었다. 떨떠름한 침묵 뒤에 홍보를 위해 연예인에게 더빙을 시킨다든가, 지역 특색을 갖추어 지자체와 연계를 한다든가 몇 가지 안건이 나오기는 했으나 모두 실현하기에는 예산이 부족해 기각되었다. 또다시 꽤나 긴 침묵이 이어진 뒤 결국 ㄱ팀장은 자신의 질문에 대한 답을 스스로 말하기로 결심했다.

"역시 여러분은 제가 원하는 답을 말씀해주시지 않는군요. 이번 안드로메다 투어 김투어의 지방 미개발 행성 투어의 문제는 단 하나예요. 어째서 이걸 모르죠?"

ㄱ팀장은 과장되게 한숨을 지어 보이고는 헛기침을 하며 분위기를 잡았다. 똥덩어리를 바라보듯 각각의 팀원들을 노려보면서. 휘하 팀원들 모두 짜증이 났다.

"《무안만용 가르바니온》은 재미가 없어요."

'아….'

'아….'

'아….'

정곡을 찌르는 지적이었다. 하지만 너무나 당연해서 도리어 떠올리기 힘든 지점이기도 했다. 휘하 팀원들은 저 뻔한 이야기를 대단한 발상이라는 듯이 말하는 팀장의 뻔뻔함을 보며 과연 이렇게 망해가는 회사의 이미 망한 기획을 맡은 팀장은 저렇게 뻔뻔하기라도 해야 얼굴을 들고 다니는구나 감탄했다.

뻔뻔해서 팀장이 된 것인지 팀장이 되어서 뻔뻔해진 것인지 선후 인과관계에 대한 고민이 깊어지는 와중 ㄱ팀장은 다시금 팀원들을 재촉했다.

"그러니 우리 기획이 인기를 끌 수 있도록 재미나고 흥미로운 요소를 넣어야 해요. 옴니버스 구조나 홍보의 강화처럼 외적인 문제보다는 지금 우리가 하고 있는 일의 내적인 문제에 치중할 필요가 있다고요. 다들 아이디어를 떠올려보세요."

ㄴ대리는 이 말이 ㄷ차장이 회의 시작 때 했던 공격과 수비가 안 된다는 농담이랑 뭐가 다른지 구분이 가지 않았다. 못하니까 잘하자는 것이 팀장이 할 소리인가. 재미없으니까 재밌게 만들자는 목표야 너무 근본적이라 틀릴 수도 없지만 의미도 없는 말 아닌가.

ㄴ대리나 ㄹ인턴이 이 의미 없는 회의를 어떻게 하면 더 이상 심신이 상처 입지 않는 한에서 끝낼 수 있을까 이리저리 수를 짚는 사이 ㄷ차장은 손을 들어 의견을 개진했다. ㄷ차장의 인생은 이미 망한 인생이니 막가는 중이었다.

"나 준비한 거 하나 있지. 그러잖아도 오늘 건의하려고 했는데. 마침 잘됐어. 기다려봐. 저기, 이제 문 열고 들어오시면 됩니다."

ㄷ차장은 자신만만한 태도로 말을 하다가 핸드폰을 꺼내

고는 공손한 태도로 누군가를 회의실 안으로 불렀다. 회의실의 문이 천천히 열리는 것을 지켜보던 팀원들의 표정은 혹시나… 어쩌면… 싶은 눈빛에서 이내 역시나… 당연히… 싶은 눈빛으로 바뀌었다. 문이 열리자, 그곳에는 사이카니스 제국 간부 요니아 파탈이 서 있었다.

"나 부른 거 맞죠? 뭘 하면 돼요?"

"자, 이걸 잡으세요."

ㄷ차장은 요니아 파탈에게 과즙이 흘러넘칠 듯 싱싱한 수밀도를 건넸다. 요니아 파탈은 거침없이 그 수밀도를 받아들고서는 과육을 악력을 다해 즙으로 만들었다.

"다시 이러면 다음에는 과육이 아니라 ㄷ차장님 머리로 합니다."

"알겠습니다. 수고했어요."

겁에 질린 ㄷ차장과 달리 남은 팀원들은 그저 한숨만 쉴 뿐이었다. 요니아 파탈은 ㄷ차장의 옷에 과일즙을 닦은 뒤 회의실 밖으로 나가버렸다.

"요니아 파탈이 아니더라도, 이렇게 서비스 신을 강화하자고! 예쁜 여자들이 나와서 좀 벗어주고 그래야 시청률도 올라간단 말이야. 조회수 한 자리를 벗어나려면 무슨 일이라도 해야지. 지금 피씨언피씨 따지게 생겼어?"

친구 집에 놀러갔더니 친구는 집에 없고 친구 누나 혼자 샤워를 하고 있는 수준의 서비스 신 강화 아닌가. ㄴ대리는 머릿속으로 ㄷ차장이 성평등 교육 이수를 다시 받아야 한다는 건의문의 초안을 작성했다.

물론 ㄱ팀장이 ㄷ차장의 이 퇴행적인 제안을 받아들일 리 없었다. ㄱ팀장은 단호히 고개를 좌우로 젓고는 ㄷ차장에게 앞으로 이런 방향으로는 절대 준비를 해오지 말라고 신신당부했다. 하긴 나도 무리다. 지금 수밀도 만지는 거 묘사만으로도 지쳤다.

"소재의 측면에서라면요. 로봇을 강화하는 것이 정석 아닐까요?"

ㄹ인턴은 ㄷ차장 때문에 굳어진 분위기를 풀고자 막내인 자신이 나설 타이밍이라고 생각했다. 그리고 막내답게 교과서적이면서 안전한 안건을 꺼내 들었다. ㄱ팀장은 턱을 손으로 한 번 쓸고는 ㄹ인턴의 제안에 대해 고민해보았다. 나쁘지 않은 전략인 듯싶었다.

"가르바니온의 강화… 구체적으로는요?"

"더 강한 기괴수가 나와서요. 가르바니온이 위기에 빠지고요. 그 절체절명의 순간 숨겨왔던 신무기를 사용해서요. 역전극을 펼치는 거죠."

"신필살기는 저번 성희롱의 파동에 눈뜬 요니아 파탈 때 썼으니 가르바니온에 강화 파츠를 추가합시다. 그러면 가르바니온 Mk.II나 네오 가르바니온 뭐 이런 식으로 상품 전개가 다양해질 겁니다."

"뜬금없이 가르바니온을 강화하는 것보다는 제3세력이 등장하는 편이 더 좋을 거야. 갈등 구조를 더 입체적으로 만든 다음에 클라이막스 부분에서 가르바니온과 제3세력이 연합하고 로봇 둘이 합체하는 형식이야말로 전통이지."

"전통이니 나온 말인데 요즘에는 반파된 로봇을 개수해서 쓰는 것이 최신 유행인 것 같습니다. 가르바니온 리페어 이런 이름도 멋있지 않습니까?"

ㄱ팀장은 감격했다. 회의에서 회의처럼 회의를 하는 팀원들을 보니 ㄱ팀장은 웬만해서 눈물이 안 나는 사람인데 눈물이 나올라 그랬다. 로봇의 신규 혹은 강화는 최우선 방침으로 정해놓고 조금 전 나온 몇 가지 안건을 정리해서 이자라니우스 대제에게 보고해 채택받은 안으로 가기로 결정했다.

가르바니온의 강화 안건이 일단락되고 ㄴ대리는 ㄹ인턴에게 뒤지지 않게 나름의 안을 꺼내기로 했다. 모처럼 들뜬 분위기를 쭉 이어나가고 싶었다. ㄱ팀장 역시 열린 마음으로 ㄴ대리가 당당히 의견을 말하도록 북돋워주었다.

"대중성을 잡아야 합니다. 지금까지 가르바니온의 노선은 너무나도 마니악한 고객층 위주의 전략을 짰습니다. 하지만 마니아 고객층은 이런 허접한 작품에 지갑을 잘 열지 않습니다. 로봇 강화는 최소한의 주목은 모을 소재고 코어한 팬도 늘릴 수 있는 좋은 전략이지만 결정적인 역전의 계기를 마련하기 위해서는 애초에 시장 자체를 넓히는, 파이를 키우는 전략이 필요합니다."

혹한다.

"그래서, 대중성을 잡는 전략으론 뭐가 있을까요?"

"로맨스 노선을 넣는 겁니다."

그렇다. SF&판타지 란보다 로맨스 란이 엄청 잘나가지 않는가. 조회수 엄청 차이 난다. 장르 소설에 애정을 가진 사람들 중 어떤 이들은 로맨스 분야를 얕잡아 보는 경향이 있는데 이거 무척 잘못된 시각이다. 애초에 시장의 크기 자체가 다르다. 이 소설만 해도 SF&판타지에서 조회수 7인 거지 같은 소설이기는 하지만 로맨스로 가면 제대로 봐줄 사람은 없더라도 실수로 잘못 클릭할 사람들 숫자만 합쳐도 스무 명은 넘을 게다. 세 배로 확 뛰는 셈이다.

"하지만 누구랑 누가 연애를 하는데?"

ㄷ차장의 거침없는 지적. 이 역시 맞는 말이다. 도대체 누구랑 누가 연애를 한단 말인가. 나오는 인물들이라고는 연애 이전에 초등학교부터 재입학해야 할 좀 덜떨어진 애들밖에 없는데 얘네들이 연애를 하든 말든 무슨 소용이란 말인가.

"신 캐릭터를 넣을까요?"

"아니야. 애초에 연애 장르가 우리 기획이랑 근본적으로 맞지 않는 것 같기도 해. 지난주에 디비디스트로이어가 남박사를 납치하고 3호가 구하는 보이즈러브 노선이 가장 호응이 없었잖아. 뭐, 저번 기획이야 총체적인 실패기는 했지만서도."

팀원들은 모두 경악했다. 보이즈러브 노선이었단 말인가. 어디가 보이즈고 어디가 러브였단 말인가. 남정네 둘만 나온다고 다 보이즈러브인가. 이건 보이즈러브에 대한 모욕이 아닌가. ㄷ차장은 다른 이들의 경멸 섞인 시선에 아랑곳없이 연애 노선의 추가에는 반대했다.

회의는 다시 지지부진했다. 별별 안건이 다 나왔지만 다 쓸데없었다. 고부갈등과 출생의 비밀 그리고 기억상실을 집어넣자는 ㄷ차장의 안건은 가차 없이 기각되었다. ㄹ인턴은 히로인 사망의 안건을 제의했으나 희생시킬 히로인이 없었다. 꿩 대신 닭이라고 요니아 파탈이라도 죽여볼까 고민했지만 별다른 감흥은 없을 듯싶어 포기했다.

슬슬 꺼낼 이야기가 다 떨어져간다 싶을 무렵, 어두운 회의실에 그나마 조명이 되어주었던 프로젝터의 푸른빛이 어둡게 변했다. 화면이 꺼진 것은 아니었다. 스크린에 비치는 영상이 시커먼 화면이었기 때문이다. 바로 안드로메다 투어 김투어의 고용주, 꼴값하는 꼴값의 갑이자 암흑 제국의 통치자이자 폭군 이지라니우스 대제가 기획팀의 회의에 화상전화를 건 것이다. 그의 검고 뾰족뾰족한 갑옷은 화면이 켜진 건지 꺼진 건지 구분이 되지 않을 정도로 음침했다. ㄱ팀장 이하 모든 팀원은 긴장된 태도로 스크린을 바라보았다.

「ㄱ팀장… 회의는 잘 이끌었으리라 믿느니라.」

"네, 황제 폐하. 회의는 순항 중입니다."

거짓말이었다.

「팀 자체가 물갈이되어 짐의 우려가 크나 그만큼 기대 또한 크다. 그대들 모두 짐의 기대를 저버리지 않겠지?」

"황송하옵니다, 폐하."

이지라니우스 대제의 우레와 같은 목소리는 듣는 이로 하여금 소름 돋게 만드는 무언가가 있었다. ㄱ팀장은 본인의 성격도 성격이겠지만 이지라니우스 대제 앞에만 서면 봉건적이 되는 자신을 발견했다. 의상장비 팀이 이지라니우스 대제의 갑옷과 통역 기능만은 잘 만들기도 했다.

「그러면 추후 어떤 전략을 추구할지 고하도록 하라.」

"저…가르바니온의강화혹은신기체를투입할예정입니다."

「그리고?」

"등장인물의 서, 서비스 신의 강화와 인물 사이의 연애 노선을 도입해 시청자의 주목을 끌어 올릴 예정입니다."

팀원들은 배신감을 느끼며 ㄱ팀장을 노려보았다. 분명 조금 전 폐기하기로 한 기획 아닌가. 허나 ㄱ팀장으로서도 어쩔 수 없는 노릇이었다. 꼴값하는 꼴값이 노려보고 있는데, 고작 로봇 하나를 더 집어넣겠다고 말하는 것만으로는 설득력이 떨어져 보일까 봐 겁을 먹은 것이다.

스크린 속의 이지라니우스 대제는 말이 없었다. 곧 땅이 울리는 듯한 저음의 신음이 스피커를 통해 회의실 한가득 울려 퍼졌다. 팀원들은 갑님이 한숨을 쉬자 급격히 긴장한다. 허나 뒤를 잇는 이지라니우스 대제의 목소리는 패기와 열정으로 가득했다.

「메이드 로봇을 등장시키거라.」

"네?"

「메이드 로봇을 등장시키거라.」

"네?"

이지라니우스 대제는 ㄱ팀장이 말귀를 못 알아듣자 답답하다는 듯 목청을 높였다. 좁은 회의실은 쩌렁쩌렁한 대제의 호령에 창문에 금이 갈 정도의 위압감으로 가득 찼다.

「짐이 안드로메다 투어 김투어에 추가로 지불할 돈이 이제는 얼마 없느니라. 하여 거대한 로봇을 새로 한 대 증축할 수는 없도다. 하지만 메이드 로봇을 등장시키면 직면한 모든 문제가 해결되느니라.」

"네?"

「메이드 로봇이라는 신 기체가 투입되고. 메이드 로봇으로 서비스 신을 늘리고. 메이드 로봇과 연애를 하면 안드로이드 한 대 값으로 모든 방안이 대체되지 않는가. 이리 간단한 셈도 못 한단 말인가?」

이 남자는 도대체 지구로 오고 나서 어디를 향하고 있는 걸까. 이 소설 역시 어디까지 표류할 것인가. 현재 이 사회의 인권의식이 어느 방향으로 흐르고 있는지 아직도 감을 잡지 못하고 있단 말인가. 안드로메다 투어 김투어의 기획팀 전원은 얼이 빠진 채 메이드 로봇을 대령하라고 호통을 치는 꼴갑님을 지켜보았다. 언제나 농담과 웃음을 잃지 않던 ㄷ차장조차 이지라니우스 대제의 패기에 입맛이 떨어진 표정이었다.

마냥 비웃을 문제도 아니었다. 갑님이 돈이 떨어지셨다. 이제 을이 병이나 정을 버릴 시점일지도 몰랐다. 확실히 세 가지 안에서 가장 핵심인 새로운 로봇의 등장은 돈이 많이 드는 일이었다. 연애 노선을 위해 신 캐릭터를 등장시키는 것도 추가 예산이 필요했다. 서비스 신 강화는 계약서상 출연진이 호응하느냐 마느냐의 문제와 노출에 따른 보너스를 요구할 수도 있는 항목이었다. 그 점에서 메이드 로봇의 등장은 한 번에 모든 문제에 임시방편 혹은 임시의 임시방편, 정직히 말해 임시의 임시의 임시방편이 될 수 있는 한 수였다.

물론 이 한 수는 누가 보더라도 악수인 한 수였다. 이지라니우스는 요니아 파탈에게 그렇게 깨지고도 교훈을 얻지 못했다는 말인가? 제2회 한국과학문학상의 심사평을 읽어보지도 않았다는 말인가? 하지만 꼴갑도 갑. ㄱ팀장은 항복을 선언하기로 했다.

"그러면… 메이드 로봇을 만들겠습니다."

「오냐.」

결국, 메이드 로봇을 만들기로 결정이 난 것이다. 이 꼴갑을 한시라도 빨리 눈앞에서 치우고 싶었기 때문도 있다. 하지만 그 이상으로 ㄱ팀장이 갑에게 이전과는 다른 방식으로 저항하겠다 다짐한 탓이 컸다. 이지라니우스 대제는 만족스러운 목소리로 기획팀의 결단을 치하하고는 화상전화의 접속을 끊었다. 어두컴컴한 회의실에 다시 프로젝터의 푸른빛이 돌아왔다. 팀원들의 표정이 푸르딩딩해 보이는 것은 저 프로젝터의 불빛 때문만은 아니리라.

안드로메다 투어 김투어의 직원 대다수는 이 시점을 계기로 이직을 결심했다. 하지만 굴하지 마라. 쓰러지지 마라. 싸

움을 멈추어서는 안 된다. 견뎌내는 것이다. 아무리 갑이 육
갑을 떨어도 을은 이겨내야 하니까. 진정한 싸움은 이제부터
니까. 똥을 한번 쌌으면 도중에 끊을 수는 없는 법이니까. 그
런고로 다음 에피소드부터는 메이드 로봇이 나온다. 무안모
에 가르바니온 잘 부탁드립니다.

9화

악의 기원

키배의 삶은 고단한 법이다. 이 남자의 삶은 특히 그러했다. 이름은 구태여 말하지 말자. 최소한 지난 몇십 일은 이름으로 불린 적이 없으니 문자 그대로 유명무실했다. 이 남자의 아이디는 옥희독희. 늦은 오후 일어나자마자 설거지 더미에서 오목한 그릇 하나를 꺼내 대충 부시고는 냉동고 없는 냉장고에서 우유를 꺼내 담았다. 시리얼을 붓고 눅눅해지기를 기다리며 컴퓨터에 전원을 넣었다.

오늘도 새로운 전장이 옥희독희 앞에 펼쳐졌다. 먹으면서 키배를 떴다. 전사에게 휴식이란 죽어 거죽이 되고 난 뒤에 하더라도 될 사치스러운 유희일 뿐이었다. 시리얼과 우유를 입에 흘려 넣는 와중에도 손가락은 쉴 틈 없이 키보드 위를 누볐다.

「인류는 이지라니우스 대제에게 목숨을 빚진 거지. 까말 우주항모 바틀이 통째로 서울 위에 주차하겠습니다 뿌뿌 이러고 막 내려와봐. 서울에서 경기권 초토화여 그냥. 도시보다도 더 큰 우주선인데. 그걸 세계 각국의 주요 도시마다 골라서 한 번씩 해주면 인류 좋이라고.」

옥희독희의 주 분야는 사아카니스 제국 찬양이었다. 정치. 종교. 남녀 문제. 키배의 삼대 주제와는 괴리된 마이너리그지만 나름 쏠쏠한 분야였다. 왜냐하면 이제 이 촌극이 짜고 치는 고스톱이란 걸 모르는 사람은 가르바니온이 진짜 최고의 로봇이자 인류 과학 기술의 정수라고 믿는 초등학교 저학년 학생들 혹은 뉴스 아나운서밖에 없었으니까. 상대가 이러하니 키배 짓도 어린아이 팔 비틀기였다.

「형이 너네 생각해서 하는 말이니까 새겨들어라. 지금 열심히 이지라니우스 대제 똥꾸멍도 빨아놓고 해야 나중에 살기 편해져요. 지구 정복은 이미 끝났어. 침략자나 피침략자나 그냥 심심풀이로 뭔가를 더 하는 척하고 있을 뿐이지.」

듬성듬성 돋아난 수염에 묻은 우유를 닦아 가면서도 타이핑은 멈추지 않았다. 덧글창에서 덧글창으로 순회하며 각 게시판을 원정하기를 잊지 않았다. 무수한 뉴스 게시물과 카페를 침략하는 옥희독희의 마음만은 카이사르며 나폴레옹이자 이지라니우스 대제였다.

모든 일이 무익함은 알았다. 어떤 쓸모도 없음을 알고 있었다. 옥희독희는 이런다고 사아카니스 제국의 침공이 성공하리라고 믿지도 않았고 성공하더라도 자신에게 득이 될 일이 없다는 것도 알았다. 무엇보다 자신이 하는 말이 진짜로 옳다고 믿지도 않았다. 다만 초딩들 상대로 궤변과 거짓말로 가득한 트롤링을 해서 이기고 싶을 뿐이었다.

이건 그냥 자존감의 문제였다. 잃고 잃어서 마이너스 찍은 자존감을 나이 어리고 철없는 초등학생을 상대로 싸워 이겨 회복하려는 맹랑한 짓거리일 뿐이었다. 하지만 그렇게라도 하지 않을 수가 없었다. 새로운 떡밥을 찾아다니는 사이 우유의 비릿함이 섞인 트림이 새어 나왔다.

✳

「오늘도 옥희독희님은 자원봉사를 하셨나봅니다.」

「일상이죠. kdb님도 웬일로 이른 시간에 접속하셨네요.」

전사에게는 적만 있지 않았다. 든든한 동료도 있었다. 같이 싸우지는 않더라도 그와 동조하고 응원해주는 그런 존재 말이다. 옥희독희는 대화창에 메시지가 수신되었다는 신호를 보자마자 답변의 타자를 쳤다. 조금 전 말을 걸어준 아이디 kdbKOREA75는 매주 금요일이면 기괴수 사진을 찍기 위해 마실을 다니는 든든한 형님 되시겠다. 나이를 밝힌 적은 없지만 75라는 숫자가 아무래도 75년생이라는 뜻이지 싶었다.

kdbKOREA75와는 사아카니스 제국 추종자 모임, 통칭 '친사파' 이지라니우스 대제 팬클럽 인터넷 카페에서 만난 사이였다. 이 카페 덕으로 매국노에 이완용에 욕도 실컷 드셨다. 이들이 진심으로 나라와 인류를 팔아먹을 생각인 것은 아니었다. 그저 외계 문명과의 만남에 흥미를 가진 이들끼리 모였을 뿐, 다소 과장된 표현을 즐겨할 뿐이었다. 물론 여느 거짓말이 다 그렇듯이 스스로 하는 말이 진짜인 양 연기하게 될 때도 있지만 말이다.

「이른 시간도 아님여. 벌써 열 신데.」

「알파카 님도 계셨네요?」

옥희독희는 아이디 순삭형 알파카에게 반가이 인사했다. 다들 대화방 죽돌이였다. 20××년에 인터넷 포털 사이트 카페를 사용하고 그 카페의 대화방에 열심히 출석을 하고 있다는 것 자체가 몹시 구식인데, 용케도 이런 사람들이 잔뜩 모였다.

「나도 있다.」

「오랜만에 대화방에 사람이 복작복작하니 좋습니다.」

「그래 봤자 지난주 내내 보던 멤버임.」

「다들 한가하네요.」

웬일로 아이디 嗚磐皇帝(오반황제)마저 접속했다. 언제나 새벽이 넘어서야 팬클럽 카페에 들어오던 양반이었다. 무슨 우연인지 늦은(누군가에게는 이른) 저녁 시간에 이렇게 카페 주요 활동 멤버들이 모두 집결한 것이다. 한데 모인 친사파 일원들은 안부를 묻고는 시시껄렁한 이야기나 하며 시간을 보냈다.

옥희독희에게는 모두 친근한 사람들이었다. 하지만 끼리

끼리의 신상에 대한 공유는 전혀 되지 않았다. 별다른 이유가 있어서는 아니었다. 인터넷 인맥이란 것이 다 그런 법이니까. 그 덕에 친사파니 매성노니 욕을 먹기야 하지만 신상 털려 가며 당할 일도 없었다.

먼 사이이기에, 얼굴 부딪칠 일이 없기에 도리어 편한 사이란 것도 있는 법이었다. 가족이나 직장동료에게는 부끄러워 못할 이야기더라도 애초에 만날 일 없는 제삼자에게는 쉽게 털어놓게 되지 않던가? 옥희독희는 친사파 멤버들과의 이런 애매한 거리감이 좋았다.

「kdb는 이번 금요일에 대학로 가?」

「예. 마침 휴가가 나왔습니다. 이번 기괴수 꽤 멋지던데 다행입니다.」

「대학로에 오기로 한 기괴수는 텔레스코프레셔라던가요?」

「부럽넴. 학생은 옳니답. 뉴뉴.」

kdb는 직장인이지 싶었다. 하긴 옥희독희의 나이도 백수로 지내기 간당간당한데 하물며 75년생이야. 이 신원불명의 아저씨는 사정이 되는 한 금요일이면 꼭 휴가를 내고 사아카니스 제국의 기괴수 침략을 구경하러 갔다. 사진도 잔뜩 찍어 이지라니우스 대제 팬클럽 카페의 자료실을 꽉 채워놓아 카페의 체면을 살려줬다.

순삭형 알파카는 말하는 투나 접속하는 시간대를 보면 중학생 같지는 않고 고등학생쯤으로 보였다. 아마도 예체능계. kdbKOREA75가 사진이나 동영상을 담당한다면 순삭형 알파카는 각종 뉴스 스크랩 담당이었다.

이지라니우스 대제 팬클럽 인터넷 카페는 나름 자부심 있는 모임이었다. 글래머러스한 몸매에 홀딱 빠져 도촬을 일삼는 요니아 파탈 팬클럽과는 달리 외계 문명 자체에 관심을 가진 학구적인 멤버들이었기 때문이다. 진지한 학술연구를 하는 것은 아니더라도 그 열의는 깊었다.

「응흥응흥 이지라니우스 대제 투구 뽈 빨고 싶다.」

「嗚磐皇帝님 진짜 짱이네염. 볼 때마다 감탄.」

「뭘. 니들도 사아카니스 제국이 진짜로 지구 정복한 뒤 만약 고위 간부 자리에 오르게 되면 하고 싶은 일 하나쯤은 있지 않냐? 난 날마다 다섯 개씩 생각해서 노트에 적어 놓는데.」

「저도 기괴수에 올라타 보고 싶긴 합니다만….」

嗚磐皇帝는 헛소리 담당이었다. 뭐하는 사람인지 감도 오지 않았다. 매번 이상한 이야기만 했다. 뭐, 키배 담당이자 악플러 신상 털기 담당인 옥희독희보다야 낫기는 했다.

「우주항모 바톨에 가보고 싶기는 함여.」

「간부 복장을 입어 보고 싶긴 해요. 제복 멋있잖아.」

「그러니 빨리 이 별이 망해야 해. 제국이 지배하게.」

옥희독희는 실소했다. 嗚磐皇帝는 늘 진담인지 농담인지 모르게 말을 했다. 항상 심각한 어투로 제국 침공의 정당성을 설파하는 그 덕분에 요즘엔 다들 진지한 어투로 친사파니 매성노니 농담을 던졌다. 옥희독희의 키배놀음도 嗚磐皇帝의 영향을 받은 덕이었다.

「저는 들어가겠습니다. 휴가를 받은 대신 당분간 새벽 출근입니다.」

「잘자. 주말에 접속하고.」

「그때에는 금요일에 찍은 사진 보여주시기임여.」

「그러면 감옥에서 봅시다.」

몇 시간이고 사아카니스 제국과 이지라니우스 대제 그리고 기괴수 따위에 대한 시시껄렁한 이야기를 나누었지만 헤어질 때가 되었다. 다들 감옥에서 보자며 인사를 남겼다. 누가 이들을 고소를 했다는 이야기는 아니었다. 장난으로 하는 일이라지만 이들의 언사는 어쨌든 이적 행위였으니까. 트위터에서 괴뢰 정부를 찬양하는 트윗을 RT해도 잡혀가는 것이 현대 사회인데 친사파라고 언제까지 예외리란 법은 없었다. 그걸 알고 있는 이들끼리의 자조 섞인 인사였다.

시계를 보니 꽤 깊은 새벽이었다. kdbKOREA75는 잠도 얼마 못 자고 출근하게 되었다. 옥희독희에게야 대낮 같은 시간대지만서도 말이다. 옥희독희는 대화방이 아닌 다른 게시판에서 뜨고 있던 키배용 인터넷 창을 다시 화면에 띄웠다. 이곳 역시 소강상태였다. 건전한 삶을 살아가는 사람이라면 다들 잠들었을 시간대인 게다.

옥희독희는 이제 드라마와 예능프로그램 몇 편을 다운받아 보기는 하겠지만, 오늘 필수로 해야 할 일을 마쳤으니 하루가 끝났다고 봤다. 백수 키배의 일이기는 하지만서도 옥희독희에게는 중요한 안건이었다. 팬클럽 채팅, 덧글, 게시판 순회 등.

「네. 감옥에서 만나요.」

차라리 감옥에서 만나는 것이 옥희독희에게 득일지도 몰랐다. 갱생의 기회를 얻을 테니. 스스로도 진담인지 농담인지 모를 이 인사를 남기고는 눈을 감았다. 아마 내일도 오늘과 마찬가지의 삶이 이어지리라. 컨트롤 C + 컨트롤 V의 삶.

✳

예상이 틀렸다. 내일은 달랐다. 어제와 다른 오늘이었다. 옥희독희는 낯선 천장을 보고 에반게리온을 떠올렸다. 자신의 집이 아니었다. 무기질적이고 금속 질감이 나는, 푸른빛이 더해진 회색의 천장. 벌떡 일어나 주변을 둘러보았다. 평범한 방이지만 그 즉시 옥희독희는 자신이 어디 있는지 깨달았다. 커다란 창 너머 펼쳐진 무한한 암흑. 그리고 그 바로 한가운데에 보이는 푸른 별. 우주였다.

우주. 그래, 우주였다. 새벽에 잠들고 깨어나니 우주인 상황을 어떻게 받아들여야 할까. 한 가지 가설이 떠올랐지만 아직은 입에 담을 수 없었다. 우선은 방을 둘러보았다. 호텔의 객실과 비슷한 구성이었다. 침대와 옷장 등의 물건 외에는 무엇 하나 없는, 생활감이 느껴지지 않는 그저 깔끔할 뿐인 방.

옥희독희는 침대에서 일어나 창밖을 바라보았다. 눈앞에 보이는 별은 지구가 맞는 듯싶었다. 저거 아프리카 대륙이지? 이제는 기억도 가물가물한 세계지리와 창밖 풍경의 공통점을 찾으며 안도하기 위해 애를 썼다.

"일어나셨습니까?"

등 뒤로 샤론 스톤의 고혹적인 목소리가 들렸다. 정확히 말하자면 성우 강희선의 목소리. 친근하게 말하자면 짱구 엄마 목소리. 옥희독희는 자신이 있는 장소와 상황을 생각해봤을 때 꽤 괜찮은 시츄에이션일지도 모른다는 기대감과 함께 뒤를 돌아보았다.

"세면 후 이 복장을 입어주십시오."

기대는 틀렸다. 눈앞에는 에이프런 차림의 양철 로봇이 서 있었다. 원통과 육면체로만 구성된. 누가 봐도 이건 로봇이라고 말할 만큼 심플한 디자인의 양철 로봇이었다. 저번 에피소드에서 메이드 로봇을 등장시키기로 결정해서 부랴부랴 만든 물건이었다.

여성의 형태에 메이드 차림새를 한 로봇이라니. 이렇게까지 대상을 물화하겠다는 의지로 가득 찬 개념의 종합은 찾기 어려웠다. 어쨌든 21세기가 되어서도 재현할 만한 이미지는 아닐 터였다.

내가 왜곡된 성관념을 가진 사춘기 청소년으로 돌아가기 싫다는 이유로, 또 예고했던 대로 대상화된 메이드 로봇이 나오는 것은 작품 성격에 어울리지 않는다는 이유로 옥희독희를 실망시키기는 했지만, 어쨌든 옥희독히는 저 통짜로 된 양철 로봇의 말을 따라 욕실에 들어가 몸을 씻었다.

뜨거운 물줄기를 맞자 조금은 머리가 돌아가기 시작했다.

아마 이곳은 사아카니스 제국의 기함 우주항모 바톨의 안이 겠다. 그리고 이 '사악한 외계 제국의 아지트'에 날백수인 자신을 불러들인 이유는 아마 하나뿐이리라. 친사파 모임. 매성노 집단. 이지라니우스 대제 팬클럽 인터넷 카페 회원으로서 외에 무슨 이유가 있겠는가?

몇 주 만에 수염까지 깎고 욕실을 나왔다. 고릿적 애니메이션 우주가족 젯슨의 메이드 로봇 로지를 닮은 양철 로봇에게 옷을 받았다. 제복이라고 하기에는 너무 요란한 옷이었다. 어깨장식 디자인은 악의마저 담겨 있지 않나 의심될 정도로 뾰족뾰족한 뿔과 술으로 무겁기만 했다. 안경, 여드름, 멸치의 삼박자를 고루 갖춘 옥희독희가 입으니 우스꽝스러운 벌칙성 코스프레 느낌이 났다.

＊

옥희독희는 치렁치렁 장식 한가득의 제복을 차려입고는 메이드 로봇의 뒤를 따라 방을 나섰다. 좁지만 길게 이어진 복도는 방과 마찬가지로 무기질적인 회색빛이었다. 심장이 두근거리는 것을 멈출 수 없었다. 심장이 너무 두근거렸다. 멈춰야 하는데. 잠깐. 진짜로 멈추면 죽잖아. 멈추면 안 돼. 응. 긴장을 하도 하니 사람이 이상해졌다. 진지하다 못해 어처구니없는 상상마저 하는 게다.

동의 없이 끌고 온 것이기는 하지만, 이렇게 옷까지 입혀주고 숙소까지 내어주는데 악의가 있어 보이진 않았다. 그렇다면 사아카니스 제국에서 진짜로 자신을 고용하려고 하는 것인지도 모르지 않는가? 쓸모 있는 사람이 될 수 있을지도 몰랐다. 지저분하고 한심한 키배에서 벗어나서 사회에 유익한, 아니 침략에 도움이 되더라도 어딘가에 어울릴 수 있는 사람이 된다는 것만으로도 기쁜 일이었다. 작은 기대감은 점점 부풀어 올랐다.

"이 안에 일행분이 기다리고 있습니다."

메이드 로봇의 안내. CV 강희선. 농염한 목소리에 잠깐 소름이 돋고 양철 로봇의 얼굴에 달린 램프가 반짝이는 모습에 길게 소름이 돋았다. 옥희독희가 메이드 로봇의 지시에 따라 멈춰 서자 옆의 벽에 구멍이 뚫리듯 자연스레 통로가 생겨났다.

✳

그 안은 공연장이었다. 무대가 있고 객석이 있었다. 아주 작은 규모지만 무대는 무대였다. 객석에는 옥희독희와 마찬가지로 사아카니스 제국의 제복을 입은 사람 셋이 띄엄띄엄 앉아 있었다. 선이 가늘어 보이는 중년의 대머리 남성. 제복에 어울리지 않게 대충 머리를 묶고 두꺼운 뿔테 안경을 쓴 여학생. 아무리 높게 봐줘도 초등학교 4학년은 넘지 않았을 것 같은 사내아이. 음침하고 습했다. 버섯이라도 자랄 듯이 음침하고 습했다.

옥희독희는 그 사이 빈자리를 찾아가 앉았다. 분위기가 묘

했다. 대충 누구누구인지는 감이 왔다. 하지만 왜 이 멤버가 모였는가. 왜 공연장으로 모았는가. 다른 이들도 낌새가 이상하다 싶은지 말이 없었다. 무대에는 얇게 조명이 들어왔지만, 객석은 컴컴했다. 영화라도 보여줄 셈인가? 친사파를 위한 루드비코 요법이라도 준비한 것은 아닐까? 수수께끼는 곧 풀렸다.

"이지라니우스 대제 납시니 기립해주십시오."

양철 로봇이 무대 가운데에 올라 엄숙하게 섹시한 목소리로 선포하자 빰빠빰―! 오케스트라의 우아한 선율과 우레와 같은 박수 소리가 스피커를 통해 울려 퍼졌다. 객석에 앉은 사람들 모두 엉겁결에 일어나 같이 박수를 쳤다. 무대 뒤편에서 검은 갑주와 큰 장검으로 무장한 거구의 사나이가 근엄한 걸음걸이로 나왔다. 이지라니우스 대제였다.

친사파 멤버들은 영문도 모른 채 모두 자리에서 일어나 자신들의 슈퍼스타를 영접하였다. 이지라니우스 대제의 갑옷에 달린 모든 생물체에게 소름이 돋게 만드는 냉기 발산 장치에서 나오는 냉방에 얼떨떨하면서도 이지라니우스 대제이니 그러려니 넘어갔다.

이지라니우스 대제는 한쪽 손을 들어 객석의(스피커의) 환호에 화답했다. 어느새 무대 가운데가 열리더니 그 안에서부터 칠흑의 옥좌가 올라왔고, 암흑의 군주는 그의 위명에 걸맞은 그 옥좌에 앉아 객석을 마주 보았다. 메이드 로봇은 자신의 주인을 비롯해 공연장의 모두가 착석함을 확인하고는 다시 한 번 관중들을 향해 외쳤다.

"그럼 지금부터 사아카니스 제국 유일의 지배자이자 전 우
주의 패자, 영원한 김꽃비 팬. 이지라니우스 대제의 이만팔
천사백오십여덟 번째 탄신일을 기념하는 항성절 축제 및 은
혜롭게 베푸시는 대제님과 그 추종자와의 만남 시간의 시작
을 선포하겠습니다. 사회는 저, 메로가 보도록 하겠습니다."

다시금 울려 퍼지는 빵빠레와 박수 소리에 친사파 일원들
역시 반사적으로 박수를 쳤다. 그랬다. 이들은 그저 생일 파
티에 초대되었을 뿐이었다. 먼 외계에서 찾아와 친구라고는
하나 없는, 먼 외계에서도 딱히 친구라고는 하나 없던 이지라
니우스 대제의 생일 파티를 위한 강제 손님이 된 것이다. 옥
희독희는 날아가는 정줄을 붙잡기 위해 애쓰는 사이에도, 메
로가 메이드 로봇의 준말이리라는 미심쩍으면서도 묘하게 확
신이 드는 추리를 떠올렸다.

"우선은 케이크 커팅식이 있겠습니다. 내빈 여러분 모두
자리에서 일어나 함께 축가를 불러주시면 감사하겠습니다."

친절하며 유혹적인 샤론 스톤 목소리에 친사파 멤버들은
넋이 나간 채로 서서 반주를 기다렸다. 다시 무대의 바닥이
열리고는 그 안에서 사람만 한 크기의 거대한 케이크가 올라
왔다. 스피커에서 오케스트라가 천상의 하모니로 생일 축가
의 반주를 띄우고 친사파 모두 익숙한 그 노래를 불렀다. 이
지라니우스 대제는 흥겨운 듯 손을 흔들며 지휘자라도 된 양
박자를 맞췄다.

"사랑하는 이지라니우스대제의생일 생일 축하합니다…."

띄어쓰기를 잘못한 것은 아니다. 오타도 아니다. 이지라니우스 대제의 이름이 너무 길어서 박자를 놓칠까 빨리 발음하다 가사가 꼬인 탓이다. 무저갱을 메우는 암흑의 영도자는 기쁘다는 듯 어깨를 들썩이고는 자리에서 일어나 짐승의 이빨처럼 십여 개의 날이 중구난방으로 돋아난 장검을 꺼내 케이크를 자르고는 인원수만큼의 조각을 내었다. 메이드 로봇 메로의 가슴팍이 열리더니 그 안에서 팔 두 개가 삐져나와 케이크가 담긴 접시 다섯 개를 동시에 들고는 객석의 관중에게 나누어주었다.

"다음 식순은 내빈 여러분의 축가에 대한 이지라니우스 대제의 답가가 있겠습니다. 모두 자리에 앉아 경청해주시길 바랍니다."

옥희독희는 군에서 멋모르고 성당에 갔을 때의 기억을 떠올리며 착석했다. 양철 로봇 메로는 이지라니우스 대제에게 다가가 다시 가슴팍을 열고는 마이크대를 꺼내 바닥에 설치하고 통기타를 뽑아내 철혈황제에게 건넸다. 파멸의 군주는 잠시 자신의 메이드 로봇을 경멸과 증오로 가득 찬 눈으로 바라보았지만 아무도 그 눈빛의 의미를 이해하지 못했다.

"지구인 추종자들이여. 짐의 탄신일 기념 항성절에 온 것을 환영하노라. 그대들이 짐에게 보낸 신의와 충절에 대한 보답으로 가곡 하나를 선사하니 이 영광된 자리가 기쁨으로 가득 차리라. 모두 박수."

다시 박수를 쳤다. 그제야 옥희독희는 무척 한심하다는 생각이 들었다. 이지라니우스 대제의 목소리는 안드로메다 투어 김투어가 프로세스한 음성 변조기에 맞춰 사악하고 음산하며 소름 끼쳤다. 하지만 그 내용은 별다를 것이 없었다.

곳곳에 뿔이 뾰족하게 튀어나온 저 공격적인 방어구 차림으로 통기타를 쥐니 뭐라고 해야 할까. 참혹하게 목가적이었다. 전지전능의 왕은 기타를 거꾸로 쥐고 오른손 왼손도 틀렸으며 코드도 잡지 않고 줄을 튕기는데 소리는 그럴싸하게 나왔다. 옥희독희는 아마 저 기타에는 신비로운 외계 기술이 더해졌으리라 짐작했다. 실제로도 그랬다.

"사아카니스 제국의 일원들은.

아름다운 김꽃비 완전 사랑해.

카리스마배우 김꽃비 최고지.

니네들 알겠니 이런 내 마음.

스키스키 다이스키 꽃비꽃비."

지옥의 정복자께서는 왜 노래를 부를까. 게다가 노래를 부르겠다면서 왜 오행시를 짓고 있는 걸까. 수많은 의문 사이로 이 음산한 목소리에 저 이해 못 할 가사에 그 천국의 멜로디가 더해지자 감동을 해야 할지 화를 내야 할지 모를 지경이 되었다.

"이상, 이지라니우스 대제께서 직접 부르신 사아카니스 제국 국가였습니다. 모두 뜨거운 박수로 감사의 인사를 해주십시오."

이게 사아카니스 제국의 국가였구나. 다들 납득할 수 없지만 납득을 했다. 저런 노래가 국가임을 인정할 수는 없지만 저런 노래를 이런 자리에서 부르는 건 국가이기 때문에 어쩔 수 없기 때문이리라 억지로 긍정적이 되려 노력한 덕분이었다.

"다음으로는 모처럼 이지라니우스 대제의 추종자 여러분이 한자리에 모인 만큼 사이가 돈독해지는 시간을 갖고자 합니다. 내빈 참가자분들의 자기소개를 부탁드립니다."

메로는 둔탁한 모양새와는 전혀 다르게 CV 강희선의 우아한 목소리로 물 흐르듯 사회를 진행했다. 하지만 자기소개를 하라는 이야기를 듣자 옥희독희는 순간 표정이 굳고 말았다. 친사파 멤버들 사이에서 옥희독희가 딱히 거짓말을 한 적은 없었다. 하지만 진실을 말한 적도 없었다. 백수에, 백수고, 백수인 자기 자신에 대해서는 철저하게 침묵을 지켰다. 그런데 이런 자리에 끌려와서 자기소개라니.

"저는 김덕배라고 하고 ××년생입니다. 이지라니우스 대제 팬클럽 카페에서는 kdbKOREA75라는 아이디를 쓰고 있습니다. 이런 기회로 여러분을 뵙게 될 줄은 꿈에도 몰랐습니다. 잘 부탁드립니다."

옥희독희는 내심 안심했다. 생각해보니 그저 간결하게 자신에 대한 이야기를 하지 않고 넘어가면 될 일이었다. 다들 순서대로 자기소개를 했다.

"그… 카페에서는 옥희독희라는 아이디를 쓰고 있습니다.

초대해주셔서 감사합니다."

"저는요. 순삭형 알파카고요. 지금 고등학생이에요. 지금
되게 기분이 얼떨떨하고요. 이지라니우스 대제님 완전 사랑
하는데요. 생신도 축하드릴게요!"

"오반황젠데… 이제까지 반말 까서 죄송했어요…."

嗚磐皇帝의 사과에 다들 웃었다. 나이가 어리니 뭘 해도
귀엽게만 보여서였다. 한결 어색한 분위기가 가셨다. 메로도
조금 더 이완된 분위기에서 사회를 진행했다. 우주황제의 생
일잔치로는 터무니없을 정도로 소박한 규모지만 나름 준비
한 것이 많았다. 물론 준비한 것이 많다고 볼 가치가 비례하
는 것은 아니었다.

"그러면 지금부터 이지라니우스 대제의 활약상을 담은 동
영상을 보시겠습니다. 박수!"

도무지 박수를 몇 번이나 쳐야 하는 걸까. 다들 이 이상한
파티에 지쳤지만, 메이드 로봇 메로가 보내는 무언의 압박에
의무적인 수준으로 박수를 쳐주었다. 장막이 펼쳐지고 그 위
로 프로젝터의 빔이 반사됐다. 어두워진 공연장에 영화의 불
빛만이 반짝였다. 객석에 앉은 네 명은 반사적으로 숨을 죽이
고 화면을 바라보았다.

「오래고 오랜 옛날, 머나먼 은하계에서는….」

"익숙한 도입인데…."

영상은 날조로 가득했다. 이집트 피라미드는 사아카니스
제국과의 통신을 위한 안테나 기지라는 오리엔탈리즘적 설정

에서부터 이지라니우스 대제가 단신으로 미군의 항공모함에 쳐들어가 배를 침몰시키는 모습에, 기괴수들이 각국 수도의 상징물을 파괴하는 장면이 CG 처리되어 연출되었다.

「저희 지구 인민들은 하루 한시라도 빨리 이지라니우스 대제께서 지구 전체를 통치하는 그날이 오기만을 기다리고 있습니다.」

눈동자에 혼이 빠져 있는 초등학생이 국어책을 읽듯이 이지라니우스 대제를 찬양하는 장면에서는 친사파 멤버들 모두 일종의 기시감을 느꼈다. 독재국가의 프로파간다 방송에서나 볼 법한 어투였던 것이다.

이지라니우스 대제가 차를 타고 종로 거리에서 카퍼레이드를 하고 서울 시민들이 반기는 장면에서는 숫제 웃음만 나왔지만, 올림픽 공원에서 중학생들을 모아놓고 매스 게임을 하는 모습이 나올 때는 너무나도 뻔뻔한 나머지 이게 정말로 있었던 일이 아닌가 의구심이 들 정도였다.

영상은 곧 끝이 났다. 친사파 멤버들 모두 인터넷 카페 한 번 잘못 가입했다가 어떤 꼴을 보게 되는지 톡톡히 맛보았다. 다들 지구가 그리워졌다. 만리타향에 와서 이 무슨 고생인가. 우주에 이보다는 볼 만한 것들이 있지 않겠는가. 집에 가고 싶었다.

하지만 무대에는 다시 불이 들어오지 않았다. 영상도 나오질 않으니 스크린에 반사되는 빛도 없어 그저 적막했다. 어떻게 된 일인가 알아보려 김덕배가 자리에서 일어나려는 찰나,

그들은 예상치 못한 참극을 목격하였다.

"이 시대 최고의 댄스 가수! 이지라니우스 대제입니다!"

무대에 뽕뽕뽕 각양각색의 조명이 쏘아졌다. 벼락 같은 박수 소리와 전자음이 스피커를 찢고 튀어나올 듯했다. 광란의 댄스 타임이었다. 이지라니우스 대제는 갑옷 차림에 망토마저 두르고서 브레이크 댄스를 추는 위업을 과시했다. 아무리 자기 생일이라지만 혼자서 북 치고 장구 치는 정도가 장난이 아니었다. 친사파 멤버들은 하나같이 이지라니우스 대제가 이상한 사람임을 확신했다. 예전의 이지라니우스의 인상도 별로긴 했으나 지금의 이지라니우스 대제의 인상은 정말로 이상했다.

∗

광란의 댄스 타임 뒤로는 나름 정상적인 진행이 이어졌다. 다음 식순은 퀴즈쇼였다. 김덕배는 역대 기괴수 이름 다섯 개 10초 내에 말하기에서 성공해 상품으로 애완용 기괴수를 받았고, 순삭형 알파카는 영화 〈삼거리 극장〉의 주인공 이름을 말하라는 보너스 퀴즈에서 김꽃비를 맞춰 요니아 파탈의 전기 채찍을 받았다. 살상용은 아니었다. 이 채찍에 맞으면 근육통과 혈액순환 장애 해소에 도움이 됐다.

그 외의 우주항모 바톨의 크기나 이지라니우스 대제의 나이, 사아카니스 제국 삼장군의 프로필 등 나머지 모든 퀴즈의 정답을 맞힌 鳴磐皇帝는 반물질 총 한 자루와 핵탄두 다섯 그리고 아담스키형 비행 원반 둘을 비롯 아크리엑터가 달린 가동 슈츠까지 무수한 외계 병기를 얻어 언제라도 지구 정복이 가능한 초등학생이 되었다.

"이어지는 식순은 추종자분들과 이지라니우스 대제님 사이의 질의응답 시간입니다. 이제까지 사아카니스 제국에 대해, 그리고 이지라니우스 대제님에 대해 밝혀지지 않았던 많은 것들에 대해 궁금증을 풀 수 있는 좋은 기회입니다."

메로의 명랑한 진행 덕인지 잔뜩 받은 선물 덕인지 친사파 멤버들은 이 영문 모를 상황에도 즐거이 시시덕거렸다. 처음의 뻘쭘하고 어색한 분위기는 사라졌다. 이 괴상한 상황은 어쨌든 쉬이 겪을 수 있는 것은 아니니까.

"저기요… 맨날 궁금했는데요. 이지라니우스 대제님은 짱 세잖아요. 바톨도 진짜 크고요. 그냥 바톨째로 도시를 깔아뭉개고 다니면 지구 정복은 끝날 텐데 왜 안 그래요?"

"짐은 관대하니라. 무익한 살상은 짐이 바라는 일이 아니기에 압도적 무력을 과시하여 지구를 평화로이 손에 넣고 싶었으나 저 간악한 가르바니온 탓에…."

"그냥 기괴수 백 마리 풀어놓으면 안 돼요?"

"그러게."

딱히 궁금증이 해소되지는 않지만, 어쨌든 정직한 대답이었다.

"우선은 생신 진심 축하드리구요. 이렇게 팬미팅? 추종자 모임? 이런 걸 개최하신 이유가 있나 여쭙고 싶은데요."

"태어나서 이제껏 생일 파티를 해본 적이 없는데 지구에서는 다들 한다기에… 그렇다고 딱히 부를 사람도 없어서 열었도다."

"지구에 와서 마음에 드시는 것은 있습니까?"

"김꽃비."

"김꽃비 외에는?"

"김꽃비 영화?"

몇 가지 질문이 오가다 양철 로봇 메로는 옥희독희만 분위기가 너무 처져 있음을 눈치챘다. 히키코모리인 자신이 부끄러워서였는지, 옥희독희는 소개를 하고 나서부터 조금 위축되었다. 메로는 로봇다운 상냥함으로 가슴팍에 마이크 하나가 남아 있는 것을 꺼내고는 옥희독희에게 건넸다. 넋 나간 남자는 엉겁결에 마이크를 받아버렸다.

"모처럼이니 옥희독희 님도 질문 하나 해보시지요."

"그럼. 저. 본인 인생에… 아니, 지금 침략에 만족하고 계십니까?"

침략자에게 할 만한 질문은 아니었다. 독재자에게 독재 잘하고 계십니까 물어본 셈이 아닌가. 거기다 처음에는 인생론에 대해 질문을 던졌다 말을 바꾼 것이니. 조금 싸한 공기. 옥희독희는 자신이 분위기를 깨지는 않았나 주변을 둘러보았다. 이지라니우스 대제 역시 갑작스레 던져진 인생의 의의에 대한 질문에 대답을 조금 망설였다.

"솔직히 말해 짐도 고민이 없는 것은 아니니라. 집안에서도. 이만팔천사백오십여덟 살 먹은 나이에 멋있는 로봇과 무서운 기괴수를 갖고 노는 것도 정도가 있지 않느냐고 잔소리를 듣기도 하고. 앞으로 먹고살 문제도 있는데 언제까지 짐하고 싶은 대로 지방 행성에 와서 관광이나 하고 있는 것도 잘하는 일은 아니겠지."

"인생 말고 침략요…."

"음? 아. 침략. 그거야 뭐. 좋은 부하들이 있고 즐겁게 작전을 짜니 메이드 로봇을 만들자고 했다가 성평등교육 이수과정을 처음부터 다시 듣게 된 것 외에는 다 흡족할 일이다. 이조차 짐의 잘못이었으니 어디 남을 탓할 일 또한 아니고 말이다. 장래니 취직이니 고민하는 것도 중요한 일이지만 무엇보다 함께 지내면 행복한 사람들과 있으니 시름이 시름 같지 않구나."

"그러면 앞으로의 계획은?"

"12화 완결 예정이니 침략 마무리하고 왔던 곳으로 돌아가야지. 그 이후는… 뭐, 어떻게든 되리라."

좋게 말하자면 현실에 만족한다는 말이고, 정확하게 말하자면 계속 백수로 지내겠다는 선전포고였지만 다들 좋게좋게 받아들였다. 이지라니우스 대제의 이 침략질이 일종의 관광이라는 넷상의 음모론이 현실이라는 확신이야 이미 이 생일잔치가 시작되었을 때부터 들었고.

그 이후로도 질의응답은 이어졌다. 사아카니스 제국이 앞으로 할 침략 계획이라든가 이후 등장할 기괴수에 대한 정보,

〈강남스타일〉을 아느냐는 질문까지 다양한 이야기가 오갔다. 옥희독희 역시 이지라니우스 대제의 답변에 긴장이 풀렸는지 이전보다는 활발히 이벤트에 참여했다.

　이지라니우스 대제 탄신 기념 항성절 행사는 후반으로 갈 수록 알찼다. 어쨌든 파멸의 주인의 파멸적인 브레이크댄스 2탄은 나오지 않았으니까. 기괴수 생산 공장을 견학하거나 우 주항모 바톨의 브릿지에서 배를 직접 움직여보기도 하고, 제 대로 된 과학자나 정부 측 인사라면 보고 싶어 환장했을 것들 을 팬클럽 가입했다는 이유만으로 간단히 구경할 수 있었다. 이지라니우스 대제가 嗚磐皇帝에게 투구의 뿔을 빨아보겠느 냐고 권유했지만, 嗚磐皇帝는 정중히 사양하는 훈훈한 장면 도 연출되었다.

＊

　곧 헤어질 시간이 되었다. 우주항모 바톨의 주요 장소에 대 한 관광을 마치고 처음 모임을 가진 공연장으로 돌아와 인사 를 나눴다. 이지라니우스 대제는 정부와 협상하여 탄신일 기 념 항성절에 참석한 이들이 출근/출석을 하지 못한 것에 대해 서는 어떠한 불이익도 없게 하겠다고 약조했다.

　"이별이다. 짐은 이후 요니아 파탈의 채찍회에 참석할 일 정이 남아 있느니라. 요니아 파탈의 팬클럽 회원들을 모아 요 니아 파탈이 채찍질을 해주는 모임이라는데, 이 채찍회에 사 람이 너무 몰려 대공연장을 쓰게 해준 바람에 그대들을 소공

연장에 모았구나."

"폐하께서 불러주신 것만으로도 황송합니다."

"폐하, 내년 탄신일 때는 일주일 정도쯤 길게 축제를 벌여요."

옥희독희는 이지라니우스 대제에게 악수를 청했다. 대제역시 기쁜 마음으로 악수를 받아주었을뿐더러 포옹까지 했다. 장갑에 달린 주변 5미터 이내 생물의 소름을 돋게 만드는 냉기 발산 장치 때문에 더 춥긴 했지만, 갑옷에 달린 가시 때문에 많이 따끔했지만 나쁜 기분은 아니었다.

다른 사람들도 대제를 껴안았다. 순삭형 알파카는 어느새 휴대전화에 달린 사진기로 고독한 지배자와 함께 셀카를 찍기도 했다. 아마 다시 만나지는 못하리라. 12화 완결이니까. 아쉬움 속에서 이별을 준비했다.

이런 표현이 어울리는지는 모르겠으나. 옥희독희는 이제 키배를 조금 줄여도 될 것 같은 기분이었다. 아마 이날 이후 옥희독희의 삶에 큰 변화는 없을 것이다. 달리 갱생을 한 것도 아니었다. 하지만 자신 안에 무언가가 달라졌음을 알 수 있었다. 기쁘고 희망찬 무엇은 아니더라도 어딘지 마음이 가벼워졌다. 무책임한 해방감이었다.

옥희독희는 왜 이런 기분이 되었는지 차분히 되짚었다. 아마 우주를 보았기 때문이리라. 그리고 이 아름다운 우주에서 이렇게 무의미한 시간을 보내고 있는 한 남자를 보았기 때문이리라. 공은 공대로 들이고 돈은 돈대로 들여서 행성 규모로 쓸모없는 일을 벌이는 한 남자를 보니 이 우주는 참으로 넓고 쓰레기도 다양하다는 교훈을 얻은 것이다.

일종의 동지의식이지 싶었다. 누군가 나와 같은 사람이 있고 그 사람 역시 나처럼 쓸모없지만 나름의 방식으로 살아가고 있는 모습을 보았을 때 드는 연대감이라고나 할까. 아니면 그저 자신보다 더한 놈을 보고 느끼는 안도일지도 모르겠다. 어찌 됐든 옥희독희는 조금 전과는 다른 이유에서 집에 가고 싶어졌다. 샤워를 하고 시리얼을 먹고 저 한심하지만 못된 사람은 아닌 폭군을 욕하는 악플러들과 싸우고 그 이후는. 뭐 어떻게든 되리라.

무대 바닥에 구멍이 뚫리더니 안테나와 비슷하게 생긴 기계 하나가 솟아났다. 메이드 로봇 메로는 이 기계가 친사파 멤버들을 집으로 돌려보내 줄 전송장치라 설명했다. 옥희독희는 주변을 둘러보았다. 이 음침한 무리는 뜻밖의 모험으로 상기된 표정이었다. kdbKOREA75는 鳴磐皇帝와 동갑으로 보일 듯 순박한 미소를 짓고는 다른 친사파 동지들에게 인사를 건넸다.

"그러면 채팅방에서 만납시다."

10화

**The honeymoon is
a harsh mistress**

어린애 같다고 생각할지도 모르겠으나 이신랑의 꿈은 신혼여행을 디즈니랜드로 가는 것이었다. 나이와 덩치에 맞지 않는 희망사항이기도 했지만 금전적인 문제는 더 맞지 않았다. 살 집이니 가구니 실용적인 준비를 채워 넣다 보면 꿈도 실용적이 된다. 이번이야 그렇다 쳐도 다음번 신혼여행 때에도 이 문제가 해결되기는 글렀지 싶었다.

흉측한 얼굴에 귀여운 미소를 담아 이신랑은 길가에 쭈그려 앉은 강신부를 바라보았다. 강신부는 귀여운 얼굴을 흉측하게 찡그리고는 옆에 서 있는 커다란 동상을 올려보았다. 너무 커서 그 전체의 상이 다 보이지도 않았다. 16미터에 순금으로 만들어진 김꽃비 동상. 나름 사악랜드의 랜드마크였다.

이신랑과 강신부 모두 디즈니랜드로 신혼여행을 갈 자금

이 없었다. 하지만 불과 며칠 전 떠오르는 관광지로 선정된 사악랜드는 달랐다. 사아카니스 제국은 이 사악랜드를 자유 이용권은커녕 입장료도 물지 않으면서 비자도 필요 없이 전 세계 사람들에게 개방된 꿈과 같은 여행지로 널리 홍보하고 있었다. 악몽도 꿈의 일종이니까 완전히 틀린 말은 아니었다.

사악랜드는 이지라니우스 대제가 지구에 우주항모 바톨을 영해에 착륙시킨 뒤 바톨의 윗면을 거주 공간으로 개조하여 만든 사아카니스 제국 지구 분점이었다. 침공이 지지부진하자 아예 항모를 지구에 내려놓고 점령에 성공했다 자화자찬한 것이다. 어쨌든 이 놀이동산 같은 이름의 영토는 지구 최초의 국가 규모 인공 섬이자 계획도시였다.

"난 농담인 줄 알았는데."

"기분 푸세요. 어쨌든 여행이잖아요."

강신부가 투덜거리자 이신랑이 애써 달랬다. 외계 독재 국가는 신혼여행이 아니더라도 오고 싶은 장소가 아니기는 했다. 새로이 출발하는 한 쌍이 예쁜 마차로 꽃길을 달리며 유럽의 궁전을 향하진 못하더라도 독재자와 그에게 핍박받는 인민들 사이를 가로지르는 것이 어디 있을 법한 일인가. 하지만 이신랑은 사아카니스 제국이 숨겨온 비밀을 파헤칠 수 있으리란 기대에 가슴이 두근두근했다.

공해 한가운데에 세워진 인공도시라 그런지 하늘이 짙푸르렀다. 길도 넓고 다니는 사람도 적으며 큼지막한 건물들이 필요에 따라 적당히 늘어서 있었다. 우주항모를 개조한 만큼

산 같은 것도 없어 빌딩 외에 시야를 가릴 것이 없는데 그 빌
딩조차 많지 않아 조금 살풍경이었다. 실로 독재 국가 수도의
모범이라 할 수 있었다.

「사아카니스 제국의 일원들은.

아름다운 김꽃비 완전 사랑해.」

가로등마다 설치된 스피커에서 나오는 이 알 수 없는 가사
의 노래만 아니면 한적히 걷기 좋을 거리였다. 이신랑은 손을
뻗어 강신부가 들고 있는 가방을 대신 들었다. 천성적인 마당
쇠 타입이었다. 햇살이 뜨거웠다. 주머니에서 선크림을 꺼내
바르고는 강신부에게 건넸다.

「카리스마배우 김꽃비 최고지.

니네들 알겠니 이런 내 마음.

스키스키 다이스키 꽃비꽃비.」

놀이공원보다는 할인마트 같기도 했다. 사아카니스 제국
의 국가라는 이 노래는 듣고만 있어도 세뇌당하는 듯 찜찜했
다. 어떻게 이런 가사에 이와 같은 천상의 하모니를 붙였는
지 억울하기까지 했다. 강신부가 미간을 찌푸리고 무게를 잡
는 사이 이신랑은 스키스키 다이스키 꽃비꽃비 흥얼거리며
가이드를 기다렸다.

"늦어서 죄송하옵니다. 사아카니스 제국의 사악랜드 가이
드로이드 메이드 로봇 메로이옵니다. 위대하고 강력한 암흑
의 영도자 이지라니우스 대제가 지배하는 사악랜드에 오신
국빈 여러분을 온 마음을 다해 모시겠사옵니다."

앞치마를 두른 양철 로봇 하나가 하늘에서부터 내려왔다. 무거운 중량이 사뿐하게 대지 위에 올라섰다. 샤론 스톤의 고혹적인 목소리를 가진 이 메이드 로봇 메로는 양산되어 사악랜드 곳곳을 누비는 마스코트가 되었다. 이신랑은 사악랜드가 역시 제정신으로 운영되는 곳은 아니라는 사실을 되새겼다.

양철 로봇은 이신랑과 강신부의 짐을 대신 들더니 앞치마의 주머니에 집어넣었다. 부피든 질량이든 저 앞치마에 들어갈 분량이 아니었는데. 이쯤 되면 그냥 그러려니 했다.

"국빈? 우리가요? 왜?"

"자기. 역시 뭘 모르고 가겠다고 했구나. 이런 나라는 방문한 것만으로도 국빈 대접을 받을 자격이 생겨. 보라고. 외계인과 안드로이드보다 외국인을 보기 힘든 나라잖아."

"그렇사옵니다."

강신부의 비아냥에 메이드 로봇은 태연하게 맞장구를 쳤다. 이신랑은 멍하니 메로의 목소리가 이만큼이나 섹시한데 극존칭을 쓰니 어울리지 않는다는 딴생각을 좀 하고는 뒤늦게 고개를 끄덕였다. 자기, 라는 표현이 낯설기도 했을 게다.

실은 이 둘, 부부가 아니었다. 결혼은커녕 손도 잡아본 적이 없는 사이였다. 직장 상사와 부하일 뿐이었다. 신혼부부로 위장해 사아카니스 제국을 염탐하기로 결정한 스파이 한 쌍. 아시다시피 이 소설에 연애란 없다. 연애도 없거늘 아무렴 결혼이 있으랴.

급작스러운 사악랜드의 부상에 기관은 몇몇 요원을 이런 저런 방법으로 잠입시켰으나 금세 연락이 두절되었다. 결국 첩보 기관에서 어찌 염탐을 할까 고민하다 관광잡지에 실린 사악랜드의 허니문 투어 코스에 주목해 조잡스러운 잠입 계획을 준비했다. 즉 이신랑과 강신부가 이 독재 국가에 온 이 유는 여행이 아니라 사아카니스 제국의 비밀을 염탐하는 첩보 활동이자 실종된 요원들의 신병 확보를 위해서인 것이다.

애초에 이런 기괴한 독재 국가에 신혼여행을 가자고 말할 남편이 존재할 리 없다. 사악랜드에 신혼여행을 가자고 말할 남자라면 애초에 결혼에 골인하기는 개뿔 사람도 만나지 못 하고 그저 이상한 외계인이 나오는 소설이나 쓰면서 골방에 서 뒹굴거릴 확률이 100퍼센트이지 않은가.

강신부의 비꼼은 사아카니스 제국을 노렸다기보다는 이신 랑더러 일일이 당황하지 말라는 질책에 가까웠다. 이신랑은 상사의 엄한 태도에 다시 숨을 가다듬고 밝고 명랑한 신혼의 새신랑 분위기를 연출하려 애썼다. 상사는 여전히 마음에 들 지 않는 곳으로 출장을 가게 된 직장인의 분위기를 물씬 풍기 고 있었지만 말이다.

"그럼 저를 따라오십시오."

두 신혼부부, 아니 두 스파이는 태연히 메이드 로봇의 뒤를 따랐다. 널찍한 차도에 다니는 차량도 없어 이미 망한 도시를 걷는 기분마저 들었다. 그러나 인도에는 어째서인지 사람들 몇몇이 보이더니 그 숫자가 점점 늘어났다. 조금 전의 한적함이 지워지기 시작한 것이다.

"슬슬 퇴근 시간인가 보네요. 사람들이 조금씩 거리로 나오고 있어요."

"아니옵니다. 저분들은 직업이 행인이옵니다."

"직업이 행인이라니?"

"귀빈 여러분이나 이지라니우스 대제께서 도심으로 찾아오셨을 때 거리가 너무 한적해 보이지 않게 듬성듬성 걸어 다니는 것이 직업이신 분들이옵니다."

인생 여러 가지다. 강신부는 호기심과 경멸이 7대 3 정도로 섞인 눈빛으로 주변의 유급 행인들을 쏘아보았다. 유급 행인들은 프로답게 여행객의 시선을 무시했다. 일종의 장인정신마저 느껴지는 무심함이었다.

온통 신기한 물건 천지인 사악랜드였지만 이신랑의 눈에는 유독 유급 행인들 주변을 둥둥 떠다니는 커다란 모니터가 들어왔다. 사악랜드의 주민은 꼭 저 물건을 하나씩 갖고 다녔다. 기념품으로 하나 사 갈 수 있지 않을까, 첩보 활동의 경비로 처리할 수 있지 않을까 싶어 양철 로봇의 에이프런을 잡아당기고는 저 하늘에 떠다니는 모니터가 무어냐 물었다.

"이동형 텔레스크린이옵니다. 점점 스마트폰의 화면이 커지니 최종적으로는 저만 한 크기에 휴대성을 위해 반중력 장치를 달면 좋으리라는 이지라니우스 대제님의 무능한 기획력에서 나온 상품이옵지요."

"텔레스크린이라… 친숙한 네이밍이네."

"우리도 쓸 수 있어요?"

메로가 손짓하자 가로등 밑에 둥실둥실 떠 있던 텔레스크린이 이신랑 쪽으로 날아왔다. 과연 스마트폰이나 태블릿 PC와 크게 다를 것 없었다. 반중력 장치가 달려 있다는 것만 빼면 말이다. 텔레스크린의 화면에는 동양계로 보이는 여자의 모습이 계속해서 나오고 있었다.

"이 여자는 누구죠?"

"김꽃비잖아. 이 사람 한국 사람이야. 영화배우. 사아카니스 제국 국가에 나오는 김꽃비가 이 사람이잖아. 아까 우리가 서 있던 곳에 놓인 동상도 이 배우의 동상이었어."

"누나, 의외로 잘 아시네요."

이신랑은 직장 상사인 강신부를 '누나'라는 호칭으로 불렀다는 사실에 묘하게 감격했다. 얘는 뭐 초등학생도 아니고. 강신부는 이신랑의 인사 평가에 어떤 막말을 써줄까 고민하면서 간단하게 대답했다.

"일 때문에."

"아."

김꽃비가 한진중공업 크레인 농성에 지지 방문을 했던 때 강신부는 김꽃비의 배경 조사를 해야 했다. 당시에는 별다른 정보를 얻지 못했음에도 이렇게 전혀 상관을 찾을 수 없는 머나먼 만리타향에서 옛 타깃의 모습이 끊임없이 나온다는 것에 강신부는 잠시 당황했다.

"이지라니우스 대제께서 김꽃비 팬이시옵니다."

메이드 로봇은 의아한 표정의 국빈들에게 별것 아니라는 듯이 대꾸했다. 그 순간 가장된 신혼부부 앞의 텔레스크린이 반짝반짝 빛이 났다. 어찌나 강한 빛인지 손으로 눈을 가려도 그 손과 눈꺼풀을 뚫고 동공에 영상을 직접 쐬는 듯했다.

텔레스크린 화면에 '2분 숭배'라는 글자가 뜨더니 카운트다운에 들어갔다. 10, 9, 8, 7 숫자가 점점 내려가는 사이 강신부는 프로 산책자들의 표정이 잠시 굳는 것을 놓치지 않았다. 이 2분 숭배가 무언지 몰라도 무척 힘들고 고된 일임에는 분명하리라 짐작했다.

화면의 숫자가 0이 된 순간. 거리의 행인들, 아니 사악랜드의 일원 전원이 한 개인을 향한 칭송을 고함치기 시작했다.

"김꽃비 예뻐요!"

"모에모에 김꽃비!"

"사랑합니다!"

"우! 유! 빛! 깔! 김! 꽃! 비!"

"김꽃비! 이데아의 이데아!"

"찬미꽃비!"

광란의 사바트였다. 이신랑과 강신부는 경악하고는 로봇 가이드에게 설명과 생존에 대한 보장을 요구했다. 메이드 로봇 메로는 이 사악랜드의 기괴한 풍습에 대해 상냥히 가르쳐 주었다. 물론 그사이에도 폭격처럼 터져 나오는 주변 유급 행인들의 고함에 묻혀 쉬운 일만은 아니었다.

"사악랜드의 명물, 2분 숭배가 되겠사옵니다. 과거 남한에

서 거리에 애국가가 나오면 경례하는 일과와 비슷한 일이옵
니다. 매일 정해진 때에 2분 동안 김꽃비에 대한 사랑과 열정
을 고백하는 시간을 갖는 것이옵니다."

"이 사람들이 다 김꽃비 팬이라고?"

"사악랜드 국민이라면 마땅히 치러야 할 의무이옵니다. 참
고로 말씀드리자면 사악랜드의 국민 3대 의무로는 좌측통행
과 성실한 양치질, 마지막으로 김꽃비 숭배가 있사옵니다."

조지 오웰의 악몽에 사생팬을 뿌린 것과 같은 이 참혹한 풍
경은 이신랑과 강신부의 마음을 더 무겁게 만들었다. 조국에
서 멀리 떨어진 영해의 이 인공 섬에서는 도망치기도 마뜩잖
았다. 그 와중에 이신랑은 숫제 비명을 지르며 김꽃비를 칭송
하는 시민들 표정이 그렇게 밝지만은 않은 사람과 과장되게
즐거워하는 사람 둘로 나뉘는 것을 보았다.

"다들 좋아서 하는 것 같지는 않은데요. 왜 저렇게 열심인
가요? 이거 좀 반인권적이지 않아요? UN에서 뭐라고 말 없
어요?"

"저분들은 다 고용된 분들이기도 하옵니다. 더욱이 2분 숭
배의 퀄리티가 인사고과에 반영되옵나이다. 어느 정도는 자
발적인 업무이기에 UN에서도 그냥 입을 다물었사옵니다."

"그냥 얼이 빠져서 입을 다물었을 것 같은데…."

2억 년 같은 2분이 끝났다. 유급 행인들은 아무 일도 없었
다는 듯 다시 무의미하게 길을 걸어 다니기 시작했다. 사악랜
드의 국민 대다수는 한국 출신의 이중국적자였다. 한반도 곳

곳에서 노숙자들을 끌어모으고 아르바이트생들을 모집해 사악랜드의 국민으로서 사는 삶을 연출하기를 요구한 것이다. 아무리 돈만 받으면 못할 일이 없다지만 이 사람들도 참 힘들게 사는구나 싶어 강신부는 혀를 찼다.

이들이 이신랑이나 강신부가 사악랜드로 온 이유 중 하나이기도 했다. 어쨌든 한 국가의 국민들이 강제로 수출당했는데 감시하지 않을 정부가 어디 있겠는가. 원래는 주민으로 위장하라고 스파이들을 파견했으나 파견된 요원들 모두 연락이 두절되어 부랴부랴 이 두 사람의 거짓 허니문이 계획된 것 아니었던가.

✳

다음으로 둘이 안내를 받은 곳은 사악랜드의 공장이었다. 사악랜드의 크기야 일반적인 도시의 규모를 훨씬 넘어섰지만, 노숙자들이 인구의 전부인 만큼 주요 시설은 도심 내에서 걸어서 왕복할 만한 곳에 있었다. 거짓 신혼부부가 30분 정도 걷자 저 멀리서 높다기보다는 넓은 크기의, 유리벽으로 된 건물 하나가 눈에 들어왔다.

아무래도 우주항모를 개조해서 만든 인공섬이니 관광지에 흔히 있는 자연경관 따위는 일절 없는 허니문 코스였다. 메이드 로봇 역시 이렇게 낭만이라고는 하나도 없는 곳에 안내하는 것이 스스로도 신기할 지경이었다.

"만든 저희도 저희옵니다만, 오신 두 분도 참 경이롭사옵니다."

"그게… 우리는 돈이 없이 결혼했거든요. 결혼식이랄 것도 못 해보고 누나 웨딩드레스도 못 입고 그랬어요. 회사에서 휴가는 줬지만 예산 때문에 여행 갈 수 있는 곳이 없었는데 사악랜드 허니문 투어는 공항 오가는 돈만 빼면 거의 공짜니까요."

양철 로봇의 램프 눈이 반짝였다. 아마 감격이나 슬픔을 표현하고 싶은 것 같았다. 이신랑은 준비해놓은 거짓말을 처음부터 끝까지 제대로 이야기했나 확인하기 위해 강신부를 살짝 쳐다보았다. 강신부는 무관심하다는 듯 시선을 피했다. '큰 문제는 없긴 한데 티 나니까 나 좀 쳐다보지 마'라는 의미였다.

일행은 곧 공장 정문에 도착하여 몇 가지 절차를 밟고는 건물 안으로 들어갔다. 그리고 그 안에서 본 풍경은 의외로 장관이었다. 지평선이 보이지 않을까 의심될 만큼 넓은 공장 안에 무수히 많은 사람이 틀어박혀서 일사불란하게 작업을 하고 있었다.

수백 명의 사람이 새하얀 방진복에 마스크, 안경까지 쓰고 정밀작업을 하는 모습은 그 스케일만으로도 사람을 압도하는 무언가가 있었다. 이신랑과 강신부는 부자연스러워 보이지 않게 카메라를 꺼내고는 공장의 직원 뒤로 다가갔다. 스파이로서 이 먼 곳까지 온 만큼 사아카니스 제국의 외계 과학 기술의 단편이라도 가져갈 셈이었다.

하지만 일이 그렇게 쉽게 풀리지는 않았다. 사악랜드 공장 직원의 업무를 본 이신랑은 기대와는 전혀 다른 광경에 그만 한마디를 하고 말았다.

"지금 이 사람들 다 딸기 씨를 빼고 있는 거예요?"

그랬다. 공장의 직원들은 자그마한 핀셋으로 딸기에 촘촘히 박힌 씨앗들을 한 알 한 알 뽑아내고 있었다. 그저 딸기 한 상자를 옆에 두고 핀셋을 끝없이 움직여 가며 공손하고 신중하게 딸기의 씨를 정성껏 뽑아낼 뿐이었다. 이 넓은 공장의 저 많은 사람 전부가.

〈사계〉 노래라도 틀어주면 좋을 것 같은 분위기에서, 하는 일이라고는 딸기 씨 뽑기뿐이었다. 이신랑은 인간의 삶은 이보다는 더 고귀한 무언가를 위해 존재하는 것이 아닐까 의문이 들었다. 다시 한 번 메이드 로봇의 앞치마를 잡아당기고는 이 존재론적 의미의 킬링필드에 대해 물었다.

"메로 씨. 도대체 왜 이 사람들이 이런 일이나 하고 있죠? 판매용입니까? 도대체 어디에다 씨 뺀 딸기를 팔아요?"

"판매용이 아니옵니다. 이지라니우스 대제의 수라상에 오를 딸기의 씨앗을 뽑고 계시옵나이다."

강신부는 의외로 이 풍경이 마음에 든 눈치였다. 이제까지 와는 다른 들뜬 분위기였다. 깡통 바라보듯 바라봤던 양철 로봇에게 친근한 태도로 가이드까지 부탁하는 것이 무척 기분이 좋아 보였다.

"저기저기, 귤의 흰 줄기를 떼는 공장이나 석류 알 떼어서 가지런히 줄 세우는 공장은 없어? 수박씨 발라내는 곳이라든 가. 여기 참 좋다. 독재 분위기도 나고."

"말씀하신 공장은 없사옵니다만, 이지라니우스 대제께 건의토록 하겠사옵니다."

"누나는 마음에 드나봐요?"

"응. 자기 이제 한국에 돌아가면 아침마다 시킬 일도 배우고 좋네."

농담이 아닌갑다. 이신랑은 귀국하고 나서 상사인 강신부에게 어떤 명령을 들을까 두려워졌다. 어떻게든 분위기를 바꾸려 메이드 로봇에게 말을 걸었다.

"이지라니우스 대제가 어지간히도 딸기를 좋아하나 봅니다. 씨를 뺀 딸기를 수천수만 개나 만드는 걸 보면요."

"아니옵니다. 대제께서는 딸기를 좋아하지 않사옵니다."

"근데 왜…?"

"모르겠사옵니다. 이건 그저 대제께서 〈어제 뭐 먹었어〉라는 만화를 보셨는데, 거기서 한 남자가 자신의 연인에게 '나는 하루키 소설에 나오는 미도리 같은 남자라 딸기 케이크를 먹고 싶다고 해서 네가 그걸 달려가 사 오면 '난 이런 걸 먹고 싶지 않아'라면서 창문에 던지는 그런 성격이야'라고 말한 장면을 몹시도 인상 깊게 보았다고 하신 뒤로 내린 명령일 뿐이옵니다."

모르긴 뭘 모른단 말인가. 뒤에 서 있는 강신부의 눈이 반짝였다. 서울로 돌아가기가 두려워졌다.

＊

　다음으로 투어 장소는 건설현장이었다. 이번에는 어떤 무의미한 노동 착취와 방향성 없는 인권유린을 보게 될까 기대를 하지 않을 수 없었다. 기대는 크게 벗어나지 않았다.

　"피라미드네."

　"네. 고대 이집트 건축 양식을 고스란히 재현했사옵니다."

　아니. 문제는 고대 이집트 건축 양식을 재현한 것이 아니었다. 문제는 고대 이집트 건축 문화를 재현했다는 것이었다. 커다란 바위에 끈을 매달고 수많은 사람이 맨몸으로 그 줄을 당기고 있었다. 뒤에는 전기 채찍을 휘두르는 십장도 있었다. 철썩철썩 채찍이 공기를 찢고 피부에 달라붙는 소리가 공사장을 한가득 메웠다.

　피라미드의 높이는 대충 3백 미터. 류경호텔 급이었다. 도대체 얼마나 많은 인력을 무의미한 노동에 갈아 넣은 것인지 셈조차 되지 않았다. 외우주에서부터 지구로 항해해서 올 기술력은 어디 가고 이렇게 원시적인(당대에는 나름 최신의 건축학을 사용했다지만) 건축 기술로 사람들의 인생을 낭비하고 있을까.

　"저 돌덩어리들은 어디서 가져온 거죠?"

　"화성에서 캐 온 것이옵니다."

　"화성에서 석재를 캐 올 기술력이면 인간 노동력 필요 없이 피라미드를 만들 수 있지 않나요?"

"이지라니우스 대제께서는 결과가 아닌 과정이 더 중요한 법이라고 말씀하셨사옵니다."

이신랑은 저 양철 로봇이 아무렇게나 말을 대충 지어내고 있는 것이 아닌가 의심이 들었다. 따질 것은 건축 기술에 대한 부분은 아니었기에 질문이 멈추지 않았다.

"그러면 채찍질은요? 뭐 옛날 사람들이 성을 쌓을 때 채찍을 휘둘렀던 적도 없고 다 후대에 만들어진 왜곡된 이미지인데요. 게다가 사람이 다칠 수도 있잖아요."

"사악랜드의 전기 채찍은 근육통 푸는 데 쓰는 물건이니 괜찮사옵니다. 노뎀."

과연 채찍질 당하는 노예 시민들의 표정에서는 약간의 고통과 그를 넘어서는 쾌감을 읽을 수 있었다. 굳이 비교하자면 찜질방 마사지 의자 위에 앉은 손님의 표정이라고나 할까. 커다란 돌덩어리를 인력으로 끌어당기는 강도 높은 노동이니만큼 이런 방식으로라도 근육을 풀어줄 필요가 있나 보다.

이신랑이 묘하게 납득이 된다며 고개를 끄덕이고 있는데, 옆에서 강신부가 강하게 옆구리를 찔렀다. 찌르는 와중에 강신부의 눈동자는 이신랑을 가리키고 있지 않았다. 부자연스럽게 보이지 않게 애쓰며 이신랑이 강신부가 바라보는 곳을 보자, 그곳에는 사악랜드에 잠입했다가 연락이 두절된 민선임이 거의 벌거벗은 채로 바위를 끄는 노동자 무리의 구석에 서 있는 것이 보였다.

"메로. 나 화장실 가고 싶은데 안내 좀 해주라."

"알겠사옵니다."

강신부는 자연스레 메이드 로봇의 팔짱을 끼고는 공사장을 떠났다. 이신랑은 그사이 재빠르게 하지만 너무 티가 나지는 않게 민선임 근처에 다가가 속삭였다.

"접니다, 이신랑. 괜찮으세요?"

"신랑. 잘 찾아왔어."

"쉿. 잠입이에요. 다른 분들은 어디 계세요?"

민선임은 첩보원 밥 먹은 지 오래된 사람 같지 않게 당당하고 큰 목소리로 이신랑을 반겼다. 이신랑이 목소리를 죽여가며 주의를 줘도 그저 웃기만 했다.

"황동기 빼고는 모르겠다. 걘 지금 지하 미궁에 갇혔어. 동기는 예전에 업무 때문에 이지라니우스 대제 악플 달았던 전력이 있잖냐."

"세상에… 고문당하지는 않나요?"

"당하지. 감옥에서 간수들이 치킨 먹고 있는 걸 지켜보면서 치킨무만 먹는다잖아. 게다가 2분 숭배하는 시간 빼고는 온종일 텔레스크린에서 아프리카 TV 먹방만 나온대."

"잔인하긴 잔인하네요."

바위를 끄는 무리는 민선임과 이신랑의 대화가 길어질 듯하자 아예 바위를 끄는 줄을 놓고는 자체적으로 휴식 시간을 가졌다. 전기 채찍을 휘두르던 십장도 그러려니 하고는 다른 곳으로 가버렸다. 방첩 활동이고 뭐고 일절 무관심이었다.

그사이 저 멀리서 강신부와 메이드 로봇이 돌아오는 모습이 보였다. 평소라면 강신부가 10분은 더 넘게 시간을 끌 수 있었을 텐데 계산대로 일이 잘 풀리지 않은 듯했다. 이신랑은 급한 마음에 민선임의 손에 소형 무전기를 쥐여주고는 속삭였다.

"선배. 짬이 나면 이 무전기로 저희한테 연락 주세요. 강 선배랑 저랑 나름대로 잡힌 분들 정보나 탈출 루트를 찾아볼 테니까요."

"어? 뭐? 됐어, 됐어. 황동기나 나나 일부러 잡힌 거야. 지하 미궁은 강제 노동보다 급여가 두 배라는 거 알고 있냐? 나도 미궁에 잡혀 가고 싶었는데 그건 악플 단 전적이 없으면 지원 불가란 말이지. 공장이나 행인보다는 강제 노동이 좀 더 벌 만하지만 지하 미궁에 비할 바가 아니라서."

"자원하셨다고요?"

"응. 야, 무전기도 다시 갖고 가. 여기 전파 방해가 강해서 지구산으로는 연결이 안 돼. 다들 신변에 위험이 있는 건 아니니까 국장님한테도 잘 말씀드리고. 우린 우리대로 부수입 버느라 바쁘다고도. 한국에서 덧글 달며 지내는 것보다야 낫지."

어느새 강신부와 메로는 이신랑이 있는 곳에 도착했다. 이신랑은 메이드 로봇에게 첩보 활동을 들키지 않게 잽싸게 민선임 곁에서 떨어지고는 태연한 척 스트레칭을 하는 척했다.

"누나 되게 빨리 왔네요? 화장실에 사람이 없었나?"

"이신랑, 닥쳐."

"저… 남편한테 너무 심하게 말하는 거 아녜요?"

강신부는 한숨을 잠깐 내쉬었다. 메이드 로봇의 두 눈에 달린 램프가 다시 반짝였다. 아마 미소의 의미이지 않을까 싶었다.

"두 분 첩보 활동 중이신 거 이미 알고 있사옵니다."

"어… 아닌데요?"

"이신랑, 닥쳐…."

셋이 옹기종기 모여 대화를 나누는 사이 민선임이 다가와 인사를 건넸다.

"메로 씨, 안녕. 얘네는 언제 걸렸어?"

"입국 심사하실 때이옵니다."

이신랑과 강신부는 좌절감에 빠져 전직을 고민했다. 나름 한 국가의 첩보 기관 요원이 입국 심사도 통과하지 못하고 정체가 들통 나다니. 사악랜드의 피라미드 건조하겠다며 돌덩어리나 질질 끄는 것이 더 성공하는 길일지도 모를 일이었다.

✳

사악랜드 관광 코스의 마지막 장소는 사악유원지였다. 지금까지의 코스와 마찬가지로 기계로 할 수 있는 일을 구태여 인간을 학대해 이루어내는 사치와 낭비로 가득했다. 거짓 신혼부부는 이 긴 하루의 여행길을 회전목마가 아닌 회전 인간 위에 올라타 마무리하려 했다. 가면을 쓰고 착 달라붙는 가죽 옷을 입은 사람들 위에 올라타 뱅글뱅글 같은 자리를 돌고 도는 이 놀이기구는 이제껏 이신랑이 타본 것 중 가장 그로테스크한 메리고라운드였다.

손님들 기쁘라고 만든 유원지인데 그 안 유일한 관광객 커플인 이신랑과 강신부의 표정은 무척이나 어두웠다. 물론 SM이나 본디지 페티시즘에 괴상하게 왜곡된 시각을 가진 사람이 건설한 듯이 보이는 이 사악유원지에서 웃음을 머금고 있기란 쉽지 않은 일이었지만. 그와 별개로도 이 첩보 요원 한 쌍은 그저 우울할 뿐이었다.

메이드 로봇은 시작부터 이신랑과 강신부의 비밀을 알고 있었다. 이제 우리도 지하 미궁에 갇혀서 치킨무를 먹으며 간수들이 치킨을 먹는 모습을 구경만 해야 하냐고 물었으나, 메로는 그저 웃으며 귀찮으니까 그냥 넘어간다고 대답했다. 더욱이 사악랜드의 운영 자금을 생각하면 관광 끝내고 빨리 집으로 돌려보내는 게 죄수 월급 주는 것보다 싸게 먹힌단다.

이렇게 호의 가득한 배려는 가짜 부부가 속한 첩보 기관이나 국가가 위협은커녕 성가신 날파리만도 못하다는 증명이기도 했다. 이신랑은 자신이 올라탄 가죽 젠타이 차림에 입에 문 재갈을 침 범벅으로 만들고 있는 인간 목마만도 못하다는 자괴에서 빠져나올 수 없었다.

"결국 우리는 여기 뭐하러 온 걸까요…."

"소꿉놀이에 놀아난 거지. 유원지를 배경으로 한."

강신부는 이신랑을 위로할까 했으나 딱히 무슨 말이 떠오르지 않았다. 이신랑이 일에 실패해서 우울했다면 강신부는 이신랑이 우울해하는 사실에 놀랐다. 평소라면 휴게실에 남은 커피믹스 개수만큼도 신경을 쓰지 않을 한심한 부하였지만 이렇게까지 쇼크를 받으리라고는 상상하지 못했기에 나름 위로를 건네려 애썼다.

하지만 유원지 곳곳의 놀이기구(그러니까 벤허를 연상케 하는 인간 바이킹이나 영화 〈300〉의 병사들을 닮은 인간 범퍼카, 다행히 지네 인간은 닮지 않은 인간 열차) 중 어느 것도 이신랑의 침울함을 풀지 못했다. 물론 강신부 역시 장소 자체가 우울하니 어쩔 수 없다고 어렴풋이 느끼고는 있었으나, 이 사악랜드에서 사악유원지보다 나은 곳도 딱히 없었다.

인간 목마의 허리가 슬슬 부러지지 않을까 싶어 강신부는 이신랑의 어깨를 툭 치고는 일어나라는 신호를 보냈다. 나중에 이 친구 전기 채찍 좀 많이 맞지 않고는 내일 근육통이 보통이 아닐 게다. 그리고 회전 인간 놀이기구에서 내린 순간 이 가짜 부부는 숨마저 얼릴 정도로 차가운 냉기에 굳어 버렸다.

"그대들이 이 사악랜드에 처음으로 발을 디딘 신혼부부인가?"

무저갱의 틈새에서 새어 나오는 이 묵직한 저음의 주인공은 미궁의 지배자 이지라니우스 대제였다. 이신랑과 강신부가 느낀 추위는 이지라니우스 대제의 갑옷에 달린 냉기 발산 장치 때문이었다.

"숙청하러 오셨나요?"

"오, 아니다. 어찌 기념비적인 사악랜드 허니문 1호 커플의 목을 따고 창자를 뽑을까? 짐은 그대들에게 사악랜드의 하루를 마무리 짓는 퍼레이드에 초빙하러 왔느니라. 함께하겠는가?"

"메이드 로봇이 보고를 하지 않았나 본데, 사실 저희는 진짜 부부가 아니라서요. 신경 써주셔서 감사합니다만, 저희가 참가하는 건 실례가 될 테니까 사양하겠습니다."

이신랑은 자포자기한 듯 이지라니우스 대제의 초청을 거절했다. 조금은 무례할 수도 있는 이신랑의 태도에도, 파멸의 구현자는 물러나지 않고 다시 가짜 신혼부부의 참석을 종용했다.

"그대들이 간자임은 진즉 알고 있었느니라. 그러한들 무슨 상관이란 말인가? 중요한 것은 그대들이 찾아옴으로써 첫 허니문 방문자를 환영하는 퍼레이드를 열 핑계가 생겼다는 것이다."

"도대체 이 사악랜드에 진짜는 없습니까? 가짜 국민, 가짜 피라미드, 가짜 감옥… 게다가 이젠 가짜 관광객까지 필요하세요?"

이제는 숫제 시비조였다. 강신부는 말없이 이신랑의 팔을 잡아당기며 말렸다. 그간 익혀놓은 정보망에 따르면 이신랑이 이렇게 까분다고 저 외계 폭군이 이신랑의 목을 잘라 키를 줄여 주거나 교수대에 매달아 키를 늘리거나 하진 않을 것을 알고 있었지만, 굳이 위험을 자초할 필요도 없다 생각했기 때문이다.

하지만 그럴 것 없이 이자리니우스 대제는 멋쩍다는 듯 투구를 긁적이고는(뭐하려고 쇠로 만든 투구를 긁나 싶긴 한데), 이신랑의 질문에 대답했다.

"진짜는 있다."

"뭔데요?"

"그건 짐이 그대들과 퍼레이드를 하고 싶은 마음이니라."

＊

「사아카니스 제국의 일원들은.

아름다운 김꽃비 완전 사랑해.」

지상 16미터의 높이에서 보니 사악랜드의 야경도 그럭저럭 봐줄 만했다. 이신랑과 강신부는 결국 기괴수 보일라이온의 이마에 올라타 사악랜드를 일주하는 퍼레이드에 국빈 자격으로 참가했다. 이지라니우스 대제의 갑옷에 달린 냉기 발산 장치 때문에 조금 춥기는 했지만 나쁘지 않은 경험이었다. 이 높이에 올라와야 16미터짜리 황금 김꽃비 동상의 얼굴을 정면에서 볼 수 있었으니까.

「카리스마배우 김꽃비 최고지.

니네들 알겠니 이런 내 마음.

스키스키 다이스키 꽃비꽃비.」

아래에는 사악랜드의 국민들이 일제히 매스 게임을 벌이고 있었다. 글자가 생겼다가 그림이 생겼다가 화려한 것이 보통 솜씨가 아니었다. 퍼레이드 맨 앞 사열에 나선 기괴병들 역시 일사불란하게 줄을 맞춰 걷는 모습이 장관이었다. 디즈니랜드식으로 재현된 악마 군단이라고나 할까.

검은 야경에 도시의 녹빛 조명이 더해지고 곳곳에서 터지는 폭죽과 노랫소리가 흥겨웠다. 어찌 보면 삼바 페스티벌과 닮은 듯도 싶었다. 이지라니우스 대제는 기괴수의 머리 꼭대기에 서서 실용성보다는 디자인을 중시한 장검을 빼 들고는 지휘봉처럼 휘둘러댔다. 강신부 역시 기분 좋게 밤바람을 맞으며 사악랜드의 주민들에게 손을 흔들어주었다.

"즐거운가? 신혼부부여!"

"네! 인간이 티끌처럼 보여요!"

이신랑 역시 웃으며 고개를 끄덕였다. 활기찬 둘의 분위기가 전염되었다. 이지라니우스 대제를 처음 만났을 때는 살짝 신경질적으로 굴었지만, 지금은 전혀 그럴 생각이 없었다. 그때야 자기를 비웃으러 왔다 생각했지만 알고 보니 전혀 그런 목적이 아니었으니까. 진심으로 퍼레이드를 하고 싶었을 뿐이니까.

이지라니우스 대제는 이신랑에게 이쪽으로 오라 해맑게 손짓했다. 이신랑 역시 그 기대에 부응하여 퍼레이드를 즐기기 위해 보일라이온의 머리 꼭대기로 올라갔다. 과연 멋진 풍경이었다. 조금 전에 이지라니우스 대제가 기괴수를 잘못 조종해 새로 건조하고 있는 제5피라미드를 발로 밟아서 부숴버리기는 했지만 괜찮았다. 어차피 딱히 필요한 건물도 아니었으니까.

그 순간 보일라이온 위까지 둥둥 떠서 이지라니우스 대제의 옆을 맴돌던 텔레스크린이 빛을 발하기 시작했다. 아래를 보니 거리 곳곳에서도 텔레스크린의 빛이 번쩍였다. 하루의 끝을 알리는 2분 숭배를 알리는 신호였다.

"10!"

"9!"

"8!"

"7!"

사악랜드의 주민 전원이 카운트다운을 하기 시작했다. 한 나라의 국민이 전부 모여 외치니 함성 소리에 기괴수가 겁을 먹을 정도였다. 이지라니우스 대제와 가짜 신혼부부 역시 어깨동무를 하고서는 신나서 카운트다운을 외쳤다.

"…3! …2!"

"1!"

"김꽃비 예뻐!"

"김꽃비 치킨 같아!"

"영혼의 보충제!"

"우주최고미인!"

"인류가 겪은 고통에 대한, 신의 등가 이상의 보상물!"

만인의 만인에 의한 김꽃비를 위한 찬양. 이신랑과 강신부는 신이 나서 김꽃비를 찬양하는 찬사를 외쳤다. 김꽃비는 과연 사악랜드 국민들이 이러고 있는 것을 알까. 가급적이면 모르는 게 좋을 것 같았다. 이신랑은 상쾌한 기분으로 2분 숭배를 즐겼다.

사실 이신랑은 영화를 좋아하지 않았다. 배우도 잘 몰랐다. 하지만 몇 주 전까지만 해도 존재하지 않았던 나라에 와서 김꽃비라는 배우에 대한 찬사를 외치고 있었다. 나온 작품도 본 적 없었고 누군지도 오늘 알았다. 하지만 이 감정을 가짜라고만 말할 수는 없었다. 이제는 알았다. 축제의 열기 속에서 터져 나오는 이 호의는 거짓이라고도 진실이라고도 단순히 말할 수 없는 무엇이었다.

가짜 부부. 가짜 허니문. 가짜 국가. 가짜 관광지. 가짜 독재자. 무수한 거짓말 속에 또다시 거짓말을 하고 거짓말로 대답한 다음 거짓말로 위로한다. 하지만 괜찮았다. 거짓말도 나쁘지 않았다. 거짓말로라도 받고 싶고 또 주고 싶은 이 마음은 진짜였으니까. 그렇게 이신랑은 2억 년 같은 2분을 만끽했다.

"김꽃비 사랑해!"

11화

진상을 그대에게

비참했다. 지나간 자리마다 시체였다. 시체라는 표현은 오해를 살 수도 있겠다. 하지만 혼백을 잃고 육체적 기능이 마비되어 쓰레기와 토사물 사이에 널브러진 저들을 그 외의 어떤 단어로 설명해야 할지 이지라니우스 대제는 알지 못했다. 어둠의 지배자는 자신의 지구 침략 작전이 이런 파국으로 치달을 것이라고도 상상하지 못했다.

그렇다. 안드로메다 투어 김투어의 지방 미개발 행성 투어는 끝이 났다. 12화 완결이라고 말하긴 했으나 11화에 지구 침략이 끝나지 않는다고 한 적은 없다. 본편은 이걸로 끝이고 다음 화 외전으로 완결이다. 이지라니우스 대제는 넓다면 넓고 좁다면 좁은 방 안에 무너진 부하들을 바라보았다. 무대에 막이 내리기 전에 무대가 무너져버린 연극. 절망했다. 이 지방 미개발 행성 투어의 시작은 미약한 욕심에서였으나 그 끝은 창대한 실패였다. 창밖의 하늘이 푸르렀다. 배신과 반역으로 점철된 밤이 드디어 끝이 났다.

"전하, 무탈하십니까?"

멋들어진 콧수염이 인상적인 초로의 신사가 어디선가 나타나 이지라니우스 대제의 안부를 물었다. 무안력 연구소의 소장 남박사. 공적으로나마 대제의 적수였던 인물이었다. 공허의 정복자는 말없이 고개를 끄덕였다. 자신을 제외하고는 유일한 생존자인 남박사였으나 그 역시 초췌한 표정이었다. 하긴 어제처럼 인류가 부재한 하루를 보내고서 어느 누가 무기력하지 않을 수 있을까.

남박사는 외계에서 찾아와 온갖 수난을 당한 끝에 버림받고 만 저 불청객을 동정했다. 조용히 손짓을 보내어 참극의 현장으로부터 순진한 폭군을 빼내었다. 건물 밖은 새벽의 찬 공기로 가득했다. 두 남자는 말없이 먼동을 바라보기만 했다. 그러고는 차근차근 전날의 비극에 대한 복기를 시작했다.

＊

"이지라니, 당신 전범이라는 거 알아? 총살감이라고."

"대로변에 확 효수해도 모자랄 텐데…."

도입으로부터 몇 시간 전. 이지라니우스 대제는 조금 전까지도 그에게 웃는 낯으로 살갑게 굴던 부하들이 그를 둘러싸 지탄을 날리는 상황을 이해하지 못했다. 강자의 추락이라는, 더할 나위 없이 매혹적인 사건에 안드로메다 투어 김투어 및 사아카니스 제국 및 무안력 연구소의 전 직원은 후끈 달아오른 분위기 속에서 진정한 주인에게 철퇴와 같은 비난을 멈추지 않았다.

"하루가 멀다고 시안 고치라고 하지, 로봇 무기 추가하라고 하지. 계약서대로 한다지만 진짜 인간 그렇게 부려먹는 거 아니다."

"이상한 개그 치고서 혼자 웃지 좀 마. 아니, 개그 치지도 마."

"입만 열면 김꽃비, 김꽃비 진짜 시끄럽다고. 너 무슨 김꽃비 성인(星人)이냐고."

이지라니우스 대제는 이 순간이 무척 싫었다. 왜 이 산골의 주택처럼 보이는 건물로 끌려온 건지도 이해가 가지 않았고, 왜 자신의 부하들이 존칭을 생략하고 욕설만 들어가지 않았다뿐이지 악의로 점철된 규탄을 하는지도 이해가 가지 않았다. 더욱이 모두 평소처럼 정장 차림이 아닌 츄리닝이나 청바지 차림으로 의자도 없이 땅바닥에 앉아 원형으로 포진한 것도 이지라니우스 대제에게는 기이한 풍경으로 다가왔다.

"짐이야 그저 김꽃비가 이쁘기에…"

"아니, 이쁜 거 다 아는데 네가 자꾸 그러니까 막 성질이 나잖아."

"다들 적당히 좀 해요! 이게 야자 타임이야, 인민재판이야? 이러다 전하 울겠네. 전하, 다들 장난을 치는 거니까 곧이들

지 마세요. 지구에서는 원래 MT에서 야자 타임을 하면 윗사
람에게 짓궂게 굴며 놀거든요."

사아카니스 제국의 충신 요니아 파탈이 안드로메다 투어
김투어의 직원들을 만류하며 이지라니우스 대제의 기색을 살
폈다. 큼지막하고 시커먼 투구에 가려 얼굴은 보이지 않았
으나 페이스가드 사이로 비치는 촉촉이 젖은 안광만으로도
공포의 군주가 얼만큼이나 겁을 먹었는지 짐작이 가능했다.

맞다. 안드로메다 투어 김투어 관계자들은 지구 정벌 계획
이 완수된 기념으로 강원도의 한 펜션에 워크숍을 빙자한 뒤
풀이 MT를 온 것이다. 아주 싹 한국식으로다가. 그리고 이놈
의 한국식 MT라는 종교적 제의는 이지라니우스 대제가 수
많은 은하수의 별과 달을 지나며 겪은 것 중 최악의 물건이었
다. 방바닥에 털썩 앉아 가끔씩 들이켜는 저 녹색 병에 든 향
정신성 약물이 이 위협적 분위기에 일조하고 있으리라 의심
했으나 확신할 수는 없었다.

"3호야. 3호는 이지라니우스 대제가 저렇게까지 멘붕하는
데 로봇으로서 괜찮냐? 로봇 삼원칙이니 뭐니 그런 거 있잖
아. 지금 이지라니우스 대제의 멘탈은 쿠크다스라고."

"다른 분들 MP가 풀피라서 괜찮은데요."

다른 직원이 어떻게 최종화에 이지라니우스 대제 본인이
직접 거대화할 생각을 했느냐, 우주항모 바톨을 가르바니온
이 일격에 부숴버린다니 설정 붕괴도 정도껏이다, 복선만 깔
아놓은 초상능력동맹은 등장도 못 하고 이게 뭐냐, 애초에 24

화까지 감당할 능력이나 되고서는 이렇게 일을 벌여놓았냐는 등 꼭 이지라니우스 대제를 향한 것만은 아닌 듯 보이는 비판을 늘어놓는 사이 이 MT의 최초 제안자인 지구 측 협조원 남박사는 가르바니온의 세 번째 파일럿 안드로이드와 잡담을 나누었다.

"역시 네 설정은 마음에 들지가 않아. 안드로이드가 사람의 감정을 수치화해서 행동원칙을 정하면 다수에 의한 소수의 학살도 정당화될 거라고. 차라리 원리원칙을 정해놓고 움직이는 구형 안드로이드들이 낫지."

"그렇게 골치 아픈 이야기하시면 또 조회수 떨어집니다."

주역 에피소드가 일주일 동안 조회수 일곱을 넘지 못했던 남박사는 입을 다물고 앞에 놓인 잔에다 물을 따라 마셨다. 나름 연극계에서 오래 굴러다녔고 노숙계에서도 명망이 드높았던 남박사였다. 술자리 뺑끼 치는 법은 이미 달인의 영역이었다. 그에 반해 육중한 갑옷으로 커다란 덩치를 감싼 저 외계인은 속수무책으로 술자리의 희생양이 되고 있었다. 요니아 파탈이 그에게 이 모든 것이 농담이라 위로했지만 글쎄다. 지금 이 술자리가 농담이라면 베트남전도 소꿉놀이라고 부를 수 있을 게다.

야자 타임을 가장한 이 인민재판을 주도하던 A팀장은 앞에 놓인 소주병의 뚜껑을 따고는 그 꼬다리를 돌돌 말았다. 야자 타임을 하자던 10분은 실은 10분 전에 이미 끝났다. 다들 흥에 겨운 나머지 의도적으로 시간을 잊고 즐긴 게다. 죄책감

따위는 없었다. A팀장은 승진이라는 이름의 좌천을 당한 이후로 이지라니우스 대제에게 이를 갈던 차였다.

병뚜껑의 꼬다리를 다 말고는 옆으로 건넸다. 틱. 틱. 다들 긴장감 속에 꼬다리에 알밤을 먹였다. 차마 이지라니우스 대제에게 한 방을 먹일 수는 없으니 한 잔이라도 먹이자는 암묵적인 동의 속에 병뚜껑이 이 손에서 저 손으로 옮겨 갔다.

틱. 팅! 위태롭게 떨어질락 말락 하던 꼬다리가 이지라니우스 대제 바로 옆에서 튕겨 나가고 말았다. 살짝 칠 것이지. 저 눈치 없는 종자는 누구란 말인가. 그 종자는 양동이 몇 개를 쌓아놓고 눈코입을 그려 넣은 듯 생긴 메이드 로봇 메로였다. 출력이 아톰만 한지라 병뚜껑의 꼬다리야 한 방감이었다. 다들 분노를 삭이며 메로의 이름을 연호했고, 메로가 자리 앞에 놓인 잔을 비우자 큰 소리로 다음 게임을 이어나갔다.

"랜덤 게임, 랜덤 게임! 메로가 좋아하는 랜덤 게임!"

의도된 침묵 속에 양철 로봇 메로는 방 안을 장악하는 긴장감을 듬뿍 즐기고는 이지라니우스 대제에게 샤론 스톤의 고혹적인 목소리를 담고서는 밀어를 건넸다.

"사랑해."

이지라니우스 대제는 한숨을 쉬었다.

"짐이 익히 세 번이나 일렀거늘… 물러가라."

"사랑해."

"사랑해."

"닥쳐."

"사랑해."

"꺼져."

철혈독재자의 정색이 민망하게 메로는 고개를 돌려 옆자리의 사람에게 사랑을 고백하고 그 옆자리 사람은 또 자신의 옆자리 사람에게 애정을 표했다. 그제야 이지라니우스 대제는 이것이 일종의 게임임을 깨달았다. 고래부터 전해져오는 술 게임 사랑해닥쳐. 거절의 의사만 표하면 되니 아슬아슬하게 룰 위반이 아니었다.

사랑해닥쳐는 재미난 게임이고 술자리의 흥을 돋우기 좋지만 한 명에게 술을 몰아다 주기에는 어울리지 않는 시스템이었다. C차장은 본인 한 몸을 희생해 이지라니우스 대제를 걸고넘어지기로 작심했다.

"사랑…해?"

"마셔라, 마셔라 원샷! 언제까지 어깨춤을 추게 할 거야! 동구밖 과수원샷!"

또 이 구호였다. 억압적이고 폭력적이며 반복적으로 일정한 행위를 강제하는 구호. 이지라니우스 대제는 태연함을 가장하면서도 이 열광과 함께 이루어지는 비이성에 두려움으로 떨고 있었다. 반면 C차장은 게임에서 실수를 했으니 술을 마시게 되어 분하다는 표정을 기나긴 설명조로 지어내느라 고생했다.

"랜덤 게임, 랜덤 게임! C차장이 좋아하는 랜덤 게임!"

"아. 아. 아!"

"아!"

"아 하늘에서!"

"아 하늘에서!"

"아 하늘에서! 아 하늘에서 꽃비가 내려왔어요!"

"꽃비꽃비, 꽃비꽃비!"

"꽃비꽃비!"

"김꽃김꽃!"

안드로메다 투어 김투어 특유의 술 게임이었다. 그래 봤자 바니바니의 변용일 뿐이었지만. 바니바니는 당근당근 외치면서 한 사람을 지목하면 지목된 사람은 다시 당근당근을 외치는 대신 다음에 지목할 권리를 가지며 그사이 양옆의 두 사람은 특정한 동작과 함께 바니바니를 외치는 게임이었다. 여기서 당근당근은 꽃비꽃비로, 바니바니는 김꽃김꽃으로 바꾼 것 외에는 차이가 없었다.

B대리는 C차장에게 장하다는 눈빛을 보냈다. 이 게임은 진행 속도가 빠르고 이 인원수에도 불구하고 이지라니우스 대제의 근처 영역에만 공격을 쏘아 보내어 티가 나지 않게 이지라니우스를 궁지에 몰 수 있었으니까. 왕위찬탈에 효과적이었다. 이지라니우스 대제가 김꽃비만 관련되면 집중력이 다섯 배로 늘어난다는 것만 빼면.

"고백하자면 아직까지도 안드로이드는 지적 생명체가 향정신성 약물을 반복적으로 흡입하는 이유를 제대로 이해하지 못하고 있어요."

"생존을 위해서 그래."

남박사와 3호는 자연스레 술 게임을 하는 진영에서 빠져나와 소수의 인원을 모아 원을 그리고 앉아 담소를 나누었다. 평소라면 눈칫밥을 깨나 먹어야 했겠으나 지금 이 자리는 어디까지나 안드로메다 투어 김투어의 지방 미개발 행성 투어 뒤풀이 자리. 이지라니우스 대제를 쓰러뜨리는 것 외에는 그 어떤 것도 신경 쓸 거리가 되지 못했다.

3호는 남박사의 단호한 설명이 이해가 가지 않았다. 그들이 막 벗어난 술 게임 진영 측에서는 이제 배스킨라빈스니, 구구단을 외자니 전통적인 술 게임을 하며 펜션이 무너지도록 고성방가를 질렀다. 지구에 오기 전 접했던 다큐멘터리 영상 자료에서 수컷 원숭이들이 암컷을 차지하기 위해 서로에게 위협을 가하는 모습을 닮은 듯싶기는 했다.

"술을 마심으로써 누구 간이 더 센가, 유전적으로 누가 더 강한 내장을 물려줄 수 있는가 겨루는가 보군요."

"아니."

"알 수가 없군요. 술을 마시면 이성이 희미해지고 몸을 가누기 어려운 데다 충동에 따라 움직이며 경우에 따라 자기파괴적인 행동으로 이어지기까지 할 텐데요. 그런데 왜 생존에 유리하죠?"

"유리한 게 아니고. 그냥 그게 생존이야."

뒤로 보이는 술자리는 어딜 봐도 생존 친화적인 광경은 아니었다. 3호의 의아한 눈빛에 남박사는 지금은 만인의 만인

에 의한 투쟁 상태라서 상황이 달리 보이는 것이 아닐지 가
설을 세웠다.

*

"짐이 명령하니… 3번과 8번이 크로스카운터."

"또용?"

"죽겠다, 죽겠어."

어떻게든 이지라니우스 대제를 엿 먹이겠다는 의지는 왕
게임에서 완벽하게 꽃을 피웠다. 뽑기로 뽑힌 왕들은 술자리
본연의 목적인 번식에 어울리는 음탕하고 저질스러운 벌칙
이 아닌 합법적인 쿠데타를 위한 폭력적 벌칙을 하명한 것이
다. 사르페오와 ㄹ인턴이 서로의 턱에 강렬한 주먹 한 방을
날리는 광경은 왕 게임보다는 콜로세움의 재현에 가까웠다.

왕이 한 번 뽑힐 때마다 두 명에서 세 명이 주먹다짐 끝에
술자리에서 사라졌다. 다들 너무 취했다. 알코올은 폭력을 부
르고 폭력은 점점 더 큰 폭력을 불렀다. 하지만 그 와중에도
이지라니우스 대제는 제국의 맹주다운 천운으로 단 한 번도
벌칙을 당하지 않았다.

이지라니우스 대제는 자신의 침략이 얼마나 미온적이었는
지 이 술자리에서 일 분 일 초가 지날 때마다 새로이 깨달았
다. 야심 차게 만든 사악랜드의 그 어느 곳에서도 이만한 광
기는 존재하지 않았다. 지금 이 펜션에서 사람들이 하고 있는
건 왕 게임이 아닌 서바이벌 게임이었다.

조금 전에 왕이었던 C차장은 아쉬움에 혀를 내밀고는 다시 제비를 모았다. 나무젓가락에 이리저리 숫자를 써넣어 급조한 물건이었다. 급하게나마 계략을 짰다. 돌아가며 제비를 뽑게 하면서 눈치코치로 맨 왼쪽의 두 개는 뽑지 못하게 막았다.

"전하, 뽑으시지요."

"음."

마지막 두 개 중 하나는 이지라니우스 대제가 뽑았다. 나머지 하나는 자연스레 C차장의 몫. 그리고 이지라니우스 대제나 C차장이나 둘이 뽑은 제비는 똑같은 11번이었다. 제비를 모으던 중 은근슬쩍 12번 제비를 소매 속에 넣고는 가짜로 11번 제비를 하나 더 만들어 이지라니우스 대제가 뽑게 만든 것이다. 왕은 B대리에게 갔다. B대리는 절대적인 결정권을 손에 넣자 이 맛에 독재하는구나 감탄했다. 주변의 인간들이 장난감으로만 보였다. C차장은 은근슬쩍 B대리에게 양 검지를 세워 보였다. B대리 역시 눈치 좋게 C차장의 메시지를 이해했다. C차장은 안심하고는 숨겨놓은 12번 제비와 11번 제비를 바꿔치기했다.

"11번과…."

이지라니우스 대제가 손을 들었다.

"3번이 소주 한 병 러브샷으로 원샷."

요니아 파탈이 손을 들었다. 안드로메다 투어 김투어 직원 전원 속으로 쾌재를 불렀다. 한 큐에 사아카니스 제국의

No.1과 No.2를 보내버릴 기회였다. 거기다 이지라니우스 대제는 이것이 이번 술자리의 첫 벌주였다. 이지라니우스 대제는 왕위찬탈의 굴욕 속에서 무릎을 꿇어 요니아 파탈과 키를 맞추고는 서로에게 팔을 두른 채 소주 한 병을 다 비웠다. 대제는 도대체 이딴 음료가 뭐가 좋다고 이렇게나 마시는지 의문뿐이었다.

"나 잘래…."

결국, 요니아 파탈은 방구석으로 가 드러누웠다. 또 하나의 희생자가 나온 것이다. 장미장미 아름답게 피고 장미장미 아름답게 진다. 그리고 그러든 말든 왕 게임은 진정한 왕을 가릴 때까지 이어졌다.

한 번 써먹은 트릭을 또 쓸 수는 없었다. 아무래도 티가 나니까 결정적인 순간을 기다려야 했다. 이지라니우스 대제는 요니아 파탈과 달리 술에 취하지는 않았지만, 소주 한 병을 비웠으니 타격을 먹기는 먹었으리라 짐작했다.

그리고 그 결정적인 순간을 기다리며 제비를 돌리는 사이 무수한 왕이 태어나고 또 무수한 희생자가 나왔다. MT의 전국시대가 막장을 달리는 와중 ㄷ차장이 왕이 되었다.

"왜 한 명 한 명 부르는지 모르겠네. 야, 1번이 맨 꼭대기고 나머지 순서대로 인간 피라미드 만들어라. 당장."

폭력도 없고 알코올도 없지만 가장 어처구니없는 벌칙이었다. 하지만 어쩔 수 없었다. 왕은 왕이다. 갑이 갑이듯. 어떻게 보면 효율적인 전략이었다. 왕을 제외한 모든 참가자가 벌칙을 받으니 이지라니우스 대제 역시 당할 수밖에 없지 않은가. 뼈를 주고 뼈를 치는 전략. 뭐가 됐든 치기는 친 거였다.

다들 투덜거리면서도 어쩔 수 없다는 듯이 엎드려 뻗쳤다. 펜션 커다란 방에 술에 취해 주먹에 취해 자빠진 인간들 사이로 수많은 사람들이 왕을 향해 절하고 그 위에 올라서서 절하는 이 풍경은 어딜 봐도 MT가 아니라 조폭 신년회 꼴이었다. 하지만 이지라니우스 대제를 무릎 꿇릴 수만 있다면 이런 굴욕 대환영이었다.

부하들이 자기 젓가락에 적힌 숫자를 보며 꿇는 순서를 정하는 사이 이지라니우스 대제는 멀뚱멀뚱 바라보기만 했다. ㄷ차장은 암흑대제가 멍하니 서 있는 꼴이 영 반갑지 않았다.

"거기, 좀 꿇지?"

"1번인데….'"

"어?"

"짐이 1번인데….'"

인간 피라미드가 무너졌다.

＊

모두에게 상처만 남긴 술 게임은 곧 끝이 나고 평범한 술자리가 돌아왔다. 다음으로 왕을 뽑은 것은 이지라니우스 대제였다. 대제는 안드로메다 투어 김투어 직원들의 눈에서 숙청의 칼날이 떨어지는 것에 대한 두려움을 읽었다. 모든 것이 다 피로해진 이지라니우스 대제는 "다들 그냥 술이나 마시자."라고 말했고 술자리에 참석한 인원 전원은 이 어찌나 인자한 말씀이란 말인가 그 선정에 감격했다.

게임을 하는 커다란 타원의 진형과 조용히 술만 마시던 자그마한 진형 두 개에서 삼삼오오의 진형 여러 개로 나뉘어 이것저것 대화를 나눴다. 부서나 취미 또는 성별 따위의 다양한 기준에 따라 갈린 무리는 조금 전의 소란이 거짓말처럼 느껴질 정도로 차분했다.

그러나 평범한 술자리라고 해서 고통이 사라지는 것은 아니었다. 평범한 술자리는 평범하게 고통스러웠다. 진격의 주정뱅이들. 조금 전까지는 게임의 열기에 가려졌으나 이제는 조용한 술자리가 되었으니 자연스레 그들이 부상했다. 이지라니우스 대제의 악몽은 아직 끝이 나지 않았다.

"이지라니우스 대제여."

"왜?"

이지라니우스 대제는 홍보팀과 앞으로 출간될《무안만용 가르바니온》책에 대해서 회의를 하고 있던 차였다. 갑자기 가르바니온 1호 갈의 파일럿 강훈이 풀린 눈을 하고는 말을 걸어왔다. 어쨌든 적으로 설정된 인물이니만큼 강훈은 안드로이드 주제에 그 주인 되는 사람에게 반말을 할 수 있었다.

어떻게든 지구를 떠나기 전에 책으로 내고 싶다는 이지라니우스 대제의 억지에 안드로메다 투어 김투어 측은 출판사를 섭외하고는 법률적으로 처벌을 받기 아슬아슬할 수준으로 약물을 주입해서 책을 내기로 합의했다. 내 책이 절판되었다가 우여곡절 끝에 재출간이 되게 생겨서 이런 문단을 넣은 것은 아니다. 원래 있던 문단이다.

"그대가 내 이름을 외우지 못해 내 등장이 줄었다는 것이 진실인가?"

"어… 그게….".

맞다.

"완전 외우기 쉽다! 흔하다! 강! 훈!"

"그게 너무 흔해서 되레 외우기가 어렵더라고…."

"최…민… 두 글자도 못… 외우나?"

어느새 2호기 파일럿 최민도 어느샌가 찾아와 예의 그 지휘자 같은 손동작과 함께 질책을 보냈다. 생각해보면 이 소설에서 몇 안 되게 사람 이름다운 걸 받았는데 그래서 더 기억이 잘 나지 않았다. 곁다리로 내보낼까 싶어도 이름 찾기가 귀찮아서 등장시키기 꺼려졌다. 김여자 같은 이름은 외우기 쉬운데.

겨우 술 게임이 끝나고 평온이 찾아온 줄 알았던 이들 모두 좌절했다. 다만 남박사만이 1호와 2호가 정작 본편에서는 건드리지도 못했던 이지라니우스 대제의 멱살을 잡아 가며 술주정을 하는 모습에 감탄했다. 언제나 연구소에서 헛소리하던 둘의 모습과는 영 다르지 않은가.

"안드로이드도 술에 취하나?"

"옵션이 있습니다."

"진작 먹일 걸 그랬네."

3호 파일럿 윤민은 남박사를 노려보았다.

"혹시 저를 3호라고 부르시는 것도….""

"그냥 마셔."

남박사는 고개를 돌려 3호를 외면했다. 이지라니우스 대
제는 사아카니스 삼장군 중 한 명인 사르페오에게마저 붙잡
혀 협공을 당하고 있었다. 삼장군의 등장 대사와 퇴장 대사
를 일일이 계획하기가 어려워 등장횟수가 줄어든 것이 아니
냐는 게다. 맞다.

"읍… 우부붑."

뜬금없이 펜션 안에 용암이 흘렀다. ㄱ팀장의 입으로부터
볼케이노가 솟구쳐 오른 것이다. 뜨거운 구토가 용오름을 치
며 대기에 방출되고는 이내 ㄱ팀장의 볼 주변을 따라 흐르며
차게 식었다. 진즉 A팀장의 술 강요에 쓰러져 있던 ㄱ팀장
이지만 주변의 험악한 분위기에 경기를 일으킨 모양이었다.

남박사는 연극 짬밥에 노숙 짬밥을 더해 간단히 ㄱ팀장을
옆으로 누이고는 토사물이 기도를 막지 않나 점검했다. 소
란스러운 술자리에 탄식이 섞여 더욱 찜찜했다. 위액에 녹다
만 음식물들. 그 비주얼과 그 내음이 참으로 반갑지 않았다.

"우우웁."

그 광경을 지켜보던 C차장이 ㄱ팀장의 뒤를 이어 또 한
장의 파전을 부쳤다. 눅눅한 냄새가 C차장마저 자극한 것이
다. 구토의 연쇄. 더러움이 더러움을 부르고 합쳐진 더러움
은 더 큰 더러움을 불렀다. 깨끗하고 청결한 위생적인 우주

환경에서 벗어나 본 적이 없던 안드로메다 투어 김투어 직원들은 난생처음으로 접한 역겨운 풍경에 적응 못 하고 그 풍경을 재생산했다.

남박사는 구토하기 시작한 외계인들을 펜션 밖으로 쫓아내고는 맑은 공기를 강제했다. 등을 쓰다듬어주고 차가운 물로 입안을 헹구도록 시켰다. 이지라니우스 대제와 몇 남지 않은 생존자들은 펜션 구석에서 휴지와 걸레를 찾아 바닥을 닦았다. 기분 좋은 휴가의 마무리가 아주 더러웠다. 비참하게 걸레질을 반복했다. 어제의 우주 정복자가 오늘의 술자리 뒤처리 담당이었다.

결국, 소수의 생존자만이 남았다. 술을 마시다 쓰러진 사람. 게임을 하다 지쳐 쓰러진 사람. 술주정 끝에 쓰러진 사람. 연이은 구토를 견디지 못해 쓰러진 사람. 그사이에 강건하고 절제가 가능한 몇몇 사람만이 남아 자리를 치우고 굴러다니는 술병과 컵을 정리하며 먹다 남은 과자를 한데 모아 자리를 만들었다. 이지라니우스 대제는 속으로 이렇게 미개하고 폭력적인 악습의 대물림을 지켜보느니 당장 지구를 침략해 이몽매한 문화를 타파해야 하지 않을까 고민했다.

서로가 서로를 위로했다. 상처받은 사람이 상처받은 사람을 부축했다. 이제는 모든 고난이 끝나고 휴식만 남은 듯싶었다. 곧 해가 다시 뜨리라. 지금까지의 고난도 막이 내리리라.

"다들…? 나만 빼고 마시네…?"

하지만 잊어서는 안 된다. 동트기 직전의 어둠이 가장 짙다는 것을. 술자리의 시체는 더 이상 두렵지 않은 존재다. 하지만 술자리에 살아 돌아온 시체는 그 무엇보다 두렵다. 생존자들은 서로를 긴장된 눈빛으로 바라보며 알코올의 펫세메터리에서 돌아온 살아 있는 시체를 외면했다.

"전하! 같이 마셔야죠?"

요니아 파탈이었다. 지구인치고는 술 게임에 친숙하지 못해 곧장 시체가 되고 만 간부가 다시 돌아왔다. 앙심과 저주를 품은 채로. 아마 한바탕 구토 쇼가 펼쳐지는 사이 소란에 깨고 만 것이 아닐지 싶었다. 아름다우며 고혹적인 사아카니스 제국의 간부는 생존자들의 잔에 술을 쏟듯이 부었다. No.2의 강권에 이지라니우스 대제마저 거절이라는 단어조차 모른다는 듯이 잔을 채웠다.

간부의 눈빛이 위험했다. 성희롱 파동 당시 가르바니온을 무찔렀던 그때와 동등한, 아니 그 이상의 살기를 품고 있었다. 단순히 적의만이 느껴지는 것도 아니었다. 일종의 광증, 술에 의해 무의식 깊은 곳에 숨겨졌던 악마성이 잔에 넘치는 술처럼 그 바깥으로 흘러나오기 시작했다.

"여러부운. 그거 알아?"

"뭘요?"

"은하수! 은하수…."

"아는데요…."

"은하수를 여행하는 히치하이커를? 위한 안내서…."

"알죠."

간부는 방긋방긋 웃었다. 하지만 그 웃음에는 치명적인 무언가가 있었다. 심리적이 아닌 물리적으로 치명적인 무언가가.

"있거든! 그게! 거기 나오는 술이 있거든… 팬 갤럭틱 가글 블래스터라는 건데… 진짜진짜 현존하는 최고의 술이래. 마셔봤어?"

"그건 소설에 나오는 술이잖아요."

"있거든? 은하수를 여행하는 히치하이커를 위한 안내서에서 있다고 그랬단 말야! 돈 패닉! 돈! 패닉! 안내서!"

"네, 네…."

이지라니우스 대제는 본능적으로 커다란 위협이 다가오는 것을 느꼈다. 하지만 그 위협이 어떤 종류의 것인지 구체화해서 스스로를 설득할 길이 없었기에 어떠한 행동도 하지 못했다. 그저 눈치만 보고 있었을 뿐.

"팬 갤럭틱 가글 블래스터를 마셨을 때의 효과는 있지. 레몬 한 조각으로 싼 커다란 금괴로 머리를 한 대 강타당하는 것과 같대."

"재밌네요."

"하지만 이 자리엔 팬 갤럭틱 가글 블래스터가 없잖아…?"

"아쉽네요."

3호는 남박사가 어느새 술자리에서 사라졌음을 눈치챘다.

"대신에… 그냥 레몬 한 조각으로 싼 커다란 금괴로 머리를 한 대 강타하면… 좋은 대체재가 되지 않을까?"

그제야 남은 생존자들은 스스로가 느낀 위협이 무엇인지,

요니아 파탈이 조금 전부터 어디서 났는지 모를 금괴를 만지작거리던 이유가 무엇인지, 몸으로 깨달았다.

✳

이상이 오늘 아침까지 있었던 참극의 진상이었다. 오로지 단둘의 생존자를 남기고 요니아 파탈은 꿈나라로 돌아갔다. 이지라니우스 대제는 그가 뒤집어쓰고 있는 강철 갑옷의 내구성 덕분에. 남박사는 오랜 기간의 훈련 끝에 단련된 직감 덕분에. 두 남자는 차분히 저편에서 떠오르는 태양을 마주할 수 있었다. 그들에게는 삶을 더 이어나갈 빛이 절실했다.

남박사는 담배 한 개비를 입에 물었다. 맛이 썼다. 이지라니우스 대제는 머리가 멍했다. 요니아 파탈에게 강제로 팬 갤럭틱 가글 블래스터를 유사 시음당했을 때의 맛이 아직 빙빙 도는 탓이리라. 피로 물든 시체를 뒤로하고 이 제왕은 곧 지구를 떠난다. 그는 자신의 관광을 어떻게 평가해야 할지 망설임이 남았다. 김꽃비를 봐서 좋았지만 자신 뒤에 놓인 킬링필드에 대한 죄책감 때문이었다.

"그대 남박사여."

"네, 전하."

이지라니우스 대제는 다음에 어떤 말을 꺼내야 할지 조용히 골랐다. 남박사는 종말의 기수의 침묵을 이해했다. 손에 든 담배의 길이가 절반으로 줄어들었을 때쯤에야 이지라니우스 대제는 다시 남박사에게 하고 싶었던 이야기를 건넬 수 있었다.

"지구인들은 어째서 이리도 괴로운 일을 자처하지?"

생존이라서, 라는 대답은 꺼내지 않기로 했다. 오늘 있었던 일은 어딜 봐도 생존과 무관했다. 남박사는 알고 있었다. 가끔은 이렇게 죽음충동에 가까운 술자리도 있다는 것을. 그리고 그 이유 역시.

"괴롭기 때문입니다."

"괴롭기 때문?"

아직 타들어갈 부분이 남은 담배였지만 구두바닥에 비벼 끄고는 꽁초를 뒷주머니에 넣었다. 오랜 노숙 세월 속에서 배운 매너였다. 가장 괴로운 시절이었고 가장 오래 남을 세월임을 알았다.

"아실지 모르겠는데 좋은 기억은 잘 남지 않아요. 그냥 좋은 기분만 남지요. 하지만 괴로운 일은 달라요. 아주 디테일한 순간 하나하나가 기분이 아닌 기억으로 남지요. 그리고 나쁜 기분은 이내 잊혀지고."

"그래서?"

"기억할 거리를 만들려면, 추억을 남기려면 좋은 일보다는 괴로운 일이 낫지요. 무언가를 해냈다는 구체적인 기억이 남으니까요. 서로가 서로에게 상처를 주어 누구도 누구를 비난하지 못하는 공범의식과 함께요."

논리가 맞지 않는데도 그럴싸하게 들렸다. 이지라니우스 대제는 차분히 푸른 새벽의 여운을 즐겼다. 지구에서의 마지막 아침이었다. 남박사의 말이 맞다면 이지라니우스 대제는 나름 지구인들과 잊지 못할 추억을 남긴 셈이다. 이 소설 역시 마찬가지다. 표지에 김꽃비가 있다는 이유만으로 한 권 분량의 괴로운 시간을 함께한 모든 분께 위로와 감사의 인사를 드립니다. 고맙습니다.

외전 1

유기왕

너무도 지친 밤이었어. 무슨 이유 때문이었는지는 모르겠
다. 가로등 불빛이 하얀 것도 마음에 들지 않고 길가에 보도
블록이 늘어선 모양도 마음에 들지 않고 아무렇지도 않다는
듯이 길을 걸어야 하는 나 자신이 가장 마음에 들지 않는 밤이
었다는 것은 기억하지만. 화도 나고 뿔도 나고 욕도 나올 것
같은데 너무 지쳐 차마 내뱉지도 못한 그런 기분이었던 것은
기억하지만. 왜 그렇게 힘들고 지쳤던 걸까. 그저 양발로 걷
는다기보다는 양발로 번갈아 쓰러지는 듯이 걷던 밤이었어.
　이제 와 보니 사람 일 모르는 거지 싶다. 아마 그날 내가 지
치지 않았다면 나는 너를 모른 척 지나치지 않았을까. 만남도
기억도 없이. 희한한 일이다. 마음속으로 속삭이고는 가던 길
을 가버렸을 거야. 와. 싫다. 그렇게나 지쳤음에 고맙다고 느

끼다니. 이상하지.

"그러니까 왜 이런 위협적인 꼬락서니로 돌아다니시냐고요."

"빨리 투구 벗으시고 민증 확인합시다."

골목마다 흔히 있던 취객끼리의 소란인가 싶었지. 다들 술에 취해 한마디 하지 않고서는 견디지 못하는 동네니까 말이야. 그럴 법한 예상이잖아. 경찰이 둘씩이나 모여서 흉흉하게 뿔이 박힌, 2미터는 넘을 거한을 취조하는 모습을 상상하는 것보다는. 그래. 그게 너와 나 첫 만남이었잖아.

너는 아무 대꾸도 하지 못하고 고개만 설레설레 저었지. 겁에 잔뜩 질려서는. 어깨는 잔뜩 움츠려놓고는. 항상 궁금해. 어떻게 2미터 넘는 인간이 너처럼 애처로울 수 있니. 너도 참 생각이 없어. 2미터짜리 갑옷 입은 사람이 170센티미터 남자 둘을 무서워해서 쓰냐고. 경찰 둘 다 네가 재채기만 해도 그 갑옷 뿔에 찔릴까 혼비백산했을걸.

"야! 이 자식아!"

나는 너에게 달려가고는 네 엉덩이를 발로 걷어찼지. 딴딴하더라. 두 번 놀랐어. 내가 왜 그랬을까. 얘 엉덩이는 왜 이리 딴딴할까. 왜 엉덩이에 철판을 두르냐고. 그때 내가 왜 그랬나. 그것도 사실 잘 모르겠다. 그냥 아무 엉덩이나 걷어차고 싶었는데 마침 걷어차기 딱 좋아 보이는 엉덩이가 눈앞에 있어서였지 싶어.

난 있는 힘껏 손을 뻗어 네 머리를 강제로 숙이게 했고 경찰 아저씨는 미친 인간 취조 중에 추가로 나타난 미친 인간에 놀라 어쩔 줄 몰라 했고. 도대체 무슨 깡이니.

"죄송해요. 아저씨. 얘 제 동생인데요. 얘 뭐 잘못했나요?"

"거동수상자로 신고가 들어와서요. 친인척 맞으십니까?"

거동수상자. 그 외에 너를 표현할 단어를 나 아직도 몰라.

"얘가 수상해 보이긴 할 텐데요. 수상한 애는 아니고 이상한 애예요. 그거 있잖아요. 그거. 코스프레. 얘가 아직 철이 없어서 허가받지 않은 장소에서 코스프레하고 그러거든요. 바보라서 말도 잘 못해요. 제가 주의시킬게요. 진짜요. 진짜 진짜 죄송해요."

"그러면 아가씨 신분증 줘봐요."

나 동생 있다는 이야기했던가. 혈육을 팔았지, 뭐. 괜찮아. 걔도 바보고. 내 혼신의 연기 덕인지 초현실적인 상황 덕인지. 경찰 아저씨는 내 민증 한번 보고는 획 가버렸지. 지친 하루의 마무리가 이런 적선 아닌 적선일 줄 몰랐지.

어두운 골목에 너와 나만 남았지. 나는 그냥 다시 내 갈 길을 떠났고. 철그렁철그렁 거센 쇳소리. 네가 종종걸음으로 나를 따라오는 걸 알았어.

"야!"

멈춤. 너도 멈춤.

"너 갈 데 없냐?"

끄덕끄덕.

"그러면 따라와라."

왜 그랬을까. 그냥 생각하기가 싫었어. 지쳤는데 지친 모습 보기 싫었고. 어깨 축 처져서 꼼지락대는 네 모습을 보기도 짜증 났고 경찰 아저씨 둘이 찐따 하나 붙잡고 소리치는 모습 보기도 별로였거든. 계속해서 내 앞에 지친 풍경을 하나하나 마주하게 되는 것이 너무너무 견딜 수 없었거든. 그 때문일 거야. 아니면 원래 네 앞에서는 내가 좀 이성적이지 못하기 때문이거나.

집에 도착하니 냉장고 우는 소리가 반겼잖아. 좁은 방에 고물 냉장고가 울기는 언제나 울었어. 냉장고 문을 열었지. 내 무릎 살짝 위까지 올라오는 냉장고. 냉동고도 없는 작은 거. 언제나처럼 그 맨 위 칸 가장 오른쪽에 열쇠와 지갑을 넣고. 나와 이 냉장고만으로도 충분히 좁은 원룸에 너마저 들어왔으니 진짜 숨 막히데.

"왜 냉장고에 넣냐고? 이 쓰레기장 아무 곳에 놓으면 잃어버리기 일쑤잖아. 나 물건 진짜 잘 까먹거든. 어차피 까먹을 거 냉장고에 일괄처분해 놓는 거지. 귀중품은 언제나 냉장고 맨 위 칸 오른편이야. 기억해둬."

아마 그때는 네가 내 머릿속으로 텔레파시를 보냈다는 걸, 내가 처음 보는 사람한테 내 지갑이 어디 있고 집 열쇠가 어디 있는지 다 설명해버렸다는 걸 깨닫지 못했던 것 같아. 근데 말해두는데 너니까 그런 거다? 너처럼 무해해 보이는 거 한이 어디 있어. 당연하다는 듯이 반말도 하고 그랬지, 뭐.

그러고는 뭐 했더라. 아. 그냥 자버렸지. 너 한쪽에 앉혀두고. 역시. 사람은 잠을 자야 돼. 사람은 원래 수면 부족 상황에서는 퇴근길에 우주대마왕을 집에 데려오고는 밥도 물도 주지 않은 채 구석에 앉혀두고 자버릴 수도 있거든. 그러면 안 되지. 최소한 덮고 잘 이불은 줘야지.

다음 날 아침에는 황당했다. 웬 거구의 남자가 커다란 갑옷을 입은 채로 침대 옆 바닥에 누워서 자고 있는데. 커다란 바퀴벌레같이. 어디서 그레고르 잠자라도 주워 왔던가 싶었지. 그다음으로는 우선 뾰족한 뿔이 곳곳에 돋아난 갑옷째로 참 잘도 자빠져 잔다 감탄을 했고.

"저기요… 저기요?"

원룸에 나뒹구는 책 더미와 쓰레기 더미, 접시 더미 위로 벽 한 면을 통째로 덮는 유리로 햇살이 미친 듯이 쏟아지는 이 소시민적 풍경에 거무튀튀한 중세 기사가 벌러덩 누워 있으니 꽤 웃기더라. 너는(나는 아직도 네가 투구를 쓰고 있으면서도 어떻게 표정을 지을 수 있는 건지 모르겠는데) 얼빵한 표정으로 일어나 주변을 둘러보고는 나만큼이나 놀랐지. 나도 그제야 머릿속으로 전날의 사건들을 맥락과 순서에 맞게 나열할 수 있었어.

"아저씨. 코스프레 아저씨. 여기서 뭐 해요? 집에 안 가? 응? 가출했어? 우주항모 바톨에서 가출했다고? 거기가 어딘데? 성층권? 수도권 같은 거야? 잠깐. 아저씨 입도 뻥끗하지 않고 잘도 말하네. 텔레파시? 이게 그거야?"

고개 끄덕끄덕. 바디랭귀지는 은하를 가로지르는구나 싶

어. 나는 떨리는 손길로 너의 그 튼튼한 갑옷을 콕 찔렀지. 지구권에 없는 금속으로 만들었다던 그 잘난 갑옷의 질감이 아직도 생생해. 와. 코스프레 아니구나. 나는 내 안의 모든 감탄을 긁어모아 탄성을 질렀지.

"뭐야. 진짜네?"

다시 고개를 끄덕이던 너. 그제야 네가 지구를 침략하겠다고 선포한 사아카니스 제국의 이지라니우스 대제임을 알았던 거야. 코스프레가 아니라. 자신의 제국으로부터 가출한 패자임을 깨닫고 만 거야. 온 세계를 떠들썩하게 만든 이계에서의 방문자. 정의의 지구 로봇과 맞서 싸우는 암흑 황태자. 그렇게 너와 나의 기묘한 동거가 시작되었고. 우주대마왕과 비정규직 지구인의 쪽방 동거가. 이 세상에서 가장 하찮은 제3종 근접조우가.

언니   야. 너 좀 바쁜가 보더라?

나   그렇지 뭐.

언니   회식도 야근도 맨날 빠진다며.

나   응. 애완동물 때문에. 내 밥은 걸러도 애 밥때는 거를 수가 없잖아.

언니   (컵을 치우며) 뭐야. 애완동물도 길러? 무슨 종?

나   우주대마왕.

언니   뭐? 잘 못 들었어. 맞다. 너 맨날 강아지 키우고 싶다고 했지. 개 기르는구나.

나　응? 아, 응. 맞아. 개.

언니　혼자 살면서 개 기르기 쉽지 않은데….

나　어떻게든 되더라.

언니　그래, 그래. 내가 맨날 그랬잖아? 사람 인연이라는 거.
　　　다 하다 보면 어떻게든 된다? 신기하게.

그래. 어떻게든 되더라. 너와 나의 관계는 딱 어떻게든 되
는 관계였지. 어떻게든 할 수밖에 없었고. 너와 같이 우리 방
에서 깨어났던 아침 너더러 나가라고 하면 또 경찰한테 잡힐
것 같고. 알아서 하라고 하고 회사 다녀오니 나갔을 때 모습
그대로고. 같이 살 수밖에 없다 싶었는데. 아무튼, 아마도 외
계인을 길러본 건 지구상에서 내가 처음이니까. 인터넷에서
정보를 찾아볼 수도 없었고 말이야.

동거인이 아닌 개 취급에 너 감히 불만 못 갖지. 너 진짜 아
무것도 못 했잖아. 데려온 다음 날 아침 그냥 멀뚱멀뚱 눈 뜨
고 아무 말 없이 가만히 있던 모습이 어찌나 웃겼는지. 텔레
파시로 갑옷에 달린 번역기가 고장 나서 말을 못 한다고 설명
하긴 했지만 웃긴 건 웃긴 거야. 나는 나대로 너를 아무렇지
도 않게 대하려 애쓰고 너 역시 너대로 내 골치를 썩이지 않
기 위해 애쓰고. 화성에서 온 남자쯤이면 이렇게 저렇게 부
려먹어 보겠는데 태양계 바깥에서 온 남자는 어쩌겠어. 보살
펴야지.

언니   다음에 만날 때 개껌이나 장난감 같은 거 갖다 줄게. 옆
          집에 개 기르는 사람이 있는데 그 집 개가 늙어서 장난
          감은 더 갖고 놀지 않는다고 하더라.

나   (2미터가 넘는 거구의 갑옷을 입은 사나이가 장난감 쥐를 갖
          고 노는 모습을 상상한 뒤) 그거 좋다. 꼭 갖다줘. 우리 애
          그런 거에 환장할 거야.

언니   진짜?

나   진짜. 장난감 진짜 좋아해.

오랜만에 언니를 만나서 회포를 풀고 싶었지만, 언니가 네
생각에 일찍 자리를 파해주더라. 개들은 외로움 잘 타서 안
된다며. 나는 우리 집 애는 TV만 켜주면 다 된다고 하고 싶
었는데 진짜 개들은 그럴 것 같지 않아서 고개만 끄덕였어.
어쩌면 너도 TV만 켜주면 다 되는 게 아닌 걸지도 모른다는
생각이 들었고.

나   (잔에 든 얼음이 녹은 물을 마시고는) 엄마는 요즘 어때.

언니   여전하지, 뭐.

나   언니, 미안해. 나도 같이 보살펴드려야 하는데.

언니   됐다. 모처럼 내가 백수라서 다행이지 뭐니.

나   무슨… 에휴.

언니   (일어난 뒤 한숨을 쉰다.) 가자. 에어컨 때문에 춥다.

나   응. 근데 진짜 나 가지 않아도 돼?

언니　됐다니까. 그나저나. 너 개 기르기 잘했어. 얼굴에 여유
　　　가 있다.

나　여유는 무슨. 치다꺼리하느라 죽겠고만.

언니　원래 남을 돌보는 게 나를 돌보는 거야.

　요즘도 생각하고는 해. 그날 그때 내가 조금 더 언니 이야
기를 들었다면. 언니를 돌보는 것으로 나를 돌보고 너를 돌보
았다면. 그랬다면 우리 상황이 조금은 달라지지 않았을까 하
고는 말이야. 멍청하게 그게 내 얘기라고만 봤으니. 흥. 부질
없는 이야기다. 사람 일. 모르는 거지 싫다고 말한 것이 조금
전인데. 어떻게든 된다고 말한 것이 좀 전인데.

✳

　"나 왔다."

　문을 여니 그 광경이란. 냉장고를 활짝 열어젖히고는 그 앞
에 쪼그려 앉아 냉기를 쐬고 있는 흑기사님이시라니. 언니와
만나고 돌아온 그 날도 너는 내 말은 듣지 않고 냉장고로 갑
옷의 달아오른 열기를 식히고 있었지.

　"야! 너! 당장 못 닫아? 응? 막 열었다고? 픽이나."

　나는 또 달려가 네 엉덩이를 걷어찼고. 발 아프게. 도대체
그 갑옷 만든 놈은 뭔 정신으로 탈착을 어렵게 만들었다니?
너는 한껏 불쌍한 표정을 짓고는(그러니까 어떻게 얼굴을 다 가
리는 투구를 쓴 사람이 표정을 지을 수 있는지 궁금하게 만드는 그

255

표정 말이야) 옆으로 가 무릎 꿇었잖아. 어휴. 내가 몇 번을 속 았나 몰라.

언니 말이 그때는 진짜 이해가 가지 않았지. 널 돌보는 건 내 업이요 고니라 했지. 날 돌보기는 개뿔쥐뿔. 어디서 외계 독재자를 주워 왔더니 서울 룸펜으로 현지 적응하질 않나. 기 본적으로 밥값 깨져, 에어컨 바람 몰래 쐬니까 전기세 깨져, 으휴. 그러잖아도 적자던 가계가 죽자로 바뀌었다고. 너 예방 접종까지 해야 됐으면 그냥 택배 박스에다 집어넣어서 역 앞 에다 갖다 버렸을 거야. '불쌍한 우주대마왕입니다. 가져가세 요.' 이렇게 적어서.

기왕 열린 냉장고니 일단 열쇠부터 맨 위 칸 오른편에 넣 고는 이것저것 꺼냈다. 너 밥 먹여야 하니까. 설거지나 빨래 는 시키겠는데 요리는 못 시키겠더라고. 너 하도 둔해서. 지 구 태생 인간목 인간과인 내 입장에서 보자면 외계인인 넌 아 직 불을 다룰 수 있을 만큼 진화하진 못했다고 봤거든. 싸구 려 플라스틱 용기마저 깨먹는 너에게 어찌 가스불을 맡길까.

"갑옷을 몇 겹이나 껴입었으니 더운 건 알겠어. 하지만 좀 참으라고. 전기세 할증 붙잖아. 돈도 못 버는 게."

대충 토마토를 볶아 물기를 뺀 다음 계란 투하. 넌 밥 데우 고. 국 덥히고. 냉장고에서 반찬 꺼내고. 상 차려서 같이 먹 고. 난 너 온 뒤에야 우리 집에 밥상 있다는 거 알았다. 평소 라면 밥 시간이라고 신나서 들뜬 너였을 텐데. 조금 조용했잖 아. 내가 화냈다고 삐쳤잖아.

"이따 밤 되어도 산책 없어. 응. 그래. 저번에 유모차랑 부딪혔다가 애 엉엉 울려놓고 무슨."

고개는 숙임. 어깨는 처짐. 네가 갑옷에 달린 텔레파시 기계를 써서 대화하기는 했지만, 그 기계가 없었어도 우리끼리 이야기하는 데는 별문제 없었지 싶어. 바디랭귀지야말로 만국공통 우주공통이니까. 여기에다 네가 깨작깨작 젓가락을 입에 갖다 넣기를 반복하니 나로서는 그저 항복하는 수밖에 없었지. 아예 나를 말려 죽여라. 말려 죽여.

"새벽에나 나가자. 됐어. 시끄러. 닥치고 먹어."

내 말 한마디에 활짝 웃던 너. 네 망토 안에 꼬리라도 달린 것 같았다니까. 좌우로 신나서 꼬리 흔드는 게 보이는 것 같았다니까. 단순하긴. 그 단순함에 넘어간 나도 나다.

"김꽃비가 누군데 내가 걔 다음으로 예뻐? 야. 밥 주는 사람은 난데 왜 내가 걔 다음이야? 영적 구원? 까고 있네. 세상에서 두 번째라. 어이구. 감사합니다. 두 번째로 봐주셔서."

밥을 다 먹고 네가 설거지를 하는 등을 보는 건 언제나 화해의 끝이었던 거 알고 있었니. 내가 설거지를 질색하기도 했지만. 네가 쓸모 있는 유일한 분야였잖아. 네가 나를 위해 할 수 있는 유일한 분야. 나는 뒤에서 네가 달그락달그락 소리 내며 그릇을 씻는 모습을 보며 시시껄렁한 농담을 던졌고. 그 커다란 등에 널따란 망토를 펄럭이는데 팔이 들썩거리는 실루엣으로 그릇을 부수는 모습 위압적으로 가정적이야.

＊

　결국, 밤에 산책하러 나갔잖아. 새벽 2시 넘어서. 그 전에
나가면 아무래도 다시 한 번 거동수상자로 신고당하기가 쉬
울 테니까. 그 갑옷 벗지도 못하고 도대체 뭐야. 검문과 철
창행을 피하기 위해 너한테 검은색 커튼을 뒤집어씌우기까
지 했었지.

　"이게 뭐기는. 거구의 독실한 이슬람교도 여성의 이미지
를 연출한 거야. 응. 예쁘다. 되게 고상해 보여. 아니야. 지구
측 전통 의상이라니까? 너 지금 지역 전통문화 무시하니? 우
주에서 왔다고 까분다. 가장 핫한 스타일이라고. 오뜨꾸뛰르
도 가겠네."

　음. 미안하다. 그거 뻥이야. 미안하다.

　산책 코스는 언제나 같았지. 조금이라도 더 시원하게 동네
개천으로. 딱히 별걸 하지는 않았는데 왜 그리 신이 났을까.
좁은 데다 덥기까지 한 방을 떠나서 그랬을까. 그냥 걷는 게
좋아서 그랬을까. 하긴. 이 지저분한 도시에서 하늘이 탁 트
인 곳이라는 것이, 구름이 보이고 별이 보이는 곳이라는 것
이 싫을 수가 없기는 해. 마침 달도 밝게 빛나는 시간이었고.

　가끔씩 야밤의 조깅을 즐기는 분과 마주치기는 했지만, 그
냥 모른 척하고 지나가더군. 다들 남 일마저 신경 쓰기에는
너무 바쁜 동네야. 지나다니는 사람들이 흠칫흠칫 놀라기는
해도 어쨌든 고즈넉이 걸었지. 네 장점이라면 그래. 하나는

산책하러 나갈 때 똥 치우는 봉지를 챙기지 않아도 된다는 점 정도일까. 챙겨야 했다면 무척 슬펐을 거야. 뭐 그런 류의 이야기를 하며 시시덕거렸지.

곧 사람들이 잘 오지 않는 굴다리 밑에 도착했지. 곧이라고는 해도 30분은 걸렸지만, 뭐. 같이 걷는 시간은 이상하게 짧더라. 나는 굴다리 이편에. 너는 굴다리 저편에. 서로 마주 보고 서고는 프리스비를 주고받으며 놀았지. 그 플라스틱으로 된 원반. 별다른 대화 없이도 한참을 그렇게 보내면서. 좋았거든. 주면 받는 사람이 있고. 받으면 다시 돌려줄 사람이 있고.

집으로 돌아가는 길에 결국 또다시 유모차랑 부딪히고 애를 울렸지만 나름 좋은 밤이었어. 요즘도 가끔 그 길을 걷고는 해. 하늘에 밝게 빛나는 별 어딘가에서 너의 고향이 있다고 생각하면 또 그 사이사이에도 다른 별나라 외계인들이 있으리라 생각하면 홀로 걸어도 쓸쓸하지가 않더라. 멀리. 아주 멀리 있어도. 정말 아주 멀리 있어도 이어져 있는 거니까.

∗

너무나 당연한 나날이 이어졌지. 냉장고 문을 연 걸로 실랑이를 하고 밥상에서 다투다 화해하고는 설거지. 참으로 아무렇지도 않은 하루하루였어. 광고가 끝나기 무섭게 외우주로부터 찾아온 침략자 사이카니스 제국과 이에 맞서는 무안력 연구소의 로봇 가르바니온에 대해 다루던 TV가 급작스레 침묵한 것을 빼고는 말이야. 빌딩보다도 더 큰 기괴수들이 도시에 남긴 상흔도 새삼스럽게만 여겨지고.

어쩌면 그렇게 짜고 친 듯 조용했을까. 역시 사아카니스 제국의 침략은 지구 정부의 음모라는 이야기가 맞았던 걸지도 모르겠다. 외계 제국의 침략 따위는 전부 거짓말이고 이 모든 것이 관광 사업의 일환이라는 음모론 말이야. 허무맹랑한 이야기다 싶다가도 너를 보면 그럴싸하거든.

좁은 방에 실수로 사버려 처치 곤란한 커다란 세탁기 같던 너. 우리가 같이 한 일이 잔뜩 있지 않았나 싶다가도 정작 말할 것이 없네. 그냥 나 혼자 이야기하다 보면 네가 가끔 끄덕이고. 내가 웃으면 너도 웃고. 좀 특이하게 생긴 곰인형이나 마찬가지였지.

TV도 평온했고 우리도 평온했지만 소문만은 많았나 보더라. 사아카니스 제국의 우주항모 바톨이 대기권이고 성층권이고 어디에서도 보이지를 않는다더라, 이지라니우스 대제가 병환이라더라, 이 침략이 외계 버라이어티 쇼였는데 재미가 없어서 방영 중단이 되었다더라, 기괴수가 앞으로 부숴놓을 건물 많다고 예상해서 재건축 주식이 잔뜩 뛰었다가 폭락했다더라….

아마 이 모든 일이 너 때문이리라 짐작했지만 묻지는 않았잖아. 물어 뭐해. 그럴 만한 일이 있었나 보다 하면 되는 일인걸. 솔직히 관심도 없었어. 지금도 딱히 별생각이 들지 않아. 그냥 집으로 돌아오면 네가 있었잖아. 그저 그러면 되는 거라고. 그렇게 생각했지. 지금도. 그렇게 생각해.

✳

만남만큼이나 이별도 갑작스러웠지 싶어. 곧 장마랍시고 비가 조금 내리던 오후였잖아. 별다를 것 없이 퇴근하고 일주일은 먹을 카레를 한 솥 끓일 때였잖아. 모처럼 네가 냉장고 문을 열어놓고 있지 않아서 칭찬해줬었지. 기억한다고. 회색빛으로 젖은 창문이랑. 톡톡 문을 두드리던 빗방울이랑. 사람 일 몰라서 곧 헤어지리라는 것도 모르고 간을 맞추던 카레 맛이랑. 다.

"좋아. 딱이야. 다 됐다. 다 됐어."

너는 언제나처럼 밥상 앞에 쪼그리고 앉아서는 기다렸지. 하지만 표정만은 달랐어. 어딘가 울적하고 피곤해 보이는 표정이었어. 나는 그날 너를 혼내지도 않았는데 왜 저럴까 싶었다고. 비가 와서 산책하러 나갈 수 없기 때문인가 싶기는 했는데. 어차피 비 덕에 날도 덥지 않았잖아.

카레를 한가득 퍼 그릇에 담아 밥상 위에 갖다 놓기까지 했는데 아무 반응도 없기까지. 나는 네가 어디 아픈가. 병원이라도 데려가야 하는 것 아닌가. 일단 인간이 아니니 동물병원으로 가야 하나. 외계생물학자 찾아 X파일에 제보라도 해야 하나 고민했어.

"무슨 일인지는 모르겠는데. 먹어. 카레는 짱이야. 카레만 먹으면 어떤 역경도 헤쳐나갈 수 있을 것 같은 용기가 생긴

261

다고."

어디까지나 나를 안심시키기 위한 미소. 뭐, 먹기는 잘 먹었지. 우울하든 힘들든 잘 먹는 게 네 장점이잖아. 그 장점은 진짜 좋은 거다. 보기만 해도 밥맛이 나거든. 우주적 먹방. 네가 안절부절 않고 먹기는 잘 먹으니 나도 안심하고 숟가락을 들었지.

실어증으로 괴로워하는 사람은 그날 우리랑 같이 카레 먹었으면 좋았을 거야. 하도 조용하고 어색해서 김치가 빨갛다는 이야기라도 꺼내고 말았을 테니. 그대 일어나 걸으라고는 못 해도.

"네가 왜? 네가 왜 지구의 운명을 신경 써?"

너의 담담한 텔레파시에 나는 조금 목소리가 떨린 것 같아. 그러면 안 되는 거였는데. 너를 노려보다시피 하면서 대꾸 없이 잠잠히 텔레파시를 들었지. 입을 다물고. 옆에서 보기에 우린 눈빛만으로 대화를 나누는 듯싶었을 거야.

"기술 지원이 무슨 얘기야. 왜 네가 지구를 침략해야 경제가 활성화되는데. 420조는 누가 계산한 거고. 다 잘되기는 뭐가 잘되는데. 내가 뭘 걱정을 해. 걱정하지 않아도 된다니 무슨 이야기야. 왜 네가 가야 하는 건데."

질문만 계속했지. 어쩔 줄 몰라서 묻고 또 물었지만 네 대답은 다 똑같았지. 돌아가야 한다고. 오늘로 끝이라고. 앞으로 이 집에 돌아오기 어려울 것 같다고.

인정해. 나는 너한테 무심했어. 네가 왜 우주항모에서 도망쳐 나왔는지. 경찰에게 쫓기면서도 부하를 부르지 않았는지. 묻지 않았잖아. 하지만 말이야. 싫었어. 물으면 말이야. 이유를 알면 말이야. 해결 방법도 알게 되잖아. 그러니까. 무심했어. 그리고 너의 갑작스러운 이별 선언은 그 무심함의 대가였어. 인정할 수밖에 없네.

"네가 나한테. 아니다. 아니야. 그래. 어쩔 수 없지."

싱겁지만 잡진 않았어. 아니, 못했어. 나는 너한테 뭐였을까. 너는 나한테 뭐였을까. 나는 다시 무심해질 수밖에 없었거든. 마찬가지 이유야. 이 질문 역시 꺼내고 나면 덩달아 대답마저 나올지 모르잖아. 결국 나는 또다시 무심함의 대가를 치른 거지.

곧 저녁이 되고 이사 온 뒤 한 번도 눌린 적 없던 초인종 소리가 들렸잖아. 요니아 파탈 씨였지. 사아카니스 제국의 최고 간부. 화려한 녹색 머리에 탄탄한 근육질의 몸매가 멋지던. 넌 어쩌면 부하에게 그렇게나 밀리냐. 언니 사람도 좋아 보이던데. 이상한 일은 그만 시키고 부하직원 복지나 좀 챙겨주라고.

요니아 파탈 씨 참 공손히도 나에게 감사의 인사를 했지. 이지라니우스 대제께서 어디 실험 기관에서 해부나 당하고 있지 않나 걱정했다면서. 첩보 기관에 잡혀 고문이나 당하고 있지 않을까 조사했다면서. 그런데 문제의 이 양반은 민간인 집에 사육되면서 등 따숩고 배불리 지냈으니 찾던 사람 속이 아주 터졌겠다.

"전하. 돌아가요. 하지만 돌아가셔도 우주항모를 김꽃비 이타샤로 만들자는 안건은 통과 못 해요. 대기권에 있을 때도 지상의 도시에서 육안으로 알아볼 수 있는 이타샤를 만드는 게 쉬운 줄 아세요?"

이타샤가 뭔지 검색해봤다. 너 진짜. 이거 만들자고 가출한 거였냐. 어쨌든 요니아 파탈 씨는 나름 너를 타일러야 한다는 각오를 하고 온 듯했지만 너는 순순히 고개를 끄덕일 뿐이었지. 아마도 나 때문이리라 짐작했는지 그 잘생긴 간부 언니는 문밖에서 기다리겠다며 말하고는 밖으로 나가셨고.

다시 침묵뿐. 너나 나나 무슨 말로 이별을 고해야 할지 몰랐으니. 너는 밖에 있을 요니아 파탈 씨가 기다리기 뻘쭘하다고 느낄 만큼은 뜸을 들인 뒤에야 텔레파시로 말 한마디를 건넬 수 있었지.

"무슨 기다리지 말라는 이야기를 해. 나 안 기다릴 건데. 기다리기는 뭘 기다려."

네 투구 위로 어색한 웃음이 피어났고. 나는 고개를 들지 않았지.

"가라. 요니아 파탈 씨 기다리겠다."

너는 나에게 손을 들어 인사를 하고는 뒤를 돌아갔잖아. 망토를 휘날리며 철커덩철커덩 갑옷끼리 부딪치는 소리를 내며 떠난다는 티 요란히도 내면서. 문이 닫혔어. 아직도 생각한다. 문이 닫히기 전에 내가 따라 나갔다면 하고. 그렇게 너를 떠나보내지 않을 수도 있었을지 모른다며. 멍청아. 삼세 번은 권하는 거야. 그런 것도 모르면서 무슨 지구를 정복한 다고 그래.

며칠이 지나서야 네가 돌아간 이유를 알았어. 너 나 모르게 내 편지 봉투를 뜯어 봤더라. 사아카니스 제국 침공에 의한 간접적 피해자들의 구제 대책 위원회에서 온 편지. 언니가 신청했었거든. 너 오는 날에 사고가 있어서 엄마가 좀 다쳤단 말이야. 너 이 편지 나 몰래 읽었지? 맹꽁이. 내 통장마저 봤으면 너 온 첫날에 떠났을 거다.

네가 몰랐다면 아주 조금은 더 꿈을 꿀 수 있었을 텐데. 사아카니스 제국 침공에 의한 간접적 피해자들의 구제 대책 위원회 사람들이 들으면 한심해하기는 하겠지만. 넌 내가 화라도 냈을 거라 생각했나 봐. 속상하게.

기다리겠다는 생각은 하지 않았어. 몇만 광년 떨어질 사람이 아니더라도 떠난 사람은 기다리는 법이 아니야. 기다리는 게 아니라 기억하는 거야. 기다리게 만드는 게 아니라 기억하게 해주는 거라고. 그래. 냉장고 맨 위 칸 오른쪽에. 너를 넣어두는 거지. 까먹지 않게.

다시 냉장고의 울음소리가 들리기 시작했어. 언제부터인가 들리지도 않았는지 눈치도 채지 못했던 그 울음소리. 작은 원룸에 울음소리가 아주 하모니를 이루었다니까. 네가 떠나고 냉장고 정리했다. 둘이서 먹으려고 끓인 카레는 평소보다 두 배나 더 걸려서 해치워야 했으니까. 다행이었어. 너마저 없는데 카레라도 그쯤은 필요하긴 했거든. 아니. 역시 조금 모자랐을지도. 모르겠어.

언니 요즘 멍멍이랑 잘 지내?

나 (휴대폰을 고쳐 쥐고) 원래 주인한테 돌려준 지 오래야.

언니 그랬어?

나 유기견인 줄 알았는데 집 있는 개더라고. 나는 그렇다 치고. 언니는 어때. 백수 탈출 축하해요.

언니 (한숨을 쉬고는) 그냥저냥이지 뭐. 엄마 돌볼 때가 마음은 편했어. 그래도 이제 혼자서 잘 걸어다니시니까.

나 전에 보니까 쌩쌩하시더만.

언니 피해 기금 대상자가 확대되어서 다행이지 뭐니. 그거 아니었으면 취직이고 뭐고 엄마 돌보다 나앉을 뻔했네.

몇 달 뒤던가. 오랜만에 언니랑 전화를 하던 차였어. 집으로 돌아가는 길에 문득 언니 생각이 나더라고. 조금 적적하지만 그래도 나쁜 기분은 아니었기에.

너의 허무맹랑한 지구 침략도 실패로 끝났고 너와 요니아 파탈 씨 그리고 우주항모가 외우주 너머로 돌아간 뒤였지. 외계 제국과의 전쟁이 마무리가 되니 재건의 바람이 불었고. 여기서 사아카니스 제국 침공에 대한 피해자들의 구제 대책 위원회가 확장된 것은 두말할 것도 없는 일이야.

266

언니 쓸쓸하지는 않아?

나 (고개를 저으며) 쓸쓸하긴.

언니 든 자리는 몰라도 난 자리는 안다.

나 그래. 쓸쓸하우.

언니 다른 곳에서 한 마리 데려와.

나 됐어요. 그 고행의 길을 또 걸을까.

네가 돌아가자 정지된 동영상이 다시 시작한 듯 사아카니스 제국과 지구 정부의 싸움이 재개되었지. 아무 문제도 없었다는 듯이. 어떤 일도 어떤 휴전도 없었다는 듯이. TV도 신문도 그간의 공백에는 침묵한 채 다시금 너희의 알콩달콩한 싸움을 중계하기 시작했고.

우주항모 바톨은 요니아 파탈 씨 말대로 김꽃비 이타샤가 되지는 않았지만 사악랜드라는 인공 섬으로 바뀌었잖아. 사람들 잡아가고 시급 2만 원으로 막 노예처럼 부려먹고. 야. 그럴 돈 있으면 인마. 네가 우리 집에서 쓴 전기료 내고 그랬어야지. 나 이직이나 시키든가.

결국, 이 한심한 침략 전쟁은 한심하게 끝이 나더라. 가르바니온이 급작스레 사악랜드로 쳐들어가 우주항모 바톨을 양단하더니 너는 수하들을 데리고 급히 도망치고 말았잖아. 나와의 만남처럼 준비 없는 침략이었고 나와의 이별처럼 갑작스러운 도망이었어.

나　취직한 곳은 어때?

언니　(답답한 듯) 무슨 꼰대가 그리 많니. 들어가자마자 나이
　　가 왜 이리 많냐느니 결혼은 언제 할 거냐느니 따지기
　　나 하고. 그러잖아도 재건 작업에 손이 모자라서 인력
　　대란이라는데. 이 몸이 친히 가주셨으면 고마운 줄이나
　　알 것이지….

나　(길게 이어짐을 직감한 듯 휴대폰을 귀에서 살짝 뗀다) 응응.

　네가 돌아가면서 많은 것이 바뀌기도 했지만, 전혀 바뀌
지 않은 것들도 많아. 일자리가 늘기는 했지. 돈도 잘 돌아서
그런지 주가도 오르고. 하지만 외계 신기술을 독점하려는 사
람들과 무안력의 산업화로의 전환을 촉구하는 세력 등 돈 많
은 놈들이 또 돈놀이를 하려고 애써. 외계인과의 제3종 접근
조우에도 근본은 달라지지 않더라. 여전히 미워하고 질투하
고 빼앗아. 뭐. 앞으로는 달라질지도 모르지. 생산 양식이 바
뀌었다니까.

언니　(여전히)그래서 부장 놈이 나더러 회식 자리에서 술을
　　안 마신다고 뭐라고 하려는데 내가 그냥 벌떡 일어나서
　　나 집에 간다고 했거든. 그러니까….

나　언니. 나 집에 다 왔거든. 일단 문 열고 발 씻고 다시 전
　　화할게.

언니　그래라. 기운 내고. 사람 일 모르는 거다.

언니도 참. 곧 아파트 문 앞에 도착했어. 휴대폰을 가방에 넣고 열쇠를 꺼냈지. 사람 일 모른다니. 난 실없게 웃고 말았어. 지구 정세가 급변하고 새로운 외계 문명을 찾아 떠나고 생산 양식이 전환되고 생산관계가 뒤바뀌든 나와 무슨 상관이겠어.

✳

네가 없는 것 하나만은 알고 있잖아. 내 이상하게 생긴 곰 인형이 고향 별로 돌아간 것은 알았잖아. 그러니 언니 충고가 나한테 뭐 와닿았겠니. 나머지 것들 알아 뭐해. 솔직히 관심도 없었어. 지금도 딱히 별생각이 들지 않아. 그냥 집으로 돌아오면 네가 없었잖아. 냉장고 맨 위 칸 오른쪽이 비어 있었잖아. 냉장고 우는 소리만 들리잖아. 그저 그럴 뿐이라고. 그렇게 생각했지. 하지만. 언니 말이 맞기는 맞더라. 사람 일 몰라. 문을 여니 그 광경이란.

문을 여니 그 광경이란. 냉장고를 활짝 열어젖히고는 그 앞에 쪼그려 앉아 냉기를 쐬고 있는 흑기사님이시라니. 언제 나간 적도 없다는 듯이 태연스레 당연하다는 듯이 냉장고 앞자리를 독차지하고 계신 암흑 황태자님이시라니. 두 눈을 의심했다. 도대체 왜 돌아온 거야? 말도 없이. 오래 기다려야 한다더니. 전혀 아니었잖아.

"닫아, 인마."

나는 또 달려가 네 엉덩이를 걷어찼고. 다시금 어색하게 웃던 너. 나도 결국 웃고 말았다. 그렇게 너와 나의 기묘한 동거가 다시 시작되었지. 우주대마왕과 비정규직 지구인의 쪽방 동거가. 이 우주에서 가장 하찮은 제3종 접근조우가. 너와 나의 하루하루가. 그렇게 너무나도 당연한 나날이 다시 이어졌지.

외전 2

사춘기의 끝

우주는 넓고 할 일 없는 사람은 많다. 그리고 이 넓다는 우주에 그 많은 할 일 없는 사람들은 전부 다 지구에 내려와 침략 중인 것 같았다. 누구는 지중해에 차원문을 세우고는 괴수를 보내어서. 누구는 유성 폭탄과 데슬러 포를 앞세운 우주 함대를 이끌어서. 그 외 기타 등등. 사아카니스 제국과 이지라니우스 대제가 지구에 꿀 발라놓은 것도 아닌데 대지구침략시대가 열린 것이다.

이 모든 사달은 아마 우주에서 가장 할 일 없는 사람 탓일 것이다. 이지라니우스 대제. 물론 그와 사아카니스 제국의 침략 코스프레는 일단락되었다. 하지만 놀았으면 논 만큼의 값을 치러야 하는 법. 안드로메다 투어 김투어는 그동안 생활 공간을 놀이터로 내어주었던 지구인들에게 임대료로 우주 과학 기술을 전수하기로 했다. 그런데 또 꼭 새로 나온 맛집이라고 홍보가 되면 맛은 없어도 들르는 손님은 생기는지라. 우주항모 바틀, 즉 사악랜드는 이지라니우스 대제의 뒤를 이어 지구 침략을 시작한 외계인들과의 업무 연계를 위해 지구 공해 어딘가 둥둥섬으로 남아 침략 놀이를 부분적으로나마 연장해야 했다.

요니아 파탈. 지구 이름으로는 김여자라 불리는 이 인물 역시 이 넓은 우주에 그 많은 할 일 없는 사람 중 하나였다. 침략보다는 점령의 업무에 치중하고 있기는 하지만. 사아카니스 제국의 사악랜드 총독으로서 오늘도 절찬리 독재 중인 것이다. 그래 봤자 독재자라는 직업도 참으로 별 볼 일 없는 직업인지라. 엄밀히 말하자면 안드로메다 투어 김투어의 1세기 계약직 독재자로 체결되어 가끔 내빈이랍시고 오는 떨거지들이랑 밥이나 먹는 것이 업무의 전부였다. 지금도 그저 사악랜드의 거리를 거닐면서 기존의 유급 행인과 조금 늘어난 관광객 사이에 끼어 시간만 낭비하고 있지만, 이 역시 업무의 일환이라 생각하면 거리낄 것도 없었다.

"이 돼지 놈들아! 좀 더 그럴싸하게 걷지 못하겠어?"

전기 채찍의 푸른빛이 거리를 메웠다. 유급 행인들은 낄낄대고는 더욱 대충 걸으려 애썼다. 고함을 친 당사자인 요니아 파탈도 피식 웃고 말았다. 노사 충돌은 아니었다. 디즈니랜드에서 미키마우스가 손을 흔들어주고 피터 팬이 칼을 지휘봉처럼 휘두르듯 요니아 파탈도 요니아 파탈 나름의 롤플

레잉에 충실했을 뿐이었다. 인형탈 대신 사아카니스 제국 간부복을. 요술 지팡이 대신 채찍을 들고 있기는 해도 일은 일이었으니까.

하지만 그렇게 흩어지는 벌레 같은 군중 사이에 한 명. 요니아 파탈에게 진심으로 겁을 먹어 안색이 창백해진 노부인 하나가 있었다. 요니아 파탈은 당황하는 와중에도 노부인이 찬 명찰로 이 겁먹은 햄스터처럼 웅크린 할머니가 유급 행인이 아닌 방문객임을 알아차렸다. 방문객에게는 상냥히. 어떤 일이든 발 벗고. 미키마우스가 그러하듯이 요니아 파탈도 그러해야 했다. 최대한 우호적인 표정과 함께 노부인 앞으로 다가갔다.

"손님. 많이 놀라셨죠? 저 원래 이런 사람 아니고요. 여기가 원래 이러는 동네라서요. 저는요. 요니아 파탈이라고 해서 악몽과 절망의 나라 사악랜드 간부고요. 나쁜 사람은… 어, 맞네. 그런데 아주 나쁜 사람은 아니에요. 나쁜데 좀 착해요. 이거요. 채찍도 맞아도 하나도 안 아프고요. 어깨 결림이랑 요통에 좋아요. 한 대 때려드릴까? 아니. 아니에요. 어휴. 제가 지금 제정신이 아니라서 이렇게 무례한 이야기를. 진짜 안 아파요. 진짜!"

요니아 파탈은 노부인이 안심하도록 얼굴의 온 근육을 사용해 웃으며 자신의 등에다 전기 채찍을 찰싹찰싹 휘둘렀다. 조금 미친년 같다는 생각은 채찍질 다섯 번째에야 떠올랐다. 푸른 전광이 아직 눈에 잔상으로 남아 있을 사이. 노부인은 상냥하게 요니아 파탈의 손을 잡아 더 이상 채찍질을 하지 못하게 막은 뒤 인사를 받아주었다.

"반갑습니다. 그런데 여기 직원이시라고요?"

암흑 제국의 간부는 노부인의 손에서 따뜻한 온기를, 눈에서 부드러운 빛을 느꼈다. 아마도 이 사람은 그저 할 일 없는 사람은 아니겠네. 요니아 파탈은 어쨌든 계약직 월급만큼은 일할 수 있을지도 모르겠다는 생각이 들었다.

✳

노천 카페의 테이블이 흔들렸다. 텔레스코프로데터를 비롯한 기괴수 대여섯 마리가 거리를 지나는 중이었다. 그 여파로 건축 중이던 이지라니우스 대제의 피라미드가 또 부서졌다. 요니아 파탈은 인부들이 일거리를 계속 늘리기 위해 기괴수의 동선 위에 피라미드를 짓고 있다는 민선임의 제보가 농담이 아닐지도 모른다는 의심이 들었다. 어차피 곧 무한동력 시설이 설치되고 시공간 건설업이 시작되어 자본과 화폐의 개념이 많이 바뀔 텐데 왜 그럴까 싶지만. 채찍맛이 좋아서라는 소문만이 그럴싸했다. 태평스러운 요니아 파탈에 비해 노부인은 창백한 표정으로 기괴수 행진을 바라보고 있었다.

"이런 도시는 처음 보네요. 왜 이렇게 소란스러운가요?"

소란스럽다라… 무척이나 얌전한 표현이었다. 그럼에도 요니아 파탈의 얼굴이 달아올랐다. 마치 프로레슬러에게 '그렇게 타이즈만 입고 있으면 거시기가 땡기지 않나요?'라고

묻는 것과 같은 근본적이면서도 직설적인 문제 제기가 아닌가. 요니아 파탈은 기괴수만큼이나 기괴한 노천 카페에마저도 우아함을 더하고 있는 고령의 여인에게 변명하듯 설명을 이어나갔다.

"아무래도 놀이공원이다 보니까요. 놀이기구를 타러 오는 손님보다는 외계 외교 업무를 위해 오시는 분들이 더 많기는 하지만요. 곧 대사관 건물 위주로 개편될 예정이기는 해요. 그런데 이지라니우스 대제님께서 아직 놀이기구 철수를 반대하고 계셔서. 일이 조금 느려지고 있지요."

이 우주에 그 많다는 할 일 없는 사람들 중 최고봉은 역시 우리 이지라니우스 폐하가 아닐까. 요니아 파탈은 어떤 의미로는 자부심마저 느꼈다. 가르바니온에게 패해서 우주로 후퇴하는 장면까지도 찍어놓고 배포한 이지라니우스 대제는 언제 그랬냐는 듯 뻔뻔하게 지구로 돌아와 복구 및 기술 이전 사업에 열을 올렸다. 그리고 안드로메다 투어 김투어 직원들은 이제야 정상적인 기업 활동으로 돌아간다 기대했던 모든 희망이 박살 나고 어중간한 코스프레를 지속해야 한다는 것에 온갖 짜증을 내었다.

노부인의 표정이 어두웠다. 삼바 페스티벌에서나 볼 법한 비키니와 장신구들을 차고 거리를 행진하는 기괴수의 모습이 썩 보기 좋지는 않았으니 어쩔 수 없었다. 이지라니우스 대제는 모든 침략이 끝났으니 우호적인 제스처를 취하자며 기괴수의 마스코트화를 시도했다. 다들 실패하리라 예상했고 예

상대로 실패했다.

"저렇긴 하지만요. 대제님 취향이 워낙 취향이라. 그래도 저희가 오버마인드처럼 오버로드 부려서 삥뜯기 다단계로 지구 사람들 착취하지도 않는 나름 우량 기업이거든요. 어느 만큼의 기술을 어느 순서로 어느 정도 이전하느냐 회의가 길어져서 그렇지 지구권도 곧 살기 좋게 만들 거예요."

"저렇긴 하군요…."

요니아 파탈은 좋은 인상을 주는 것은 불가능하니 말이라도 돌리기로 마음먹었다.

"아드님이 일이 많이 밀리셨나 보네요. 이제 슬슬 퇴근 시간인데."

"그러네요. 지금도 늦는다고 또 연락을 주었군요. 다행히 친절한 아가씨를 만나 이렇게 편히 아들내미를 기다리네요."

그렇다. 노부인은 아들이 취직했다는 이야기에 장하다고 칭찬이나 해줄 겸 직장 근처에서 밥이나 한 끼 먹이겠다고 찾아왔으나 정신을 차려보니 할머니 인 더 사악랜드. 무시무시한 거대 괴수나 벌거벗고 피라미드를 짓는 노예, 전기 채찍을 휘두르는 독재정권의 실질적 지배자를 보며 겁에 질린 차였다.

차마 동정을 금할 수 없었던 요니아 파탈은 채찍을 휘두르며 공포 분위기를 연출한 것도 사과할 겸 사악랜드의 가이드를 자처하였다. 요니아 파탈은 거지 같은 직장을 좋게 포장하긴 글렀으니 거지 같진 않을 아들을 칭찬해 어딘지 함께 웃어

주지 않으면 안 될 것 같은 선량한 분위기의 노부인을 즐겁게 해주자 마음먹은 것이다.

"분명 아드님이 일을 잘하셔서 그럴 거예요. 원래 안드로메다 투어 김투어가 월차는 팍팍 주거든요. 어지간한 재원이 아니면 부서에 붙잡아두지 않아요."

"고마워요, 아가씨. 아들이 그럴 아이는 아닌데. 민폐나 끼치지 않으면 다행이지요."

공손한 인사. 선의만큼의 거리감이 보이는 태도에 요니아 파탈은 익숙함을 느꼈다. 어디서였더라. 들어본 적도 있는 듯한 말투고. 용을 써 가며 기시감의 뿌리를 찾는다고 골머리를 싸매는 사이 뇌를 하얗게 표백하는 고함 소리가 공기를 찢었다.

"요니아! 요니아! 젠장, 요니아. 개지라니우스 못 봤습니까? 개지라니우스! 개! 지라니우스!"

"ㄷ차장님. 나 귀 떨어지겠다. 우리 폐하가 또 무슨 짓 저질렀어요? ㄷ차장님 얼굴이 아주 똥물로 진하게 가그린한 표정이시네."

"봤습니까, 못 봤습니까?"

"오늘은 미처 알현을 못 했네요. 요즘 서울로 출퇴하시지 않나? 자취방으로는 연락해보셨어요?"

"했는데도! 없잖아!"

우는 거 아닌가? 요니아 파탈은 ㄷ차장이 이렇게 흔들리는 모습을 보는 것이 전에 술자리에서 수박을 또 들어달래서

279

들어줬을 때 이후로 처음이었다. 하지만 지금 요니아 파탈은 이지라니우스가 어쩌고 ㄷ차장이 어쩌고 하는 것보다는 눈앞 방문객의 기분이 우선이었다. 노부인은 역시 고상하지 못한 ㄷ차장의 말투에 많이 당황한 듯 보였다.

"ㄷ차장님. 나 손님이랑 있잖아요. 아무튼 진정하시고. 폐하가 또 왜요?"

"폐하인지 폐차인지 으휴. 왜 트위터로 키배를 뜨다 유튜브로 인증까지 때립니까."

"키배야 뭐. 일상이잖아요."

"인증을 했잖습니까. 해킹이라고 뺑칠 수도 없다고. 옥희인지 독희인지 그놈은 누구야? 왜 이지라니우스는 대인배니까 인증 깔 거라고 막 부추기고? 키배에 천재더만. 스카웃해서 잔뜩 괴롭힐까 보다."

"뭐, 그래 봤자 김꽃비가 예쁘다 그런 이야기나 하지 않았겠어요? 크게 문제가 생길 주제는 아니라고요."

"근본주의 종교가들이랑 다투면 그것도 나쁜 주제가 됩니다. 나쁜 주제가. 신의 실존과 김꽃비를 우주적 이론으로 엮어 들어가기 시작하면 가뜩이나 종교인들이 외계인과의 교류로 눈에 핏발 서서 신의 증명을 원하는 와중에 트러블이 안 생길 수가 없잖습니까. 이지라니 걔는 침략만 마치고 집에 간다더니 왜 지구에 남아서 우리 일을 일일이 망친답니까?"

"여자한테 푹 빠져서지요, 뭐."

"그러니까 왜! 그러잖아도 석유 재벌이나 초상능력동맹이

나 눈에 불을 켜고 우리를 책잡으려고 안달인데 말입니다!"

이것도 일상이었다. ㄷ차장은 겨우 부활한 인터넷 대응팀이 또 와해될까 짜증이 난 모양이었다. 입과 눈에서 불을 뿜으며 사악랜드의 지평선 저 너머를 향해 뛰쳐나갔다. 요니아 파탈은 안쓰러움 반, 한심함 반을 섞은 눈빛으로 ㄷ차장의 질주를 바라보았다.

노부인은 이 난장판이 아직 잘 이해가 가지 않는 모양이었다. 한 인간이 어디까지 분노를 할 수 있는지 제삼자의 시선에서 무심히 관찰하는 것도 썩 유쾌한 경험은 아니었다. 요니아 파탈은 다시 조심스러운 태도로 자신이 소속된 집단에 대해 변명했다.

"이지라니우스 대제께서 조금 철이 덜 드셔서… 아랫사람들이 고생이에요. 사람은 참 좋은 사람인데. 가끔씩 이렇게 사고를 치신다니까요. 하지만 그냥 가끔 해괴한 짓을 하는 사람이 대표라서 그렇지 이 기업 자체는 지구인 복지를 위해 힘쓰고 있으니까요. 이 사람들 일은 그럭저럭 잘해요."

폐하. 까서 미안요. 하지만 이럴 때 희생하라고 대표가 있는 거잖아요. 요니아 파탈은 속으로 악마 대왕에게 사과했다. 아니지. 딱히 사과할 일도 아니네. 폐하가 잘못한 건 맞잖아. 사과는 금세 취소했다. 요니아 파탈은 이지라니우스 대제를 좋은 사람이라고는 생각했지만 직장 상사로서 영 아니라는 건 부정하지 못했다.

컵에 든 얼음이 꽤 녹았다. 노천 카페라 직사광선을 직살

나게 맞아서였다. 커피의 맛이 보다 옅어졌다. 반면 노부인의 수심은 짙어졌다. 요니아 파탈은 어떤 어머니가 이 수상쩍은 상사가 있는 직장에 아들이 취직한 것에 안심할 수 있을까 동정을 금할 수 없었다. 의외로 사아카니스 제국 소속이라는 것이 재미난 경험이 된다며 위로해주고 싶었지만 그랬다간 요니아 파탈 자신도 수상쩍은 인물로 낙인찍힐까 두려워 관두었다. 애초에 이 지역에 있는 사람들 전부가 수상쩍기는 했지만.

「요니아 파탈 님. 가르바니온 출격 명령을 부탁합니다.」

어느새 이동형 텔레스크린이 카페 테이블 옆으로 날아와 말을 건넸다. 커다란 모니터가 슝 하고 날아오자 이제까지의 미묘한 침묵이 깨졌다. 스크린에 비치는 얼굴을 보아하니 3호였다. 무안력 연구소 소속의 가르바니온 파일럿. 나름 신형의 안드로이드. 침략 전쟁이 끝나고 모든 정황을 공개했을 때 엄청난 비난이 쏟아졌다. 막대한 배상금을 치러도 불만은 끊이지 않았다. 당연한 일이었다. 어쨌든 여러 위험을 피하기 위해 무안력 연구소는 폐쇄되고 가르바니온은 사악랜드로 옮겨놓았다. 각본이기는 했으나 한때 숙적이었던 요니아 파탈이 가르바니온의 출격을 명령할 수 있는 것도 그 때문이었다.

"남박사님은?"

「스페이스 노숙자가 되시겠다면서 어제 안드로메다로 떠나셨어요.」

"맞다. 그래서 지휘권이 나에게 온 거야? 폐하한테 가도 되잖아? 아. 잠수 탔다고 했지. 거 참. 근데 출동은 왜 해?"

「예전에 유출된 커지니움이 폭주하고 있다나 봐요. 유치원생을 위한 영어 학원에 갔다가 유아들의 스트레스를 과도하게 흡수해버린 나머지 크기가 지금 대기권을 찌른다던데요. 커지니움에 내재된 삼원칙 때문에 인명 피해는 없겠지만 과잉 에너지 분출이라도 해줘야죠. 한 걸음만 걸어도 학원가가 쑥대밭이 될 걸요.」

"그래… 더 이상 손해배상 소송이 생겨서야 안 되겠지. 가르바니온, 출동!"

망했다. 상사만 이상하지 직장은 괜찮다고 쉴드 치려고 했는데. 얘네는 일도 못해. 요니아 파탈은 비 맞은 강아지처럼 풀이 죽어 꼬리를 내렸다. 나이 서른 다 되어서 가르바니온, 출동! 이라고 외쳐야 하는 직업이라니. 그것도 조금 전 만난 할머니 앞에서. 중학교 시절 친구네서 TRPG를 하다가 친구네 어머니가 간식 들고 왔을 때의 기분이 이랬는데. 안 되겠다. 이 망할 놈의 악마 제국. 예쁘게 봐줄 구석이 없어. 컵에 든 얼음을 머리 위에 쏟아버리고 싶었다. 정신 좀 차리게.

"아니네요. 저희 일도 잘 못하네요."

"우주 관광사 업무는 워낙 돌발 사고가 많으니까요. 부끄러워하지 마세요."

노부인의 상냥한 미소와 속 깊은 위로. 그사이 사악랜드의 이동형 텔레스크린에서는 반짝반짝 오색찬란한 빛이 나더니 무안만용 가르바니온의 오프닝 노래와 함께 갈, 비아, 니온의 삼단합체 그리고 멋진 포즈 신이 흘러나왔다. 실시간 생중계 출격 장면이었다. 이미 이 모든 것이 짜고 치는 쇼 프로임이 밝혀졌음에도 이지라니우스 대제는 쇼맨십을 포기하지 않았다. 요니아 파탈은 이 유치찬란한 순간을 피하기 위해 외우주 쥐라도 사악랜드에 풀어놓아서 쥐구멍을 만들어놓아야 하지 않았을까 한탄했다. 돌발 사고의 문제가 아니었다. 센스의 문제였다. 부끄럽지 않을 수 없었다. 하지만. 노부인은 여전히 멋쩍은 웃음만 띨 뿐이었다.

항복. 항복이다. 요니아 파탈은 두 손을 들었다. 안내를 하느니 가이드를 하느니 홍보를 하느니 다 관뒀다. 이 사람은 보통 좋은 사람이 아니니 내가 감히 신경을 써드리고 그럴 것도 없구나. 옆에 괴수가 뛰놀고 위로 거대 로봇이 날아가도 사근사근하게 찻잔을 들었다 놓는 할머님이라니. 그냥 이 뉘 집 자식이 모였는지 궁금한 단체를 옹호하는 것은 관두고 티타임이나 즐기기로 했다.

"어머님을 닮아 착한 아드님이실 텐데. 이런 직장이라 죄송해요. 저 로봇도 그냥 이지라니우스 대제님 취향이지 저희가 보편적으로 저런 걸 좋아하는 사람들의 모임은 아니니까 너무 걱정은 마시고요."

후훗. 노부인은 입을 살짝 가리면서 작게 웃었다. 요니아 파탈은 잠깐 충격을 받았다. 이 소설에 후훗. 하고 웃는 사람이 나온 적이 있었던가. 사르치오 마컴이나 사르페오 마컴처럼 요호호나 음횃횃이나 다들 이렇게 웃는 것 아니었나. 마주 앉은 저 할머님은 나올 소설을 착각하신 것이 아닌가.

"글쎄요. 사실 우리 아들내미가 직장에서 환영받을 아이는 아닌데."

"어떤 분이신가요?"

"어미가 버릇을 잘못 들였지요. 제가 이것저것 챙겨주며 키웠더니. 언제나 게으르고 속만 편한 아이가 되었네요. 좋게 말하자면 여유가 있는데 나쁘게 말하면 생각이 없어요. 하루 즐겁게 지내면 그걸로 만족하고 뒷일은 머릿속에 없지요. 못된 심보는 아닌데 저 재미난 것만 하다 보니 다른 사람 신경을 못 쓰고 엇나갈 때가 많고요. 조용히 잘 지내는 듯싶다가도 가끔 사고를 쳐서 골머리를 썩이기만 해요."

에헷. 요니아 파탈도 노부인을 따라 웃었다. 노부인의 아들을 비웃은 것은 아니고. 그냥 자기가 아는 사람 하나가 떠올라서 웃었다. 우주에서 가장 할 일 없는 사람.

아들에 대해 쓴소리를 하면서도 노부인의 표정은 부드러웠다. 어머니의 얼굴이라고 할까. 차마 자식 자랑은 못 하고 미운 소리만 하지만 깊은 애정이 느껴졌다. 마왕의 제일가는 부하도 그 표정에 감화되어 헤실헤실 웃고 말았다.

✳

이후로는 별다른 이야기를 하지 않았다. 침략의 종결 뒤 급박히 변해가는 국제 정세라든가 생명 연장을 넘어 무병장수도 아닌 불로불사가 시작된다든가 따위의 사안도 그다지 중요한 이야기로 보이지 않았다. 자리한 입지에 비해 평범하게 맛있는 사악랜드 카페의 메뉴 품평 정도가 이 자리에서 가장 핵심적인 화두였지 싶다.

아파트 반상회에 나올 법한 수다 시간은 양철 로봇의 방문으로 끊기고 말았다. 사악랜드의 메이드 로봇 메로가 어느새 노천 카페 테이블 옆으로 날아와 말을 건넨 것이다. 무슨 일이 되었든 계속 잡담이나 하고픈 마음에 요니아 파탈은 월권할 필요도 없이 간부의 자격으로 메로를 물리려 했다. 하지만 메로는 사아카니스 제국 제1간부의 명령도 듣지 않고 노부인에게 메시지를 전했다.

"아드님이 늦으신다고 합니다."

"알았어요. 고마워요."

노부인도 이제 이 사악랜드 분위기에 익숙해진 것일까. 깡통 두 개를 쌓아놓은 것 같은 디자인의 로봇이 말을 걸어와도 하나 놀라는 것 없이 이야기를 받아주었다. 요니아 파탈은 노부인의 적응력에 내심 감탄했다. 하지만 아무리 적응하더라도 이 지옥 같은 놀이공원에 더 눌러앉게 된 것은 기쁠 일이 아니었다.

"오늘따라 일이 많네요. 죄송해라."

"죄송해하실 일이 아닌 걸요. 이 회사가 요즘 많이 바빠졌나 봐요?"

"네. 아무래도… 기술 이전이 진행되면 생산관계가 뒤바뀌고 불로불사가 흔해지니 기존 체제가 뒤흔들리거든요. 잘못된 방향으로 엇나가지 않게 정부나 기업들 비위 맞춰주느라 다들 고생이에요. 저야 얼굴마담이라 바쁠 일도 없지만요."

노부인은 의아하다는 듯 고개를 기울였다.

"비위를 맞춰준다니요?"

"저도 잘은 모르는데요. 우주 문명 사이에 기술 이전이 있을 때마다 조심해야 한다나 봐요. 예를 들면 석유 자원을 무기로 삼은 재벌이나 왕가는 이제 무한동력의 도입으로 권위가 푹 꺼지겠지요? 그 외에 부동산이나 공장도 기술 이전이 진행될수록 무가치해지니까요. 계급이 사라지니 기존 권력자들은 권력을 유지 못 해 앙갚음을 할 수도 있다고 하더라고요."

"그러네요. 어떤 지구 사람에게는 이 침략이 민폐일 수도 있겠어요."

딱히 어떤 사람에게만은 아닌 것 같기는 했다. 지구에 발 붙이고 있는 사람이라면 누구나 이지라니우스 덕에 고생 좀 하고 있으니까. 생각해볼 거리기는 했다. 요니아 파탈의 유리잔에 든 얼음은 모두 녹아 커피가 연갈색 빛이었다. 맛도 옅어져 물맛에 가까웠다. 요니아 파탈은 입을 다물고 노부인 역시 한숨을 내쉰 뒤에야 말을 이었다.

"어쨌든 지구 사람에게는 지구 사람의 삶이 있는데. 왜 끼어들어야 했는지…."

그건 아마도.

"사랑인 거죠."

"사랑이오?"

"네. 아마 이지라니우스 대제께서는 지구를 정말 사랑하시는 거예요. 그리고 김꽃비를. 아니. 대부분 김꽃비 위주로."

우주대마왕의 부하는 같잖은 우주대마왕국의 변명을 조금 더 해보기로 했다. 자기 자신에 대한 변명이기도 했고. 조금 전 가죽 젠타이 차림에 볼개그를 하고서는 사악랜드 놀이공원에 단체로 출근을 하는 일군의 노동자 무리에 대한 변명이기도 하였다.

"우리 폐하는 바보라서요. 사랑에 빠지면 뭐든 다 해주고 싶어 하거든요. 이것도 주고 저것도 주고. 하지만 그렇게 퍼주는 것들이 상대방에게 필요한 것이냐. 그게 또 아니지요. 자주 있잖아요? 집 안에 짐이나 될 큼지막한 인형을 들고서 기뻐해주길 빈다든가. 피곤한데 만나서 밥 사준다고 보챈다든가 하는 쑥맥들."

"알 것 같네요."

"사랑이란 게 원래 그렇잖아요? 누군가가 좋은데. 그 사람의 있는 그대로를 용인하질 못하잖아요. 나와 함께하도록 바뀌기를 바라니까. 모든 것을 다 준다고 말하면서 모든 것을 다 빼앗으려는 거죠. 우리 폐하처럼."

"지구를 상대로 연애를 하는 거군요."

"네. 그런데 누군가를 이런 식으로 좋아해본 적이 없는 모태 솔로시니까(어, 요즘 어떤 여성분의 집에서 숙식하고 계시기

288

는 한데 그건 연애라기보다는 사육에 가까워서요) 둔하고 해괴한 방식으로. 문제가 생기고 불평이 나오는 방식으로 대하는 거죠. 민폐라는 말씀도 맞지만 그것만으로는 부족할 거예요. 이 침략은요. 뭐, 그렇다고 저희가 잘했다는 거는 아니고요."

너무 폼을 잡았나 싶었다. 게다가 민폐가 아니라고는 결국 부정 못 하겠고. 그저 상대방에 대한 호의 외에는 어떠한 변명거리도 가지지 못한 집단인 게다. 철혈독재 간부는 이 정도로도 충분하다고 믿기는 했지만 아마 그건 자신이 어리기 때문일 거라 혀를 조금 찼다. 메로에게 말을 걸어 화제를 조금 더 가벼운 것으로 바꾸기로 했다.

"메로야. 아까 ㄷ차장님이 폐하 찾던데. 어디 계신지 알아? 3호도 폐하 못 찾아서 나한테 연락하더라고."

"이지라니우스 대제께서는 지금 김꽃비 팬클럽 회의 중이시옵니다."

"엥? 그런데 왜 다른 사람들이 폐하 못 찾았다니."

"부하들이 방해하지 못하도록 워룸에서 팬클럽 회의를 여셨사옵니다. 저도 지금 폐하가 부르시지 않았다면 어디 계셨는지 위치 추적이 불가능했을 것이옵니다."

요니아 파탈은 그냥 웃고 말았다. 그래. 괜히 변명했다.

"무슨 팬클럽 회의를 그리 은밀히 하신다니? 뭐 맛난 거라도 숨겨놓고 드시나?"

"아니옵니다. 세계 각국의 수뇌부가 팬클럽에 가입해 방문하셨기 때문이옵니다."

"아이구. 사람들 아직도 폐하가 실세라고 착각하고 있나 보네. 어차피 외교 문제에서 세세한 건 안드로메다 투어 김투어 측에 일임하고 있을 텐데 뭘 또 폐하에게 예쁨받으려고."

"팬클럽에는 순수한 김꽃비 팬도 많사옵니다. 독립 언론 김기자님이시라든가."

악의 간부와 메이드 로봇의 대화는 자연스레 이지라니우스 대제의 김꽃비에 대한 과도하다 못해 강박에 가까운 집착에 대한 화제로 이어졌다. 아직도 칠흑의 군주가 우주항모의 김꽃비 이타샤화에 대한 욕망을 버리지 못한 지금 원활한 우주 외교를 위해 부하 직원들이 정신 똑바로 차려야 했기 때문이다.

사아카니스 제국 두 실세의 정세 토론은 김꽃비 본인의 안위로까지 이어졌다. 이런 우주적 스토커에게 노림을 당하고 있는데 진정 괜찮은가. 기술국은 우주적 스토커가 외계 문명의 첨단 장비를 스토킹에 활용하지 못하도록 잘 관리하고 있는가. 지구권 사람들도 우주적 스토커의 김꽃비에 대한 우주적 집착을 알게 되었을 텐데 정치적으로 이용당할 위험이 있지 않을까. etc, etc….

요니아 파탈은 뒤늦게야 노부인의 안색이 어두워졌음을 발견했다. 하긴. 당사자도 불편한 이야기인데 제삼자가 듣기는 어떻겠는가. 요니아 파탈은 같은 자리에 앉은 사람을 제쳐두고 잡담을 길게 해서 미안하다며 사과를 했다. 노부인은 고개를 저었다. 고민은 그곳에 있지 않았다.

"좋지 않군요."

"네? 뭐가요?"

"오늘 일어난 일들이오. 이지라니우스는 종교계 인사들과 언쟁을 했어요. 사악랜드의 유일한 방위 세력인 가르바니온은 급작스레 기지를 떠났고요. 그사이 이지라니우스는 부하들의 시선이 닿지 않는 밀폐된 공간에 불특정 다수의 사람들과 함께 숨어 있고요."

"흔한 일인데요⋯."

"몇 시간이 안 되어 테러의 명분이 생겨났고 테러를 막을 병력은 없으며 테러를 할 장소가 마련되었어요. 이런 상황이 자주 일어나나요? 일련의 사건들이 작위적으로 보이는 것은 제 기분 탓인가요?"

사아카니스 제국의 만인지상 일인지하 최고 간부는 웃으며 노부인을 안심시키려 했다. 하지만 요니아 파탈이 입을 뗀 순간 노천 카페로부터 몇 킬로미터 떨어진 곳에서 폭음과 비명이 들려오자 그 입은 다시 다물어질 수밖에 없었다. 노부인이 옳았다. 좋지 않았다. 사악랜드의 기념비적인 첫 번째 테러가 조금 전 발발한 것이다.

✳

"폐하는! 폐하는!"

"그게⋯."

"너가? 너가! 너가 이 문디 자슥아! 너가 범인이가!"

사악병원 응급실에 찢어지는 고함이 들렸다. 요니아 파탈은 흥분한 나머지 교양 있는 사람들이 두루 쓰는 현대 서울 말씨를 잊었다. 멱살이 완벽하게 졸려 경동맥이 압박된 남자는 7초가 못 되어 기절하고 말았다. 남자는 손에 걸린 수갑 때문에 이렇다 할 반항도 못 했다. 요니아 파탈은 남자가 기절한지도 모르고 남자의 목을 쥐고 흔들다 못해 던질 태세였다.

조금 일찍 도착했던 A팀장이 요니아 파탈의 어깨를 붙잡고는 진정하도록 타일렀다. 눈물이 글썽글썽한 요니아 파탈이 벽을 짚고 의자에 쓰러지듯 앉고 말았다. 이제 기절한 남자는 A팀장에게 인계되었다. 물 흐르듯 이어지는 완벽한 각도의 코브라 트위스트. 남자는 기절한 와중에도 고통으로 신음을 흘렸다.

"받으시와용!"

A팀장이 기술을 풀자마자 사르치오 마컴이 접이식 의자를 휘둘러 남자의 후두부를 강타했다. 사르페오와 함께했을 때보다도 빛나는 팀워크. 남자는 쓰러져서 경련을 일으키는 것 외에는 아무것도 하지 못했다. 살아 있는 게 기적이었다. 엉겁결에 함께 병원에 같이 온 노부인은 허탈한 표정으로 앉아 있는 요니아 파탈의 손을 붙잡는 것으로 위로를 건넸다.

폭발의 규모는 어마무지했다. 테러와 동시에 전 세계 유력 방송국에 외계와의 조우를 반대하는 초상능력동맹의 선전 포고문이 전송되었다. 그래도 막판에 복선을 회수해서 다행이다. 등장은 시켰으니 이제 더 이상 출연도 없고 배경 설정

292

을 풀 지면도 없기는 하지만 이쯤이면 작가 된 도리는 다한 것 같다.

초상능력동맹이 일으킨 테러의 여파도 만만치 않았다. 주변 건물이 다 폭삭 가라앉았으니까. 피라미드들도 다 무너졌다. 다행히 인명 피해는 없었다. 김꽃비 팬클럽의 회원들도 무사했고. 이지라니우스 대제의 그 커다랗고 뿔이 잔뜩 달린 갑옷에 설치된 경호 시스템이 막아주었으니까. 정작 이지라니우스는 사람들을 위해 갑옷을 벗었다 기절하고 말았지만 말이다.

그 덕에 응급실 앞은 응급실 안보다 아수라장이었다. 긴급 경보를 듣고 몰려든 사아카니스 제국과 안드로메다 투어 김 투어의 일원들이 먹잇감을 빼앗긴 맹수의 분노를 터뜨리고 있었기 때문이다. 남자는 생애 두 번째로 병원에 실려 갈 정도의 만신창이가 되었다.

"개지라니우스는 죽여도 내가 죽여, 인마!"

"그러잖아도 내일 야수의 심정으로 또라이의 심장을 쏘려 했건만!"

"초상능력동맹인지 뭔지 저희들보다 괴롭진 않았을 것 아닙까?"

"폐하가 승하하시면 너 새끼 각오해라. 느 두개골 뚜껑 따불어다 뇌 빼 먹고 그 안에 김장을 담가버릴 테니까."

"여러분, 뭐 하십니까?"

온갖 비난 속에도 가장 큰 목소리를 낸 것은 백의를 걸친

293

의사 양반이었다. 병원에서는 의사가 왕이다. 사아카니스 제국의 군주도 의사가 밥 먹고 30분 뒤에 약 먹으라고 하면 먹어야 한다. 우리 폐하 입원한 병원 장사라도 잘되라고 응급실 앞에서 응급 환자를 한 명 만들어주고 있던 사람들은 모두 입을 다물고 의사의 입이 열리기만을 기다렸다. 의사는 우선 수갑에 묶여 기절할 때까지 졸리고 실신할 때까지 맞은 남자를 부축해 의자 위에 앉혔다.

"이 사람은 우리 병원 환자입니다. 몇 개월 전에 차에 치여서 의식불명이 되었다가 갓 깨어난 사람이에요. 무슨 여자분을 찾겠다고 난동을 부리셔서 잠시 진정 좀 하시라고 수갑을 채워놓은 건데…."

신명 나게 두들겨 맞은 남자는 1화의 그 남자였다. 언제 다시 등장시켜줘야지 생각했는데 정신 차려 보니까 소설이 다 끝나가지고. 이렇게라도 출연 분량을 만들어주었다. 미안한 일이지만 이런 장면 말고는 등장할 구석이 없었다.

사악랜드 일원은 그렇게 폭력을 휘둘렀음에도 긴장이 가시질 않았다. 요니아 파탈은 노부인의 손을 꼭 쥐고는 벌떡 일어나 의사 앞으로 전진했다. 그 휘하 조직원 모두 수장을 따라 의사 앞에 사열하듯 모여들었다. 수많은 이들이 한자리에 모이다 보니 부대껴 그만 그 남자는 의자에서도 떨어지고 말았다. 하지만 다들 고작 그런 것을 신경 쓸 상황이 아니었다.

"폐하는요? 폐하는!"

"폭발 때문에 얻은 피해는 미미합니다. 기절하신 정도일 뿐입니다. 하지만 다른 곳 상태가 좋지 않군요."

"네? 다른 곳이라니요?"

"환자분이 이렇게 되실 때까지 도대체 여러분들은 무얼 하셨습니까?"

"윽…."

의사의 꾸짖음. 모여든 인물들은 숨을 죽였다. 모두 의사의 안색을 살폈다. 백의를 입고 있어도 검은 망토를 두른 사신으로 보였다. 끈기 없이는 견딜 수 없는 침묵 뒤에야 의사는 차트를 안드로메다 투어 김투어 무리에게 차트를 내밀며 선고를 내렸다.

"치질기가 조금 있으시네요. 환자분 깨어나시면 컴퓨터 좀 적당히 하라고 전하십시오."

의사는 미소를 지으며 농담임을 밝혔다. 그리고 조금 전까지의 소란이 다시 한 번 반복되었다. 보다 숙련되고 정교하게. 의사 선생님의 재미난 농담 폐하에게도 들려드리자며 같은 병실 쓰시도록 도왔다. 그러니까 의사들은 농담을 아낄 필요가 있다. 서울 모 백병원 관절전문의 모 의사 선생님. 다리 수술 끝났으니 오늘부터 뛰어다녀도 된다고 그러셨었죠. 진짜인 줄 알고 뛸 뻔했잖아. 너는 그게 웃겼니.

＊

병원 밖으로 나오니 어느새 석양이 지고 있었다. 요니아 파탈은 예상외로 바빴던 하루가 끝이 나자 푹 한숨을 쉬었다. 정말이지 이렇게 사악랜드가 소란스러웠던 적도 없었다. 상상치 못한 일들로 가득한 하루였다. 뒤를 돌아 노부인을 바라보았다. 이토록 별의별 일을 다 겪고도 초연하게 저녁 바람을 쐬고 계셨다. 오늘 운 좋으면 암흑대제의 뒤를 이을 뻔했던 파멸의 폭군의 제1간부는 고개를 숙여 노부인에게 미안한 마음을 전했다.

"저, 죄송했어요. 제가 엉겁결에 병원으로 끌고 가서 아드님도 못 뵙고요. 옆에 있어주셔서 감사했어요."

"아니에요. 고마워할 사람은 저예요. 다사다난한 하루에 이런 할머니도 돌봐주시고. 덕분에 많이 보고 가네요."

부인은 한결같은 표정으로 웃고만 있었다. 천품이었다. 요니아 파탈은 손짓을 해 이동형 텔레스크린을 불렀다. 커다란 모니터가 한숨에 날아와 간부의 손짓을 기다렸다. 최고 간부만이 접근할 수 있는 명령 코드를 입력하고는 노부인을 바라보았다.

"아드님 성함이랑 소속된 부서를 말씀해주시겠어요? 원래 이러면 안 되지만. 야근이고 뭐고 업무 정지 명령 내리고 당장 여기로 오실 수 있도록 차편 마련할게요. 제가 간부 권한으로 4박 5일짜리 휴가도 쏴드릴게요. 두 분이 이런 무식한 인공 섬 말고 한국 돌아가셔서 편안하게 지내세요. 테러니 뭐니 정신도 없네요."

노부인은 느긋하게 고개를 저었다. 다음으로는 요니아 파탈의 양손을 꼭 쥐어주었다. 병원에서도 그랬지만. 노부인은 사람을 안심하게 만드는 재주가 있었다. 조금 전의 사건사고도 이 사람 앞에서는 다 잊혔다. 공포의 주인 첫째가는 부하는 어느 때보다도 편안하게 노부인의 소곤거리는 목소리를 들었다.

"괜찮아요. 저는 이제 돌아가려고요."

"네? 벌써요?"

"응. 아들은 보지 않아도 될 것 같아요."

요니아 파탈은 미안한 마음이 더욱 커졌다. 자기 손에 붙잡혀 병원에도 끌려가고 고생은 다 하고. 관광지도 못 되는 이 악마 섬에 하루 갇혀서 온갖 기기괴괴한 꼬락서니를 강제 관람하다 만나기로 한 가족은 보지도 못하고 바다 건너 집으로 돌아가야 한다니. 이렇게 좋은 사람은 좀 더 좋은 결말을 맞아야 하지 않을까 어리광 섞인 기분이었다.

"멀리서 오셨잖아요."

"아니에요. 여러분을 만나니 아들 녀석을 직접 만난 것보다 더 안심이 되네요. 그 아이도 이런 곳에서라면 잘 지낼 수 있겠지요."

무슨 소리인지 모르겠다. 괴수들이 뛰어놀고 거대 로봇이 날아다니며 오늘이 처음으로 딱 한 번이기는 하지만 따끈따끈 갓 테러도 보았으면서. 도대체 뭐 하시는 아드님이기에 이 사악랜드에서 잘 지내실 수 있나 겁부터 들었다. 노부인은 요니아 파탈의 의아하다는 듯한 표정에 실소를 머금고 말왔다. 이렇게 고운 표현만 써주는 인물 내 소설에서는 김꽃비 외에 잘 없는데.

"요니아 파탈 씨가 해준 사랑 이야기 참 좋았어요. 맞아요. 우리 아들한테 좀 그런 면이 있어요. 어미가 나이 먹을 만큼 먹은 자식 걱정이 되어서 여기까지 찾아올 정도니."

"네? 아드님이 왜…."

"하지만 여러분과. 그러니까 요니아 파탈 씨 같은 분들과 함께라면. 괜찮겠지요."

노부인은 이제 요니아 파탈의 손을 놓고서는 몇 발짝 뒤로 물러났다. 사아카니스 제국 간부는 부인의 손을 놓을 때 일종의 상실감마저 느꼈다. 노부인은 어느새 주머니에서 붉은색 안경을 꺼내 썼다. 의아한 기분이었다. 왜 집에 가는데 안경을 꺼내 쓰실까? 노안이라 지도를 보시기 불편해서 그런가? 요니아 파탈은 다시 텔레스크린을 조작해 택시를 부르려 했다. 하지만 그 순간 사악랜드 일대 온 거리가 황혼을 지울 듯이 강렬한 빛으로 뒤덮였다.

이내 빛은 수그러들었다. 요니아 파탈의 시야가 겨우 원래대로 돌아오자 그 앞에 노부인은 없었다. 물리적으로 기괴수 뺨치는 것이 가능한 크기의 빛의 거인이 서 있을 뿐이었다. 올려다보아도 겨우 얼굴이 보일까 말까 싶은. 하얀빛으로 둘러싸여 인간 모습이라는 것 외에는 그 형태를 짐작하기 어려운 거인.

요니아 파탈은 입을 다물지 못하고 이 사태를 이해하려 애썼다. 사악랜드 곳곳에 불이 켜지고 비상경보가 울렸다. 그러든 말든 언제나 초연한 빛의 거인은 고개를 숙여 병 찐 요니아 파탈에게 오늘 내내 그러하였듯 상냥한. 그러나 평소보다는 조금 더 웅장한 목소리로 작별 인사를 건넸다.

"아들과 잘 놀아주세요."

슈왓. 빛의 거인은 아주 작은 중력도 받지 않는다는 듯 가벼운 몸놀림으로 별이 뜬 밤하늘 위로 날아갔다. 요니아 파탈은 그제야 노부인의 정체를 깨달았다. 납득이 갔다. 하긴. 우주에서 가장 할 일 없는 사람의 어미 노릇을 하려면 저렇게 울트라한 사이즈의 어머니가 아니고서는 불가능한 일일 테니까.

어느새 거인은 대기권마저 돌파한 것 같았다. 황혼녘 저 하늘에 빛을 내며 날아가는 별이 노부인 말고 누가 있겠는가. 요니아 파탈은 등을 돌리고는 병원으로 걷기 시작했다. 할 일이 많았다. 경보도 해제해야 하고 테러 대책도 논의해야 하고 이지라니우스 대제 병문안도 가야 했다. 전부 만만하지 않은 일이었다. 하지만 뭐 어쩌겠는가. 우주에서 가장 할 일 없는 사람의 어머니한테 부탁을 받았는데. 잘 놀아야지.

〈끝〉

작가의 말

　김꽃비는 무척 예쁩니다. 어느 만큼이나 예쁘냐면요. 그 미모만으로도 이제까지의 인류사에서 존재했던 모든 독재자들의 학살과 만행이 사함을 받고도 남을 정도로 예뻐요. 골동품이 된 어느 영화감독의 표현을 빌리자면 김꽃비는 욥의 고난에 대한 신의 응답이라고 할 수 있겠지요. "신이시여. 세상이 왜 이리 좆 같나이까?"라고 여쭈면 신은 "하지만 김꽃비도 있잖아."라고 대답하는 거예요. 그러면 우리는 맞다. 그렇지. 하고 더 따질 수 없지요.

　즉 김꽃비는 신에 대한 증명이라고 할 수 있어요. 그러니 김꽃비가 있는데도 '신은 죽었다'라고 선고하는 일만큼이나 촌스러운 발화도 없는 것이지요. 물론 저는 여기서 FSM을 소재로 한 흔해빠진 농담이나 창조론에 대한 장광설을 내보이려는 게 아니에요. 나 자신이 아닌 것. 나의 인지를 넘어선 것. 알 수 없는 것이 언제나 남는다는 것. 하지만 이 한계에서 오는 온갖 고통과 슬픔에도 불구하고 그 모든 것을 용서할 수 있는 무언가를 만나게 된다는 것. 그리고 그 순간 삶이 시작된다는 것을 우리는 김꽃비를 만날 때마다 느끼잖아요. 그렇게 김꽃비의 존재는 신의 존재가 아닌 신의 전제를 바탕으로 우리에게 꽃비가 되어요.

별이 빛나는 창공을 볼 수 있었던 시대가 아름다웠던 것은 별빛이 그 길을 비추어주었기 때문이 아닌 것 같아요. 이 하늘 너머에 저 바다 건너에 누군가가 있다는 믿음을. 이 세상에 나 하나만이 아니라는 믿음을 끊임없이 일깨워주기 때문이라 믿어요. SF의 미덕 또한 여기에 있겠지요. 이 소설에서 하고 싶은 이야기도 다 이런 것들이에요. 거대 괴수. 자작극. 여성 간부. 강아지. 영화. 정의의 로봇. 메이드. 덧글 알바. 놀이공원. 술. UFO. 그리고 사랑 같은 것들. 다른 어떤 이야기와도 마찬가지지요. 재미있게 읽으신다면. 그리고 이 소설 덕분에 김꽃비를 알게 되신다면. 저로서는 더할 나위 없는 기쁨이겠습니다.

꽃비 님. 사랑해요.

홍지운

무안만용 가르바니온

초판 1쇄 인쇄   2019년 9월 10일
초판 1쇄 발행   2019년 9월 20일

지은이   홍지운
펴낸이   박은주
기획   김창규, 최세진
디자인   김선예, 류진
마케팅   박동준, 김아린

발행처   아작
등록   2015년 9월 9일(제2018-000142호)
주소   03924 서울시 마포구 월드컵북로54길 25
          상암DMC푸르지오시티 504호
대표전화   02.324.3945   **팩스**   02.324.3947
이메일   decomma@gmail.com
홈페이지   www.arzak.co.kr

ISBN   979-11-89015-77-0 03810

아작은 디자인콤마의 문학 브랜드입니다.